# P.S.: Ainda amo você

JENNY HAN

# P.S.: Ainda amo você

Tradução de Regiane Winarski

intrínseca

TÍTULO ORIGINAL
P.S. I Still Love You

REVISÃO
Milena Vargas
Rayssa Galvão
Carolina Rodrigues

DIAGRAMAÇÃO
Ilustrarte Design e Produção Editorial

ARTE DE CAPA
Lucy Ruth Cummins

FOTO DA CAPA
© 2015 Douglas Lyle Thompson

LETTERING ORIGINAL DE CAPA
© Nancy Howell

ADAPTAÇÃO DE ARTE DE CAPA E LETTERING
ô de casa

CIP-BRASIL. CATALOGAÇÃO NA PUBLICAÇÃO.
SINDICATO NACIONAL DOS EDITORES DE LIVROS, RJ

H197p

Han, Jenny
P.S. : ainda amo você / Jenny Han ; tradução Regiane Winarski. - [2. ed]. - Rio de Janeiro : Intrínseca, 2019.
240 p. ; 21 cm. (Para todos os garotos que já amei ; 2)

Tradução de: P.S i still love you
ISBN 978-85-510-0452-4

1. Ficção americana. I. Winarski, Regiane. II. Título. III. Série.

19-58941 CDD: 813
CDU: 82-3(73)

Leandra Felix da Cruz - Bibliotecária - CRB-7/6135

[2019]


EDITORA INTRÍNSECA LTDA.
Rua Marquês de São Vicente, 99, 3° andar
22451-041 – Gávea
Rio de Janeiro – RJ
Tel./Fax: (21) 3206-7400
www.intrinseca.com.br

*Para Logan — acabamos de nos conhecer, mas já amo você*

Ela ficou feliz porque a casa acolhedora, papai e mamãe,
a lareira e a música pertenciam ao agora. Não podiam ser esquecidos,
pensou, porque o agora é agora. Jamais será há muito, muito tempo.
— Laura Ingalls Wilder, *Uma casa na floresta*

O tempo é a maior distância entre dois pontos.
— Tennessee Williams, *À Margem da Vida*

Querido Peter,

Sinto sua falta. Só se passaram cinco dias, mas sinto como se tivessem sido cinco anos. Talvez por eu não saber se é o fim, se algum dia vamos voltar a nos falar. Tenho certeza de que vamos nos cumprimentar na aula de química e nos corredores, mas será que tudo vai voltar a ser como antes? É isso o que me deixa triste. Eu tinha a sensação de que podia falar qualquer coisa para você. E acho que você também sentia isso. Espero que sim.

Então vou dizer tudo agora, enquanto ainda tenho coragem. O que aconteceu entre nós no ofurô me assustou. Sei que para você foi só mais um dia na vida de Peter, mas para mim significou bem mais, e foi isso que me deixou assustada. Não só o que as pessoas estavam dizendo sobre mim, mas o fato de ter acontecido. O quanto foi fácil, o quanto eu gostei. Fiquei com medo e descontei em você, e por isso peço desculpas.

E, no recital natalino, lamento não ter defendido você na discussão com Josh. Eu devia ter dito alguma coisa. Sei que eu te devia isso. Eu devia isso e muito mais. Ainda não consigo acreditar que você veio e trouxe aqueles biscoitos de frutas cristalizadas. Aliás, você estava fofo naquele suéter. Não estou dizendo isso só para agradar. Falo sério.

Às vezes, gosto tanto de você que não consigo suportar. É um sentimento que vai crescendo e crescendo dentro de mim, e parece que vou explodir. Gosto tanto de você que não sei o que fazer a respeito. Meu coração bate muito rápido quando sei que vou ver você de novo. E aí, quando você me olha, eu me sinto a garota mais sortuda do mundo.

As coisas que Josh disse sobre você não eram verdade. Você não me puxou para baixo. Foi o contrário. Você me libertou, Peter. Me deu minha primeira história de amor. Não deixe que tudo acabe agora.

Com amor,

Lara Jean

# 1

KITTY PASSOU A MANHÃ TODA RECLAMANDO, E DESCONFIO QUE MARGOT E PAPAI estejam sofrendo de ressaca pós-festa de Ano-Novo. E eu? Eu estou com corações nos olhos e uma carta queimando um buraco no bolso do meu casaco.

Enquanto colocamos os sapatos, Kitty ainda tenta escapar de ter que usar um *hanbok* para ir à casa de tia Carrie e tio Victor.

— Olhe as mangas! Estão muito curtas!

— É para ser assim mesmo — diz papai, de forma nada convincente.

Kitty aponta para mim e para Margot.

— Então por que as mangas delas não ficam assim? — pergunta ela.

Nossa avó comprou os *hanboks* para nós na última vez em que foi à Coreia. O *hanbok* de Margot tem uma blusa amarela estilo bolero e saia verde-maçã. A minha é rosa-shocking com uma blusa branco-marfim e um laço rosa comprido com flores bordadas na frente. As saias são volumosas, como um sino, e vão até o chão. Menos a de Kitty, que termina bem no tornozelo.

— Não é culpa nossa que você cresça mais rápido que erva daninha — digo, ajeitando meu laço.

O laço é o mais difícil de acertar. Tive que assistir a um vídeo no YouTube um monte de vezes para dar o nó, e ainda parece torto e deprimente.

— Minha saia também está curta demais — resmunga ela, erguendo a barra.

A verdade é que Kitty odeia usar o *hanbok* porque é preciso caminhar com cuidado e segurar a saia com uma das mãos, senão ela se abre toda.

— Todos os outros primos vão estar de *hanbok*, e a vovó vai ficar feliz — diz papai, massageando as têmporas. — Caso encerrado.

No carro, Kitty não para de repetir "Odeio o Ano-Novo", o que deixa todo mundo de mau humor, menos eu. Margot já estava um pouco aborrecida porque teve que acordar antes de o sol nascer para voltar para casa a tempo, pois estava no chalé da amiga. Tem também a questão da possível ressaca. Mas nada poderia azedar meu humor, porque nem estou no carro. Estou em um lugar completamente diferente, pensando na minha carta para Peter, me perguntando se tinha emoção suficiente e em como e quando vou entregá-la, o que ele vai dizer e o que tudo isso vai significar. Devo deixar na caixa de correio dele? No armário da escola? Quando nos encontrarmos de novo, ele vai sorrir para mim e fazer uma piada para quebrar o gelo? Ou vai fingir que nunca leu a carta, para poupar nós dois? Acho que isso seria pior. Tenho que ficar lembrando a mim mesma que, apesar de tudo, Peter é um garoto gentil e tranquilo, e não vai ser cruel em hipótese alguma. Disso eu posso ter certeza.

— Em que você tanto pensa? —, pergunta Kitty.

Eu nem escuto direito.

— Oi? —, insiste ela.

Fecho os olhos e finjo estar dormindo, e só vejo o rosto de Peter. Não sei o que exatamente quero dele, para que estou pronta. Se é para o amor sério e pra valer de namorados, se é para o que tivemos antes, diversão e uns beijinhos aqui e ali, ou se é para alguma coisa entre essas duas opções. Mas sei que não consigo tirar o rosto de menino bonito dele da cabeça. O sorrisinho que Peter dá quando diz meu nome, o jeito como às vezes me esqueço de respirar quando ele está por perto.

É claro que, quando chegamos à casa de tia Carrie e tio Victor, nenhum dos nossos primos está usando *hanboks*, e Kitty praticamente fica roxa pelo esforço de não gritar com o papai. Margot e eu também olhamos meio torto para ele. Não é muito confortável ficar de *hanbok* o dia todo. Mas vovó abre um sorriso de aprovação, o que faz tudo valer a pena.

Quando tiramos os sapatos e os casacos na porta da frente, sussurro para Kitty:

— Talvez os adultos nos deem mais dinheiro por termos nos arrumado.

— Vocês estão tão lindas — fala tia Carrie ao nos abraçar. — Haven se recusou a usar o dela!

Haven revira os olhos para a mãe.

— Adorei seu corte de cabelo — diz ela para Margot.

Haven é alguns meses mais velha do que eu, mas se acha muito mais madura. Está sempre tentando se enturmar com Margot.

Primeiro, tratamos das reverências. Na cultura coreana, você faz reverências para os mais velhos no dia de Ano-Novo e lhes deseja sorte no ano que está por vir, e em troca eles lhe dão dinheiro. A ordem é do mais velho para o mais novo, e, como a adulta mais velha, vovó se senta no sofá primeiro. Tia Carrie e tio Victor fazem a reverência, depois papai, e assim por diante até chegar a Kitty, a mais nova da família. Quando é a vez de papai de se sentar no sofá e receber as reverências, fica um lugar vazio ao lado dele, assim como em todos os dias de Ano-Novo desde que nossa mãe morreu. Sinto uma dor no peito ao vê-lo sentado sozinho, sorrindo com alegria, entregando notas de dez dólares. Vovó olha para mim, e sei que ela está pensando a mesma coisa. Quando chega minha vez de fazer a reverência, eu me ajoelho com as mãos cruzadas diante da testa e prometo que não vou ver papai sozinho naquele o sofá no ano que vem.

Recebemos dez dólares de tia Carrie e tio Victor, dez do papai, dez da tia Min e do tio Sam, que não são nossos tios de verdade, mas sim primos de segundo grau (eles são primos da mamãe) e vinte da vovó! Não recebemos mais por usarmos os *hanboks*, mas juntamos um bom dinheiro, de qualquer forma. Ano passado, nossos tios só deram cinco dólares cada um.

Em seguida, tomamos sopa de bolinho de arroz para dar sorte. Tia Carrie também fez bolinhos de feijão fradinho e insiste para experimentarmos ao menos um, embora ninguém queira. Os gêmeos, Harry e Leon, se recusaram a comer a sopa e os bolinhos de feijão fradinho e estão comendo nuggets de frango na sala. Não tem espaço suficiente na mesa de jantar, então Kitty e eu vamos para a bancada da cozinha. Dá para ouvir todo mundo rindo.

Quando começo a tomar minha sopa, faço um pedido. *Por favor, por favor, que as coisas deem certo entre mim e Peter.*

— Por que minha tigela de sopa é menor do que a de todo mundo? — sussurra Kitty.

— Porque você é a menor.

— Por que não ganhamos tigelas de *kimchi*?

— Porque tia Carrie acha que não gostamos, já que não somos totalmente coreanas.

— Vá pedir um pouco — sussurra Kitty.

Eu peço, principalmente porque também quero.

Enquanto os adultos tomam café, Margot e eu vamos com Haven para o quarto, e Kitty nos segue. Normalmente, ela brincaria com os gêmeos, mas desta vez pegou o yorkshire de tia Carrie, Smitty, e nos seguiu para o andar de cima como se fosse uma das adolescentes.

Haven tem pôsteres de bandas indies nas paredes; nunca ouvi falar da maioria. Ela está sempre trocando. Tem um novo, do Belle and Sebastian, com textura. Parece jeans.

— Esse é legal — comento.

— Eu estava querendo trocar — diz Haven. — Pode ficar, se quiser.

— Não precisa. — Sei que ela só está oferecendo para se sentir superior, como sempre.

— Eu quero — diz Kitty, e Haven franze a testa por um segundo, mas Kitty já está tirando o pôster da parede. — Obrigada, Haven.

Margot e eu nos entreolhamos e tentamos não sorrir. Haven nunca teve muita paciência com Kitty, e o sentimento é infinitamente mútuo.

— Margot, você foi a algum show desde que se mudou para a Escócia? — pergunta Haven.

Ela se senta na cama e abre o laptop.

— Não — responde Margot. — Ando muito ocupada com as aulas.

Ela não liga muito para música ao vivo. Está olhando para o celular, com a saia do *hanbok* espalhada a seu redor. Ela é a única de nós, irmãs Song, que ainda está totalmente caracterizada. Tirei a blusa, então estou só de camiseta e saia, e Kitty tirou a blusa e a saia e só está de camiseta e calçola.

Eu me sento na cama ao lado de Haven, para ela poder me mostrar no Instagram as fotos da viagem deles para as Bermudas. Enquanto ela procura no feed, uma foto do passeio de esqui aparece. Haven é da Orquestra Juvenil de Charlottesville e conhece gente de várias escolas, inclusive da minha.

Não consigo evitar um pequeno suspiro quando vejo a foto do nosso grupo no ônibus, na última manhã. Peter está com o braço nos meus ombros, sussurrando alguma coisa no meu ouvido. Eu queria lembrar o quê.

Surpresa, Haven ergue o rosto e diz:

— Ah, é você, Lara Jean. De onde é isso?

— Do passeio da escola para uma estação de esqui.

— Esse é seu namorado? — pergunta Haven, e percebo que ela está impressionada, mas não quer demonstrar.

Eu queria poder dizer que sim. Mas...

Kitty se aproxima de nós e olha por cima dos nossos ombros.

— É, e é o cara mais lindo que você já viu na vida, Haven.

Ela fala como um desafio. Margot, que estava lendo alguma coisa no celular, levanta a cabeça e ri.

— Não é bem verdade. — Tento amenizar.

Ele é o cara mais lindo que *eu* já vi na vida, mas não sei com que tipo de gente Haven estuda.

— Não, Kitty está certa, ele é lindo — admite Haven. — Como você conseguiu um cara desses? Sem querer ofender. Mas achava que você era do tipo que não namora.

Franzo a testa. Do tipo que não namora? Que tipo é esse? Um cogumelo minúsculo que fica sentado em casa no escuro, com limo crescendo?

— Lara Jean namora bastante — diz Margot, leal.

Fico vermelha. Eu nunca namoro, Peter quase nem conta, mas fico feliz pela mentira.

— Qual é o nome dele? — pergunta Haven.

— Peter. Peter Kavinsky.

Até dizer o nome dele é um prazer reminiscente, algo a saborear, como um pedaço de chocolate se dissolvendo na minha língua.

— *Ah* — diz ela. — Achei que ele namorasse aquela loura bonita. Qual é mesmo o nome dela? Jenna? Vocês não eram melhores amigas quando pequenas?

Sinto uma pontada no coração.

— O nome dela é Genevieve. Nós éramos melhores amigas, mas não somos mais. E ela e Peter terminaram tem um tempo.

— E há quanto tempo você e Peter estão juntos? — pergunta Haven.

Ela está com uma expressão de dúvida no rosto, como se acreditasse noventa por cento em mim, mas ainda restassem aqueles incômodos dez por cento cheios de desconfiança.

— Começamos a sair em setembro. — Pelo menos, isso é verdade. — Não estamos juntos agora; nós demos um tempo... Mas estou... otimista.

Kitty cutuca minha bochecha com o dedo mindinho.

—Você está sorrindo — diz ela, e sorri também. E me abraça. — Faça as pazes com ele hoje, tá? Quero Peter de volta.

— Não é tão simples — respondo, mas e se for?

— Claro que é simples. Ele ainda gosta muito de você. É só dizer que você ainda gosta dele também e *bum*. Vocês voltam, e vai ser como se você nunca o tivesse expulsado da nossa casa.

Haven arregala os olhos.

— Lara Jean, *você* terminou com *ele*?

— Caramba, é tão difícil de acreditar?

Cerro os olhos para ela, e Haven abre a boca, mas a fecha sabiamente antes de falar.

Ela olha de novo para a foto de Peter. Em seguida, se levanta para ir ao banheiro e, ao fechar a porta, diz:

— Só posso dizer que, se aquele garoto fosse meu, eu nunca terminaria com ele.

Meu corpo todo formiga quando ela diz isso.

Eu já pensei a mesma coisa sobre Josh, e olhe para mim agora: parece que um milhão de anos se passaram e ele é só uma lembrança. Não quero que isso aconteça com Peter. Esse distanciamento dos sentimentos antigos, que, mesmo quando você se esforça muito, não lhe permite se lembrar direito do rosto dele ao fechar os olhos. Custe o que custar, quero me lembrar do rosto de Peter para sempre.

Quando chega a hora de ir embora, coloco o casaco, e a carta de Peter cai do meu bolso. Margot a pega.

— Outra carta?

Eu fico corada e digo, depressa:

— Ainda não decidi quando entregá-la, se devo colocar na caixa de correio dele ou mandar pelo correio. Ou cara a cara? Gogo, o que você acha?

— Você só tem que falar com ele — diz Margot. — Vá agora mesmo. Papai pode te dar carona. Vá à casa dele, entregue a carta e veja o que Peter tem a dizer.

Meu coração bate mais rápido com a ideia. Agora? Ir até lá sem ligar, sem plano nenhum?

— Não sei — começo, hesitante. — Acho que eu deveria pensar melhor no assunto...

Margot abre a boca para responder, mas Kitty se aproxima pelas nossas costas e diz:

— Chega de cartas. Vá reconquistá-lo.

— Não espere até ser tarde demais — diz Margot, e sei que ela não está falando só sobre mim e Peter.

Tenho evitado falar sobre Josh por causa de tudo que aconteceu conosco. Margot me perdoou, mas não significa que quero reabrir velhas feridas. Nos últimos dois dias, dei meu apoio silencioso e torci para isso ser o bastante. Mas Margot vai embora para a Escócia em menos de uma semana. A ideia de ela partir sem nem falar com Josh não me parece certa. Somos amigos há tanto tempo. Sei que Josh e eu vamos nos entender, pois somos vizinhos, e é isso o que acontece com as pessoas que se veem com frequência. A relação se conserta praticamente sozinha. Mas não vai ser assim entre Margot e Josh com ela tão longe. Se eles não conversarem agora, a cicatriz só vai aumentar com o tempo, vai calcificar, e eles vão virar estranhos que nunca se amaram, que é o pensamento mais triste de todos.

Enquanto Kitty coloca as botas, eu sussurro para Margot:

— Se eu devo falar com Peter, você deve falar com Josh. Não volte para a Escócia sem resolver as coisas com ele.

— Vamos ver — diz ela, mas vejo esperança em seus olhos, e isso me enche de esperança também.

# 2

Margot e Kitty dormem no banco de trás. Kitty deitou a cabeça no colo de Margot, que está dormindo com a boca aberta. Papai ouve o rádio com um sorriso leve no rosto. Todo mundo está tão tranquilo, e meu coração bate um milhão de vezes por minuto, na expectativa pelo que estou prestes a fazer.

Vou falar com Peter hoje, esta noite. Antes de voltarmos às aulas, antes de todas as engrenagens voltarem ao normal e nossa história não passar de uma lembrança. É como um globo de neve: por um momento, tudo fica de cabeça para baixo e tem purpurina por toda parte e parece até magia, mas logo tudo se acomoda e volta para onde deveria estar. As coisas têm um jeito de voltarem a ser o que eram. Eu não posso voltar.

Espero até estarmos a um sinal do bairro de Peter para pedir a papai para me deixar lá. Ele deve ter percebido a intensidade na minha voz, a *necessidade*, porque não faz nenhuma pergunta, só concorda.

Quando paramos na casa de Peter, as luzes estão acesas, e o carro dele está na entrada da garagem. A minivan da mãe dele também. O sol está se pondo cedo porque estamos no inverno. Do outro lado da rua, os vizinhos de Peter ainda estão com os pisca-piscas de Natal pendurados. Hoje deve ser o último dia para isso, pois é Ano-Novo. Ano novo, vida nova.

Consigo sentir as veias nos pulsos latejando, e estou nervosa, muito nervosa. Saio correndo do carro e toco a campainha. Quando ouço passos lá dentro, faço sinal para papai ir embora, e ele dá a ré. Kitty acordou e grudou o rosto no vidro de trás, sorrindo muito. Ela faz sinal de positivo, e aceno para ela.

Peter abre a porta. Meu coração dá um salto. Ele está usando uma camisa xadrez de botão que nunca vi. Deve ter ganhado de presente de Natal. O cabelo está amassado no alto, como se tivesse acabado de se levantar. Ele não parece muito surpreso em me ver.

— Oi. — Ele olha para a minha saia, que se abre debaixo do casaco de inverno como um vestido de baile. — Por que você está tão arrumada?

— Por causa do Ano-Novo.

Talvez eu devesse ter passado em casa para trocar de roupa. Pelo menos eu me sentiria mais como eu mesma, de pé na porta daquele garoto, tentando me desculpar.

— E aí, como foi seu Natal?

— Bom. — Ele responde devagar e demora quatro segundos inteiros para perguntar: — E o seu?

— Foi ótimo. Temos um cachorrinho novo. O nome dele é Jamie Fox-Pickle. — Nem um traço de sorriso no rosto de Peter. Ele é frio; eu não esperava ser tratada com frieza. Mas talvez nem mesmo fosse frieza. Só indiferença. — Posso falar com você por um segundo?

Peter dá de ombros, o que parece um sim, mas não me convida para entrar. Um medo repentino de Genevieve estar lá dentro se aloja no meu estômago, mas se dissipa rápido quando lembro que, se ela *estivesse* lá dentro, ele não estaria aqui comigo. Peter deixa a porta entreaberta enquanto coloca os tênis e um casaco, depois sai para a varanda. Bate a porta e se senta nos degraus. Eu me sento ao lado dele e ajeito a saia.

— E aí, o que houve? — pergunta, como se eu estivesse tomando seu precioso tempo.

Isso não está certo. Não é o que eu esperava.

Mas o que exatamente eu esperava de Peter? Que eu entregaria a carta a ele, ele a leria e me amaria? Ele me abraçaria e nós nos beijaríamos apaixonadamente, mas só beijos, só coisa inocente. E aí? Nós namoraríamos? Quanto tempo demoraria até ele ficar cansado de mim, sentir saudade de Genevieve e querer mais do que eu estava preparada para oferecer, tanto no quarto quanto na vida? Alguém como ele nunca ficaria satisfeito de ficar em casa e ver um filme no sofá. Estamos falando de Peter Kavinsky, afinal.

Passo tanto tempo absorta em meu devaneio que ele repete a pergunta, só que desta vez com um pouco menos de frieza.

— O que foi, Lara Jean?

Ele olha para mim como se estivesse esperando alguma coisa, e de repente fico com medo de entregar.

Aperto a carta e a enfio no bolso do casaco. Minhas mãos estão congelando. Não tenho luvas nem gorro; seria melhor eu ir para casa.

— Eu só vim dizer... dizer que sinto muito pelo jeito como as coisas terminaram. E... espero que ainda possamos ser amigos. Feliz Ano-Novo.

Ele semicerra os olhos ao ouvir isso.

— Feliz Ano-Novo? — repete. — Foi isso que você veio dizer? Que sente muito e *feliz Ano-Novo*?

— E que espero que ainda possamos ser amigos — acrescento, mordendo o lábio.

— Você espera que ainda possamos ser amigos — repete ele, e há uma nota de sarcasmo em sua voz que não entendo e não gosto.

— Foi o que eu disse.

Começo a me levantar. Eu estava torcendo para ele me dar uma carona até em casa, mas agora não quero pedir. Só que está muito frio. Talvez, se eu der uma indireta... Soprando as mãos, digo:

— Acho que vou para casa.

— Espere um minuto. Vamos voltar para a parte do pedido de desculpas. Por que exatamente você está pedindo desculpas? Por me expulsar da sua casa ou por achar que eu sou um cretino que sairia por aí contando para todo mundo que transamos mesmo não sendo verdade?

Um nó se forma na minha garganta. Pensando bem, parece mesmo horrível.

— Pelas duas coisas. Sinto muito pelas duas coisas.

Peter inclina a cabeça para o lado e ergue as sobrancelhas.

— E o que mais?

Eu fico tensa. *O que mais?*

— Não tem "o que mais". Só isso.

Graças a Deus não entreguei a carta, se é assim que ele vai agir. Não sou a única que tem motivos para se desculpar.

— Ei, foi você quem veio aqui pedindo desculpas e falando em ser amigos. Você não pode me obrigar a aceitar seu pedido de desculpas insignificante.

— Bem, desejo a você um feliz Ano-Novo mesmo assim. — Agora quem está sendo sarcástica sou eu, e é muito satisfatório. — Tenha uma boa vida. *Auld lang syne* e tudo o mais.

— Tudo bem. Tchau.

Eu me viro para ir embora. Eu estava tão esperançosa esta manhã, com estrelas nos olhos só de imaginar o que aconteceria. Deus, como o Peter é babaca. Vai ser bom me livrar dele!

— Espere aí.

A esperança pula no meu peito como Jamie Fox-Pickle pula na minha cama, com rapidez e sem ser convidada. Mas eu me viro com cara de *Aff, o que você quer agora?* para ele não notar.

— O que é isso amassado no seu bolso?

Minha mão voa para o bolso do casaco.

— Isso? Ah, não é nada. Só um panfleto. Estava no chão perto da sua caixa de correio. Não se preocupe, vou jogar fora para você.

— Deixa que eu jogo fora — diz ele, estendendo a mão.

— Não, eu cuido disso.

Estico o braço para enfiar a carta mais fundo no bolso, e Peter tenta arrancá-la da minha mão. Eu me afasto dele depressa e a seguro firme. Ele dá de ombros, e eu relaxo e solto um suspiro de alívio. Então ele dá um pulo e arranca a carta da minha mão.

— Me devolve, Peter! — falo, ofegante.

Com alegria, ele diz:

— Sabia que interferir no correio americano é crime federal? — Ele olha para o envelope. — É para mim. De você.

Faço mais uma tentativa desesperada de recuperar o envelope, e Peter é pego de surpresa. Brigamos pela carta; consigo segurar um canto, mas ele não está soltando.

— Pare, você vai rasgar! — grita ele, tirando-a da minha mão.

Tento segurar com mais força, mas é tarde demais. Ele já pegou.

Peter segura o envelope acima da minha cabeça, abre e começa a ler. É horrível ficar ali na frente dele, esperando... o quê, eu não sei. Mais humilhação? Eu devia ir embora. Ele lê tão devagar.

Quando termina, Peter pergunta:

— Por que você desistiu de me entregar a carta? Por que ia embora?

— Porque, sei lá, você não pareceu feliz em me ver... — Paro de falar, sem jeito.

— Isso se chama bancar o difícil! Estava esperando você me ligar, pateta. Já faz seis dias.

Eu inspiro.

— Ah!

— Ah.

Ele me puxa para mais perto pela lapela do casaco, perto o bastante para um beijo. Está tão perto que consigo ver seu hálito condensar. Tão perto que eu poderia contar os cílios se quisesse.

— Então... você ainda gosta de mim? — pergunta ele baixinho.

— Gosto — sussurro. — Quer dizer, mais ou menos.

Meu coração bate cada vez mais rápido. Estou tonta. É um sonho? Se for, não quero acordar nunca.

Peter me olha com uma cara de *Fala sério, você sabe que gosta de mim*. Eu gosto, eu gosto.

— Você acredita quando digo que não falei para as pessoas que transamos no passeio para a estação de esqui? — pergunta ele.

— Acredito.

— Tudo bem. — Ele inspira. — Aconteceu alguma coisa entre você e o Sanderson depois que saí da sua casa naquela noite?

Ele está com ciúmes! A mera ideia me aquece como sopa quente. Começo a dizer que não, mas ele interrompe:

— Espere. Não me conte. Eu não quero saber.

— Não — digo com firmeza, para ele saber que estou falando sério.

Ele assente, mas não responde.

Então se inclina na minha direção, e fecho os olhos, o coração batendo mais rápido que as asas de um beija-flor. Tecnicamente, só nos beijamos quatro vezes, e só uma foi pra valer. Eu gostaria de começar logo para poder parar de ficar nervosa. Mas Peter não me beija, não do jeito que eu esperava. Ele beija minha bochecha esquerda, depois a direita; o hálito dele é quente. E… nada. Abro os olhos. Ele está me dando um fora? Por que não me beija direito?

— O que você está fazendo? — sussurro.

— Criando expectativa.

— Me beija logo — disparo. Ele vira a cabeça e sua bochecha toca a minha. Nessa hora, a porta da frente se abre, e o irmão mais novo de Peter, Owen, aparece na soleira com os braços cruzados. Pulo para longe de Peter como se tivesse acabado de descobrir que ele tem uma doença contagiosa incurável.

— Mamãe quer que vocês entrem para tomar sidra — diz ele com um sorrisinho.

— Em um minuto — responde Peter, me puxando de novo.

— Ela disse agora — retruca Owen.

Ah, meu Deus. Lanço um olhar de pânico para Peter.

— Acho que tenho que ir antes de o meu pai começar a se preocupar…

Ele indica a porta com o queixo.

— Entre um pouquinho, e eu levo você para casa. — Quando eu entro, ele tira meu casaco e diz em voz baixa: — Você ia mesmo andar até a sua casa com esse vestido chique? No frio?

— Não, eu ia deixar você se sentindo culpado para que oferecesse me levar em casa — sussurro em resposta.

— Que roupa é essa? — pergunta Owen para mim.

— É o que os coreanos usam no Ano-Novo — digo para ele.

A mãe de Peter sai da cozinha com duas canecas fumegantes. Ela está usando um cardigã comprido de caxemira com um cinto frouxo ao redor da cintura e pantufas creme.

— É lindo — diz ela. — Você está linda. É tão colorido.

— Obrigada — respondo, me sentindo constrangida pela atenção.

Nós três nos sentamos na sala, e Owen foge para a cozinha. Ainda estou vermelha por causa do quase beijo e pelo fato de a mãe de Peter provavelmente saber o que estávamos fazendo. Também me pergunto o que ela sabe sobre o que anda acontecendo entre nós, o quanto ele contou, se é que contou alguma coisa.

— Como foi seu Natal, Lara Jean? — pergunta a mãe dele.

Eu sopro a caneca.

— Foi bem legal. Meu pai deu um cachorrinho para a minha irmã, e brigamos o tempo todo para decidir quem o pega no colo. E minha irmã mais velha ainda não voltou para a faculdade, o que tem sido bom também. Como foi seu Natal, sra. Kavinsky?

— Ah, foi bom. Tranquilo. — Ela aponta para as pantufas. — Owen me deu isso. Como foi a festa? Suas irmãs gostaram dos biscoitos de frutas cristalizadas que Peter fez? Sinceramente, eu não suporto aqueles biscoitos.

Surpresa, olho para Peter, que de repente fica ocupado mexendo no celular.

— Achei que você tivesse dito que foi sua mãe que fez.

A mãe dele dá um sorriso orgulhoso.

— Ah, não, ele fez sozinho. Estava bem determinado.

— Tinham gosto de lixo! — grita Owen da cozinha.

A sra. Kavinsky ri de novo, e ficamos em silêncio. Minha mente está a todo vapor, tentando pensar em possíveis assuntos para conversar. Resoluções de Ano-Novo, talvez? A tempestade de neve que está prevista para cair na semana que vem? Peter não ajuda em nada; ele continua olhando para o celular.

Ela se levanta.

— Foi bom ver você, Lara Jean. Peter, não faça ela ficar na rua até tarde.

— Não vou. — Para mim, ele diz: — Já volto. Vou buscar as chaves.

Quando Peter sai, digo:

— Me desculpe por aparecer assim no dia de Ano-Novo. Espero não ter interrompido nada.

— Você é bem-vinda quando quiser. — Ela se inclina para a frente e apoia a mão no meu joelho. Com um olhar significativo, diz: — Só cuide bem do coração dele. É tudo que peço.

Meu estômago se revira. Peter contou o que aconteceu entre nós?

A sra. Kavinsky dá um tapinha no meu joelho e se levanta.

— Boa noite, Lara Jean.

— Boa noite — respondo.

Apesar do sorriso gentil, sinto como se estivesse em maus lençóis. Havia um tom de reprovação na voz dela, tenho certeza. *Não machuque meu filho* foi o que ela quis dizer. Peter ficou muito chateado pelo que aconteceu entre nós? Ele não deixou transparecer. Pareceu irritado, talvez um pouco magoado. Mas não o bastante para falar com a mãe. Mas talvez ele e a mãe fossem muito próximos. Odeio pensar que talvez eu já possa ter causado uma má impressão antes mesmo de eu e Peter começarmos a namorar de verdade.

Está escuro lá fora, quase sem estrelas no céu. Acho que talvez neve de novo em breve. Na minha casa, todas as luzes do térreo estão acesas, e a luz do quarto de Margot no andar de cima também. Do outro lado da rua, vejo a pequena árvore de Natal da sra. Rothschild pela janela.

Peter e eu estamos aquecidos e aconchegados no carro dele. O ar quente sai pelas saídas de ventilação.

— Você contou para sua mãe que terminamos? — pergunto.

— Não. Porque nós não terminamos — diz ele, diminuindo o aquecimento.

— Não?

Ele ri.

— Não, porque nunca ficamos juntos de verdade, lembra?

*Estamos juntos agora?* É o que estou pensando, mas não pergunto, porque ele passa o braço por cima dos meus ombros e inclina minha cabeça na direção do rosto dele, e fico nervosa de novo.

— Não precisa ficar nervosa — diz ele.

Dou um beijo rápido em Peter, para provar que não estou.

— Me beije como se tivesse sentido minha falta — pede ele, com a voz rouca.

— Eu senti — retruco. — Minha carta dizia isso.

— É, mas…

Eu o beijo antes que ele possa terminar. Um beijo de verdade. Intenso. Ele também me beija com vontade. Como se quatrocentos anos tivessem se passado. De repente, não estou pensando em mais nada, só no beijo.

# 3

Depois que Peter me deixa em casa, entro correndo para contar o que aconteceu a Margot e Kitty, e sinto como se fosse explodir. Mal posso esperar para falar tudo.

Kitty estava deitada no sofá, vendo tevê com Jamie Fox-Pickle no colo, e se senta quando entro na sala. Com a voz baixa, ela diz:

— Gogo está chorando.

Meu entusiasmo evapora na mesma hora.

— O quê? Por quê?

— Acho que ela foi até a casa do Josh para conversarem, e não foi bom. Você devia ir falar com ela.

Ah, não. Não era para ser assim. Eles tinham que voltar, como Peter e eu.

Kitty se acomoda de novo no sofá com o controle remoto na mão, seu dever de irmã cumprido.

— Como foi com Peter?

— Foi ótimo — digo. — Ótimo mesmo.

O sorriso surge no meu rosto sem que eu pretendesse, e paro de sorrir rapidamente, por respeito a Margot.

Vou até a cozinha e faço uma xícara de chá Night-Night para ela. Adiciono duas colheres de chá de mel, como mamãe fazia para nós na hora de dormir. Por um segundo, considero colocar um pouquinho de uísque, porque vi em um seriado vitoriano na tevê; as empregadas colocavam uísque na bebida quente da senhora da mansão para acalmá-la. Sei que Margot bebe na faculdade, mas ela já está de ressaca, e duvido que papai fosse gostar da ideia. Então coloco o chá sem uísque na minha caneca favorita, e mando Kitty levar a bebida até o quarto da Margot. Digo a ela para ser gentil. Digo que deve primeiro dar o chá para Margot e depois se aconchegar com ela por pelo menos cinco minutos. Mas Kitty reclama, porque só se aconchega se ganhar alguma coisa com isso, e também porque sei que ver Margot chateada a assusta.

— Vou levar Jamie para ela se aconchegar — diz Kitty.

Egoísta!

Quando vou para o quarto de Margot com um pão de canela, Kitty não está por perto, nem Jamie. Margot está encolhida na cama, chorando.

— Acabou mesmo, Lara Jean — sussurra ela. — Já acabou faz tempo, mas agora sei que é para sempre. A-achei que, se eu quisesse voltar, ele também iria querer, mas Josh n-não quer.

Eu me deito na cama e encosto a testa nas costas dela. Consigo sentir cada respiração. Ela chora no travesseiro, e massageio os ombros de Margot do jeito que ela gosta. O importante a saber sobre Margot é que ela não chora nunca, e vê-la chorar tira meu mundo e nossa casa dos eixos. Tudo parece torto.

— Ele disse que relacionamento a distância é muito d-difícil, que eu estava certa de terminar antes de ir. Senti t-tanta saudade dele, e parece que ele não sentiu nem um pouco a minha falta.

Eu mordo o lábio, me sentindo culpada. Fui eu que a encorajei a falar com Josh. Isso é em parte minha culpa.

— Margot, ele sentiu sua falta. Sentiu mesmo. Eu olhava pela janela durante a aula de francês e via ele lá fora, nas arquibancadas, almoçando sozinho. Era deprimente.

Ela funga.

— É verdade?

— *É*.

Não entendo qual é o problema do Josh. Ele agiu como se a amasse tanto; praticamente entrou em depressão depois que ela foi embora. Agora, isso?

Margot suspira.

— Eu acho… eu acho que ainda amo o Josh.

— Ama?

*Amar.* Margot disse que "ama" Josh. Acho que nunca a ouvi dizer que amava Josh. Talvez que estivesse apaixonada, mas não que o amava.

Margot seca os olhos com o lençol.

— Eu terminei com ele para não ser aquela garota que fica chorando por causa do namorado, mas agora é exatamente isso que eu estou fazendo. É patético.

— Você é a pessoa menos patética que eu conheço, Gogo — digo para ela.

Margot para de fungar e se vira, para ficarmos cara a cara. Ela franze a testa para mim.

— Eu não disse que *eu* era patética. Disse que chorar por um garoto é.

— Ah — digo. — Bem, ainda não acho patético chorar por alguém. Só quer dizer que você gosta muito dessa pessoa e está triste.

— Ando chorando tanto que sinto como se meus olhos parecessem… uvas-passas. Parecem?

Margot aperta os olhos para mim.

— *Estão* inchados — admito. — Seus olhos não estão acostumados a chorar. Tenho uma ideia!

Eu pulo da cama e corro até a cozinha. Encho com gelo uma tigela de cereal, pego duas colheres de prata e volto correndo.

— Deite-se — instruo, e Margot obedece. — Feche bem os olhos.

Coloco uma colher em cima de cada olho.

— Isso funciona mesmo?

— Eu vi em uma revista.

Quando as colheres ficam mornas contra a pele dela, mergulho-as de novo no gelo e coloco nos olhos de Margot, repetidas vezes. Ela me pede para contar o que aconteceu com Peter, e eu conto, mas deixo os beijos de fora porque me parece de mau gosto, considerando o coração partido dela.

Ela se senta e diz:

— Você não precisa fingir gostar do Peter só para poupar meus sentimentos. — Margot engole em seco, como se estivesse com dor de garganta. — Se alguma parte de você ainda gostar do Josh... se ele gostar de você...

Eu faço uma expressão horrorizada. Abro a boca para negar, para dizer que isso parece que foi uma eternidade atrás, mas ela me silencia com a mão.

— Seria muito difícil, mas eu não quero atrapalhar, sabe? Estou falando sério, Lara Jean. Você pode me contar.

Fico tão aliviada, tão agradecida de ela estar tocando no assunto.

— Ah, meu Deus, eu não gosto do Josh, Gogo — falo rapidamente. — Não desse jeito. Não mesmo. E ele também não gosta de mim. Acho... Acho que nós dois estávamos sentindo a sua falta. É do Peter que eu gosto.

Por baixo do cobertor, encontro a mão de Margot e junto meu dedo mindinho com o dela.

— Promessa de irmã.

Ela engole em seco.

— Então acho que não tem nenhum motivo secreto para ele não querer voltar. Acho que é só porque Josh não quer mais ficar comigo.

— Não, é só porque você está na Escócia e Josh está na Virgínia, e relacionamentos a distância são muito difíceis. Você foi sábia de terminar quando terminou. Sábia, corajosa e certa.

A dúvida surge no rosto dela como sombras escuras, mas ela balança a cabeça e sua expressão se suaviza.

— Chega de falar de mim e Josh. Somos notícia velha. Me conte mais sobre Peter. Por favor. Isso vai fazer eu me sentir melhor.

Ela volta a se deitar e coloca as colheres sobre os olhos.

— Bem, a princípio ele foi frio comigo, muito blasé...

— Não, comece do começo.

Eu volto mais um pouco: conto para ela sobre nosso relacionamento de mentirinha, sobre o ofurô, tudo. Ela fica tirando as colheres para poder me olhar enquanto eu conto. Mas em pouco tempo os olhos dela parecem menos inchados. E eu me sinto mais leve, até eufórica. Escondi essas coisas dela durante meses, mas agora ela sabe tudo que aconteceu desde que foi embora, e me sinto próxima dela de novo. Não dá para ser próxima de alguém de verdade enquanto existirem segredos entre os dois.

Margot pigarreia. Então hesita.

— E como foi o beijo?

Fico vermelha. Bato os dedos nos lábios antes de falar:

— Foi como… como se esse pudesse ser o trabalho dele.

Margot ri e tira as colheres dos olhos.

— Tipo um michê?

Pego uma das colheres e bato na testa dela como se fosse um gongo.

— Ai!

Ela tenta pegar a outra colher, mas sou rápida e fico com as duas. Estamos rindo como loucas enquanto eu tento bater de novo na testa dela.

— Margot… doeu quando você fez sexo?

Tomo o cuidado de não tocar no nome de Josh. É estranho, porque Margot e eu nunca falamos sobre sexo a sério, já que nenhuma de nós tinha experiência. Mas agora ela tem, e eu não, e quero saber o que ela sabe.

— Hum. Nas primeiras vezes, um pouco. — Agora é ela quem está vermelha. — Lara Jean, não consigo falar sobre isso com você. É muito estranho. Você não pode perguntar para a Chris?

— Não, quero saber de você. Por favor, Gogo. Você tem que me contar tudo, eu preciso saber. Não quero parecer uma boba quando for minha primeira vez.

— Eu e Josh não transamos centenas de vezes nem nada do tipo! Não sou especialista. E só fiz com ele. Mas, se você está pensando em transar com o Peter, não deixe de se proteger e usar preservativo e tudo o mais. — Assinto rapidamente. É agora que ela vai para a parte boa. — E tenha certeza, o máximo de certeza *que puder*. E deixe claro que ele deve ser gentil e paciente com você, para ser especial, uma coisa que você vai poder relembrar com carinho.

— Entendi. E quanto tempo durou do começo ao fim?

— Não muito. Não se esqueça de que também foi a primeira vez do Josh.

Ela fala com melancolia. Agora, também me sinto melancólica. Peter fez isso tantas vezes com Genevieve que deve ser especialista. É capaz até de eu ter um orgasmo na minha primeira vez. E isso é ótimo, mas talvez fosse bom se os dois não soubessem o que estavam fazendo, em vez de ser só eu.

— Você não se arrepende, não é?

— Não. Acho que não. Acho que sempre vou ficar feliz de ter sido com Josh. Não importa o que aconteceu depois.

Isso me dá certo alívio, pois mesmo agora, com os olhos vermelhos de tanto chorar, Margot ainda não se arrepende de ter amado Josh.

Durmo no quarto dela naquela noite, como fazíamos antigamente, encolhida ao lado dela debaixo do edredom. O quarto de Margot é o mais frio da casa porque fica em cima da garagem. Consigo ouvir o aquecedor armar e desarmar.

No escuro, ao meu lado, ela diz:

—Vou sair com um monte de escoceses quando voltar para a faculdade. Quando é que vou ter outra oportunidade dessas?

Dou uma risadinha e rolo na cama, para ficarmos cara a cara.

— Não, já sei. Não saia com um monte de escoceses. Saia com um garoto da Inglaterra, um da Irlanda e um da Escócia. E um do País de Gales! Um tour pelo Império Britânico!

— Bem, *estou* estudando antropologia na faculdade — diz Margot, e rimos mais um pouco. — Sabe o que é mais triste? Josh e eu nunca mais vamos ser amigos como antes. Não depois disso. Aquela parte acabou. Ele era meu melhor amigo.

Finjo ficar magoada para aliviar o clima, para ela não começar a chorar de novo.

— Ei, eu achava que eu era sua melhor amiga!

—Você não é minha melhor amiga. É minha irmã, o que é bem mais importante.

*É* mais importante mesmo.

— Nosso namoro era tão tranquilo e divertido no início, e agora Josh e eu somos como estranhos. Nunca mais vou ter aquela pessoa de volta, que eu conhecia melhor do que ninguém e que me conhecia tão bem.

Sinto uma pontada no coração. Quando ela fala assim, é tão triste.

—Vocês podem ficar amigos de novo depois de algum tempo.

Mas não seria a mesma coisa, sei disso. Ela sempre lamentaria o que passou. Sempre seria um pouco… menos.

— Mas não vai ser como antes.

— Não — concordo. — Acho que não.

Estranhamente, penso em Genevieve, no que significávamos uma para a outra. A nossa amizade era do tipo que faz sentido quando se é criança, mas não tanto agora, que estamos crescidas. Acho que não dá para a gente se agarrar ao passado só porque não quer soltar.

É o fim de uma era, ao que parece. Não vai ter mais Margot e Josh. Agora é pra valer. É pra valer porque Margot está chorando, e consigo ouvir na voz dela que acabou, e desta vez nós duas sabemos. As coisas mudaram.

— Não deixe que isso aconteça com você, Lara Jean. Não deixe ficar sério a ponto de as coisas não poderem mais voltar ao que eram. Se apaixone por Peter se quiser, mas tome cuidado com seu coração. As coisas parecem que vão durar para sempre, mas não vão. O amor pode sumir, ou as pessoas, mesmo sem querer. Nada é garantido.

Engulo em seco.

— Eu prometo que vou tomar cuidado.

Mas não sei se entendo o que ela quer dizer. Como posso tomar cuidado se já gosto tanto dele?

# 4

Margot saiu para comprar botas novas com sua amiga Casey, papai está no trabalho e Kitty e eu estamos de bobeira em casa vendo tevê quando meu celular vibra ao meu lado. É uma mensagem de Peter.

`Cinema hoje?`

Respondo que sim com um ponto de exclamação. Depois apago o ponto de exclamação, porque me faz parecer ansiosa demais. Mas, sem o ponto de exclamação, o sim parece totalmente desanimado. Decido usar uma carinha sorridente e aperto o botão de enviar antes de começar a ficar obcecada sobre o assunto.

— Para quem você está mandando mensagem? — Kitty está sentada no chão da sala, enfiando colheradas de pudim na boca. Jamie tenta roubar uma lambida, mas ela balança a cabeça e dá uma bronca nele. — Você sabe que não pode comer chocolate!

— Eu estava mandando uma mensagem para Peter. Sabe, isso talvez nem seja chocolate de verdade. Talvez seja só o sabor. Verifique o rótulo.

De todas nós, Kitty é a mais firme com Jamie. Ela não o pega imediatamente quando ele está chorando e pedindo colo, e sempre borrifa água no rosto dele quando se comporta mal. São truques que está aprendendo com nossa vizinha do outro lado da rua, a sra. Rothschild, que é tipo uma encantadora de cães. Ela tinha três, mas se divorciou do marido e ficou com Simone, a golden retriever, e ele ficou com a guarda dos outros dois.

— Você e Peter estão namorando de novo? — pergunta Kitty.

— Hã. Não sei.

Depois do que Margot disse na noite passada sobre ir devagar, tomar cuidado com meu coração e não chegar a um ponto sem volta, talvez seja bom transitar em uma área de incerteza por um tempo. Além disso, é difícil redefinir uma coisa que nunca teve definição clara. Éramos duas pessoas fingindo nos gostar, fingindo ser um casal, então o que somos agora? E como as coisas poderiam ter sido se tivéssemos começado a nos gostar sem o fingimento? Teríamos chegado a namorar? Acho que nunca vou saber.

— O que você quer dizer com não sabe? — insiste Kitty. — Você não deveria saber se é namorada de uma pessoa ou não?

— Ainda não conversamos sobre isso. Não abertamente.

Kitty muda o canal.

— Você deveria resolver isso.

Eu me viro de lado e me apoio no cotovelo.

— Mas mudaria alguma coisa? A gente se gosta. Qual é a diferença entre isso e ter um rótulo? O que mudaria? — Ela não responde. — Kitty?

— Desculpe, você pode repetir tudo no comercial? Estou tentando ver o programa.

Eu jogo um travesseiro na cabeça dela.

— Eu estaria mais bem servida se estivesse discutindo essas coisas com Jamie. — Bato palmas. — Vem cá, Jamie!

Jamie levanta a cabeça para me olhar e volta a se aconchegar perto de Kitty, ainda com esperança de ganhar pudim, tenho certeza.

No carro ontem à noite, Peter não pareceu incomodado pelo status do nosso relacionamento. Parecia feliz e tranquilo, como sempre. Eu me preocupo demais com cada detalhezinho. Seria bom para mim seguir um pouco da filosofia de "deixar rolar" de Peter na minha vida.

— Quer me ajudar a escolher o que usar para ir ao cinema com Peter hoje? — pergunto a Kitty.

— Posso ir também?

— Não! — Kitty começa a fazer beicinho, e eu completo: — Talvez na próxima.

— Tudo bem. Me mostre duas opções e eu digo qual é a melhor.

Corro para o quarto e começo a remexer no armário. Esse vai ser nosso primeiro encontro de verdade, e quero impressioná-lo um pouco. Infelizmente, Peter já me viu com minhas roupas boas, então a única coisa que me resta fazer é ir pegar algo no armário de Margot. Ela tem um vestido creme de mangas compridas que trouxe da Escócia, e posso usá-lo com meia-calça e minhas botinhas marrons. Tem também um suéter lilás de tricô que ando namorando; posso usar com minha saia amarela e um laço amarelo no cabelo, que vou cachear, porque uma vez Peter disse que gostava do meu cabelo cacheado.

— Kitty! — grito. — Venha olhar duas opções!

— No comercial! — grita ela.

Enquanto isso, mando uma mensagem de texto para Margot:

`Você me empresta seu suéter de tricô ou seu vestido creme de mangas longas??`

`Oui.`

Kitty vota no suéter de tricô e diz que parece que estou usando roupa de patinação no gelo, e gosto da ideia.

— Você pode usar se formos patinar no gelo — completa. — Você, eu e Peter.

Dou uma gargalhada.

— Fechado.

# 5

Peter e eu estamos no cinema, na fila da pipoca. Até essa coisa comum parece a melhor coisa comum que já me aconteceu. Checo o bolso para ter certeza de que estou com o canhoto do ingresso. Vou querer guardar esse.

— Este é meu primeiro encontro — sussurro para Peter.

Me sinto como a garota nerd de um filme que fica com o cara mais descolado da escola, e não me importo nem um pouco. Nem um pouco mesmo.

— Como esse pode ser seu primeiro encontro se já saímos um monte de vezes?

— É meu primeiro encontro *de verdade*. As outras vezes foram fingimento. Agora é pra valer.

Ele franze a testa.

— Ah, espera, é pra valer? Eu não tinha percebido.

Dou um soquinho no ombro dele, que ri, segura minha mão e entrelaça os dedos nos meus. Parece que meu coração está batendo pela mão. É a primeira vez que damos as mãos de verdade, e parece diferente das outras vezes. Como uma corrente elétrica, mas de um jeito bom. Do melhor jeito.

A fila está andando, e percebo que estou nervosa, o que é estranho, porque é o Peter. Mas também é um Peter diferente, e eu sou uma Lara Jean diferente, porque estamos em um encontro, um encontro de verdade. Só para ter assunto, pergunto:

— Quando vai ao cinema, você prefere chocolate ou bala?

— Nenhum dos dois. Sempre quero só pipoca.

— Então estamos ferrados! Você não é nenhum dos dois, e eu sou os dois, ou todas as opções anteriores.

Chegamos ao caixa e começo a procurar a carteira.

Peter ri.

— Você acha que vou deixar uma garota pagar no primeiro encontro dela? — Ele estufa o peito e diz para o caixa: — Queremos uma pipoca média com manteiga, e você pode pôr a manteiga em camadas? E um pacote de jujubas e uma caixa de Milk Duds. E uma Cherry Coke pequena.

— Como você sabia que era isso que eu queria?

— Eu presto muito mais atenção do que você pensa, Covey.

Peter passa o braço por cima dos meus ombros com um sorrisinho satisfeito e esbarra sem querer no meu peito direito.

— Ai!

Ele dá um risinho constrangido.

— Ops. Desculpa. Você está bem?

Dou uma cotovelada nele, e Peter ainda está rindo quando entramos no cinema. É nessa hora que vemos Genevieve e Emily saindo do banheiro feminino. Na última vez que vi Genevieve, ela estava contando para todo mundo do ônibus do passeio que eu e Peter transamos no ofurô. Sinto uma onda de pânico, uma vontade louca de lutar ou fugir.

Peter para por um segundo, e não sei direito o que vai acontecer. Temos que ir até lá dizer oi? Continuamos andando? O braço dele me aperta mais, e consigo sentir sua hesitação. Ele está dividido.

Genevieve resolve o dilema. Ela entra no cinema como se não tivesse nos visto. Na mesma sala para onde estamos indo. Eu não olho para Peter, e ele também não diz nada. Acho que vamos só fingir que ela não está ali. Ele me guia pela mesma porta e escolhe nossas cadeiras, à esquerda, perto dos fundos. Genevieve e Emily estão sentadas no meio. Vejo a cabeça loura dela, as costas do casaco cinza. Eu me obrigo a não olhar. Se Gen se virar, não quero ser pega encarando.

Nós nos sentamos, e estou tirando o casaco e começando a ficar à vontade quando o celular de Peter vibra. Ele o tira do bolso e guarda logo em seguida, e sei que era a Gen, mas sinto que não posso perguntar. A presença dela marcou a noite. Fez duas marcas de mordida de vampiro nela.

As luzes se apagam, e Peter passa o braço por cima dos meus ombros. *Será que ele vai ficar assim o filme todo?*, eu me pergunto. Sinto que estou rígida e tento controlar a respiração. Ele sussurra no meu ouvido:

— Relaxa, Covey.

Estou tentando, mas é impossível relaxar nessas circunstâncias. Peter aperta meu ombro, se inclina e roça o nariz no meu pescoço.

— Você cheira bem — diz ele em voz baixa.

Dou uma risada um pouco alta demais, e o homem sentado à nossa frente se vira e me olha feio. Envergonhada, digo para Peter:

— Desculpe, sinto cócegas.

— Não tem problema — diz ele, e mantém o braço ao meu redor.

Eu dou um sorriso e assinto, mas agora estou me perguntando: será que ele espera que façamos coisas durante o filme? Foi por isso que escolheu cadeiras nos fundos quando ainda havia cadeiras vazias no meio? O pânico cresce dentro de mim. Genevieve está aqui! E outras pessoas também! Eu posso ter ficado de amassos com ele no ofurô, mas não tinha ninguém por perto para ver. Além do mais, eu quero assistir ao filme. Eu me inclino para a frente para tomar um gole de refrigerante, mas é mais para poder me afastar dele sutilmente.

Depois do filme, concordamos silenciosamente em irmos embora logo, para não encontrarmos Genevieve de novo. Nós dois saímos correndo do cinema, como se o diabo estivesse atrás da gente, que é mais ou menos o que está acontecendo, acho. Peter está com fome, mas comi porcaria demais para jantar, então sugiro irmos à lanchonete e dividirmos uma porção de batata frita. Mas Peter diz:

— Acho que devíamos ir a um restaurante de verdade, já que é seu primeiro encontro.

— Eu não sabia que você tinha um lado tão romântico.

Meu tom é de brincadeira, mas estou falando sério.

— Vai se acostumando — diz ele, se gabando. — Sei tratar bem uma garota.

Peter me leva ao Biscuit Soul Food, o restaurante favorito dele. Eu o vejo comer frango frito com mel e Tabasco e me pergunto quantas vezes Genevieve ficou sentada vendo-o fazer a mesma coisa. Nossa cidade não é tão grande. Não tem muitos lugares aonde possamos ir que ele já não tenha levado Genevieve. Quando vou ao banheiro, começo a me perguntar se ele está respondendo à mensagem dela, mas me obrigo a afastar o pensamento na mesma hora. E daí se ele responder? Eles ainda são amigos. Ele pode fazer isso. Não vou deixar Gen estragar minha noite. Quero estar aqui, vivendo o momento, só nós dois em nosso primeiro encontro.

Volto para a mesa, e Peter terminou o frango frito e deixou uma pilha de guardanapos sujos na mesa. Ele tem o hábito de limpar os dedos cada vez que dá uma mordida. Está com mel e um pouco de massa empanada na bochecha, mas não falo nada porque acho engraçado.

— Como foi seu primeiro encontro? — pergunta Peter, se esticando na cadeira. — Conte como se não fosse comigo.

— Gostei daquela hora que você soube o que comprar no cinema. — Ele assente, me encorajando a continuar. — E… gostei do filme.

— É, eu percebi. Você ficou me mandando ficar quieto e apontando para a tela.

— Aquele homem na nossa frente estava ficando com raiva. — Hesito. Não sei se devo dizer o que quero dizer, o que fiquei pensando a noite toda. — Não sei… Sou só eu, ou…?

Ele se inclina para mais perto.

— O quê?

Eu respiro fundo.

— É… meio estranho? Primeiro, a gente fingia, depois, não, depois, brigamos, e agora estamos aqui e você está comendo frango frito. Parece que fizemos tudo na ordem errada, e é bom, mas… parece meio de cabeça pra baixo.

*Além disso, você ficou tentando me apalpar durante o filme?*

— Acho que é mesmo meio estranho — admite ele.

Tomo um gole de chá gelado e fico aliviada por ele não me achar estranha por tocar no assunto da esquisitice.

Ele sorri para mim.

— Talvez a gente precise de um novo contrato.

Não consigo saber se ele está brincando ou falando sério, então deixo rolar.

— O que haveria no contrato?

— Deixa eu pensar... Acho que eu teria que ligar pra você todas as noites antes de ir dormir. Você aceitaria ir a todos os meus jogos de lacrosse. A alguns treinos também. Eu teria que ir à sua casa jantar. Você teria que ir a festas comigo.

Faço uma careta para a parte das festas.

— Vamos só fazer as coisas que queremos. Como antes. — De repente, ouço a voz de Margot na minha cabeça. — Vamos... vamos nos divertir.

Ele assente, e agora é Peter que parece aliviado.

— Isso!

Gosto de ele não levar as coisas a sério demais. Em outras pessoas, isso poderia ser irritante, mas não nele. É uma das melhores qualidades de Peter, se quer saber. Isso e o rosto dele. Eu poderia passar o dia inteiro olhando para o rosto dele. Tomo um gole de chá pelo canudo e olho para ele. Um contrato poderia ser bom para nós. Poderia nos ajudar a resolver problemas e nos manter responsáveis. Acho que Margot sentiria orgulho de mim por isso.

Tiro um caderninho e uma caneta da bolsa. Escrevo *Novo contrato de Lara Jean e Peter* no topo da página.

Na primeira linha, eu escrevo: *Peter vai ser pontual.*

Peter estica o pescoço para ler de cabeça para baixo.

— Espere, aí está escrito "Peter vai ser pontual"?

— Se você disser que vai estar em um lugar, esteja lá.

Peter faz uma careta.

— Eu deixo de aparecer *uma vez* e você guarda todo esse ressentimento...

— Mas você está sempre atrasado.

— Não é a mesma coisa que não aparecer!

— Se atrasar sempre mostra falta de respeito pela pessoa que está esperando.

— Eu respeito você! Eu respeito você mais do que qualquer outra garota que conheço!

Eu aponto para ele.

— "Garota"? Só "garota"? Que garoto você respeita mais do que a mim?

Peter inclina a cabeça para trás e grunhe tão alto que mais parece um rugido. Estico a mão por cima da comida, puxo a gola da camisa dele e o beijo antes que possamos brigar de novo. Mas tenho que dizer que é esse tipo de briga, do tipo implicante, não do tipo que magoa, que dá a sensação de que estamos sendo *nós* pela primeira vez esta noite.

O que decidimos é o seguinte:

- Peter não vai se atrasar mais do que cinco minutos.
- Lara Jean não vai obrigar Peter a fazer qualquer tipo de artesanato.

- Peter não precisa ligar para Lara Jean todas as noites antes de ir dormir, mas pode ligar se tiver vontade.
- Lara Jean só vai a festas se tiver vontade.
- Peter vai dar carona para Lara Jean sempre que ela quiser.
- Lara Jean e Peter vão sempre contar a verdade um para o outro.

Tem uma coisa que quero acrescentar ao contrato, mas fico nervosa de tocar nesse assunto agora que as coisas estão indo tão bem.

*Peter ainda pode ser amigo de Genevieve, desde que seja sincero com Lara Jean sobre o assunto.*

Ou talvez *Peter não vai mentir para Lara Jean sobre Genevieve.* Mas isso é redundante, porque já fizemos a regra sobre sempre falar a verdade um para o outro. Uma regra assim não seria verdadeira. O que quero mesmo dizer é *Peter sempre vai escolher Lara Jean e não Genevieve.* Mas não posso dizer isso. Claro que não. Não sei muita coisa sobre namoros e rapazes, mas sei que insegurança e ciúmes são um balde de gelo.

Então, mordo a língua; não digo o que estou pensando. Só tem uma coisa, uma coisa importante da qual quero ter certeza.

— Peter.

— Que foi?

— Não quero que a gente parta o coração um do outro.

Peter ri e acaricia minha bochecha.

—Você está planejando partir meu coração, Covey?

— Não. E tenho certeza de que você não está planejando partir o meu. Ninguém nunca planeja.

— Então coloque isso no contrato. Peter e Lara Jean prometem não partir o coração um do outro.

Dou um sorriso de alívio e escrevo no papel: *Lara Jean e Peter não vão partir o coração um do outro.*

# 6

Na véspera do primeiro dia de aula, Kitty e eu ficamos deitadas na minha cama vendo vídeos de bichinhos no meu computador. Nosso cachorro, Jamie Fox-Pickle, está encolhido ao pé da cama, parece uma bolinha. Kitty o enrolou com um antigo cobertor de bebê dela, e só o focinho está aparecendo. Ele está sonhando; dá para saber pelo jeito como treme e se sacode todo de vez em quando. Não consigo dizer se o sonho é bom ou ruim.

— Você acha que devíamos começar a fazer vídeos de Jamie? — pergunta Kitty. — Ele é fofo, não é?

— Ele tem a aparência certa, mas nenhum talento evidente nem nada de peculiar.

Assim que falo a palavra "peculiar", eu me lembro de Peter. Ele disse uma vez que eu era "bonita de um jeito peculiar". Eu me pergunto se ele ainda me vê assim. Já ouvi dizer que, quanto mais a gente gosta de alguém, mais acha a pessoa bonita, mesmo que não achasse isso no começo.

— Jamie faz aquela coisa de sair pulando como um cervo bebê — diz Kitty.

— Hum... Eu não chamaria isso de uma "coisa". Não é o mesmo que pular em caixas de papelão ou tocar piano ou fazer carinha mal-humorada.

— A sra. Rothschild vai me ajudar a treiná-lo. Ela acha que ele tem a personalidade certa para aprender truques.

Kitty clica no vídeo seguinte, um cachorro que uiva quando ouve "Thriller", do Michael Jackson. Kitty e eu morremos de rir e vemos de novo.

Depois do vídeo de uma mulher cujo gato se enrola no rosto dela como um cachecol, digo:

— Peraí. Você fez o seu dever de casa?

— Eu só tinha que ler um livro.

— E você leu?

— Quase todo — afirma Kitty, se aconchegando mais em mim.

— Você teve o recesso de Natal inteiro para ler, Kitty!

Eu queria muito que Kitty gostasse de ler, como Margot e eu. Ela prefere assistir à tevê. Pauso o vídeo e fecho o computador com um floreio.

— Chega de vídeos de bichinhos para você. Vá terminar o livro.

Começo a empurrá-la da cama, mas Kitty se segura na minha perna.

— Não me renegue, minha irmã querida! — Com orgulho, ela diz: — Isso é Shakespeare. *Romeu e Julieta*, caso você não tenha lido.

— Não me venha bancar a superior, como se estivesse lendo Shakespeare. Vi você assistindo ao filme outro dia.

— E daí se eu li ou vi no filme? A mensagem é a mesma. — Kitty sobe na cama de novo.

Eu mexo no cabelo dela.

— E qual é a mensagem?

— Não se mate por causa de um garoto.

— Nem de uma garota.

— Nem de uma garota — concorda ela, e abre meu computador. — Mais um vídeo de gatinhos, aí vou ler o livro.

Meu celular vibra. É uma mensagem da Chris.

`Veja o instagram do MeninaVeneno AGORA.`

MeninaVeneno é uma conta anônima no Instagram que posta fotos e vídeos escandalosos de pessoas se agarrando ou enchendo a cara em festas. Ninguém sabe quem é o dono da conta; as pessoas só enviam as fotos e os vídeos. A foto de uma garota de outra escola viralizou ano passado: ela estava se exibindo para um carro de polícia. Ouvi falar que foi expulsa da escola.

Meu celular vibra de novo.

`AGORA!`

— Espere aí, Kitty, tenho que ver uma coisa primeiro. — Eu pauso o vídeo. Enquanto digito o endereço, digo: — Se você quer ficar aqui, feche os olhos até eu mandar você abrir.

Kitty obedece.

A postagem mais recente do MeninaVeneno mostra um vídeo de um garoto e uma garota se agarrando em um ofurô. MeninaVeneno é famosa pelos vídeos de ofurôs. Ela usa a tag #amassosmolhados. A imagem está meio pixelada, como se tivesse sido filmada de longe, usando zoom. Clico no play. A garota está sentada no colo do garoto, com as pernas ao redor da cintura dele e os braços ao redor do pescoço. Ela está usando uma camisola vermelha, que se espalha na água. A cabeça dela esconde o rosto dele. Seu cabelo é comprido, e as pontas tocam a água como pincéis de caligrafia em tinta. O garoto acaricia as costas dela como se a garota fosse um violoncelo e ele o estivesse tocando.

Fico tão hipnotizada que não reparo que Kitty também está prestando atenção. Nós duas inclinamos a cabeça, tentando entender o que estamos vendo.

— Você não devia estar vendo isso — digo.

— Eles estão fazendo *aquilo*? — pergunta ela.

— É difícil saber por causa da camisola.

Será?

A garota toca na bochecha dele, e tem alguma coisa no movimento, no jeito como ela o toca como se estivesse lendo em braile. Tem alguma coisa familiar. Minha nuca fica gelada, e sou atingida por um *baque* de percepção, de reconhecimento humilhante.

Aquela garota sou eu. Eu e Peter, no ofurô no passeio da escola.

Ah, meu Deus.

Eu dou um grito.

Margot entra correndo, usando uma daquelas máscaras coreanas de beleza com buracos para os olhos, nariz e boca.

— O que foi? *O quê?*

Tento cobrir a tela do computador com a mão, mas ela afasta meu braço e também solta um grito. A máscara cai.

— Ah, meu Deus! É você?

*Ah meu Deus ah meu Deus ah meu Deus.*

— Não deixe Kitty ver! — exclamo.

Kitty está com os olhos arregalados.

— Lara Jean, eu achava que você era boazinha.

— Eu sou! — grito de volta.

Margot engole em seco.

— Isso… isso parece…

— Eu sei. Não fale.

— Não se preocupe, Lara Jean — tranquiliza Kitty. — Já vi coisa pior na tevê aberta, não foi nem na HBO.

— Kitty, já pro seu quarto! — grita Margot.

Kitty choraminga e se agarra a mim.

Não consigo acreditar no que estou vendo. A legenda diz *A sem graça da Lara Jean transando pra valer com Kavinsky no ofurô. Camisinha funciona debaixo d'água? Acho que vamos descobrir logo, logo. ;)* Os comentários são muitos emojis de olhos arregalados e risadas. Uma garota chamada Veronica Chen escreveu *Que piranha! Ela é oriental??* Eu nem sei quem é Veronica Chen!

— Quem poderia ter feito isso? — choramingo, apertando as mãos nas bochechas. — Não consigo sentir meu rosto. Meu rosto ainda é meu rosto?

— Quem é Menina Veneno? — dispara Margot.

— Ninguém sabe — respondo, e o rugido nos meus ouvidos é tão alto que mal consigo ouvir minha própria voz. — Todo mundo compartilha as postagens dela. Por acaso estou falando alto demais?

Estou em choque. Agora não consigo sentir as mãos nem os pés. Vou desmaiar. Isso está mesmo acontecendo? O que houve com a minha vida?

— Temos que fazer com que isso seja retirado agora. Existe um jeito de denunciar conteúdo impróprio? Temos que denunciar isso!

Margot tira o computador das minhas mãos. Ela clica no link DENUNCIAR. Ao passar os olhos pelos comentários no post, ela bufa.

— As pessoas são tão babacas! Talvez a gente precise de um advogado. O vídeo não vai ser removido logo.

— Não! — grito. — Não quero que papai veja!

— Lara Jean, isso é sério. Você não quer que as faculdades joguem seu nome no Google e encontrem esse vídeo! Ou, sei lá, futuros empregadores…

— Gogo! Você não está ajudando!

Eu pego o celular. Peter. Ele vai saber o que fazer. São cinco da tarde, o que quer dizer que ainda está no treino de lacrosse. Não posso nem ligar para ele. Então, mando uma mensagem:

`Me ligue AGORA.`

Nessa hora, escuto a voz do nosso pai gritando da escada.

— Essas batatas não vão virar purê sozinhas! Quem vem me ajudar?

Ah, meu Deus. Agora tenho que me sentar para jantar e olhar para meu pai, sabendo que esse vídeo existe. Essa não pode ser a minha vida.

Margot e Kitty se entreolham, depois se viram para mim.

— Ninguém diz nada para o papai! — sussurro para elas. — Isso inclui você, Kitty!

Ela me olha com mágoa.

— Sei quando tenho que ficar de bico fechado.

— Desculpa, desculpa — murmuro.

Meu coração está batendo tão rápido que fico com dor de cabeça. Não consigo nem pensar direito.

No jantar, meu estômago está embrulhado e mal consigo comer uma garfada de purê. Por sorte, tenho Margot e Kitty para manterem a conversa fluindo, e não preciso falar. Só fico empurrando a comida no prato de um lado para outro e dou pedaços escondidos para Jamie Fox-Pickle por baixo da mesa. Assim que todos terminam de comer, corro para meu quarto e olho o celular. Nenhuma ligação de Peter ainda. Só mais mensagens de Chris e uma de Haven:

`CARAMBA é você??!`

Não sei quem é a garota no vídeo. Não me reconheço nele. Não é assim que me vejo. Aquela pessoa não tem nada a ver comigo. Não sou alguém que entra em ofurôs com garotos e se senta no colo deles e os beija apaixonadamente com uma camisola molhada colada ao corpo. Mas fui assim naquela noite. O vídeo só não conta a verdade toda.

Fico dizendo para mim mesma que não estamos transando de verdade no vídeo. Eu não estou nua. Só *parece* que estou nua. E só consigo pensar que todo mundo da escola viu o vídeo, um vídeo de mim em um dos momentos mais íntimos e românticos da minha vida. E o pior de tudo: alguém filmou. Alguém estava lá. Essa lembrança devia ser só minha e de Peter, mas agora descubro que havia um voyeur qualquer lá com a gente. Não é mais só nossa. Virou algo vulgar. É o que parece, pelo menos. Na hora, eu me senti livre, aventureira e talvez até sexy. Não sei se já me senti sexy na vida. Agora, só quero deixar de existir.

Estou deitada na cama olhando para o teto, com o celular ao lado. Margot e Kitty me proibiram de olhar o vídeo. Elas tentaram tirar meu celular, mas falei que preciso dele para quando Peter ligar. Depois, dou uma olhada no vídeo, que agora tem mais de cem comentários, e nenhum deles é bom.

Kitty está brincando com Jamie Fox-Pickle no chão e Margot está escrevendo para a Central de Ajuda do Instagram quando Chris bate na minha janela. Margot destranca para ela, e Chris entra, tremendo e com as bochechas vermelhas.

— Ela está bem?

— Acho que ela está em choque — diz Kitty.

— Eu não estou em estado de choque — retruco.

Mas talvez esteja. Talvez isso seja choque. É uma sensação estranha e surreal, como se eu estivesse dormente, mas também com os sentidos apurados.

— Por que você não pode entrar pela porta da frente como uma pessoa normal? — pergunta Margot.

— Ninguém atendeu. — Chris tira as botas e se senta no chão ao lado de Kitty. Fazendo carinho em Jamie, ela diz: — Tudo bem, primeiro de tudo, não dá nem para ver direito que é você. E, segundo, é tão sensual que você não devia se envergonhar. Tipo, você está linda.

Margot faz um som de nojo.

— Isso é tão nada a ver que eu nem sei o que dizer.

— Só estou sendo sincera! Objetivamente, é uma sacanagem, mas pelo menos Lara Jean está incrível no vídeo.

Eu me enfio debaixo da colcha.

— Achei que nem dava para ver direito que era eu! Eu sabia que não devia ter ido àquele passeio. Odeio ofurôs. Por que eu entraria por vontade própria em um ofurô?

— Ei, fique feliz porque você estava de pijama — diz Chris. — Você podia estar nua!

Tiro a cabeça de debaixo da colcha e olho para ela com raiva.

— Eu jamais ficaria nua!

Chris ri com deboche.

— Você sabia que isso existe de verdade? Tem gente que usa roupas o tempo todo, sem exceção, até mesmo no banho. Tipo, de short jeans e tal.

Eu me viro de lado, de costas para Chris.

O colchão balança quando Margot sobe na cama.

— Vai ficar tudo bem — diz ela, puxando a colcha. — Vamos fazer com que tirem o vídeo.

— Não vai fazer diferença — resmungo. — Todo mundo já viu. Todo mundo me acha uma piranha.

Chris semicerra os olhos.

— Você está dizendo que, se uma garota transar em um ofurô, isso faz dela uma piranha?

— Não! Não é o que estou dizendo; é o que as pessoas estão dizendo.

— Então o que *você* está dizendo? — pergunta ela.

Eu olho para Kitty, que está fazendo trancinhas no cabelo de Chris. Ela está bem quieta, para esquecermos que está ali e não a expulsarmos.

— Acho que, desde que a menina esteja pronta e seja o que ela quer fazer e ela esteja se protegendo, não tem problema. Ela pode fazer o que quiser.

— A sociedade está sempre pronta para envergonhar a mulher por gostar de sexo e aplaudir o homem — afirma Margot. — Todos os comentários são sobre Lara Jean ser piranha, mas ninguém está dizendo nada sobre Peter, e ele está bem ali com ela. É ridículo como são dois pesos e duas medidas.

Eu não tinha pensado nisso.

Chris olha para o celular.

— Nossa, três pessoas diferentes me mandaram o vídeo desde que cheguei aqui.

Solto um grunhido, e Margot diz:

— Chris, isso não ajuda. Nem um pouco. — Para mim, ela fala: — Se as pessoas disserem alguma coisa, aja com indiferença, como se isso estivesse abaixo de você.

— Ou dê a cara à tapa — sugere Chris.

Atrás dela, Kitty diz:

— Ninguém vai dizer nada para Lara Jean porque ela é a namorada do Peter. Isso quer dizer que ela está sob a proteção dele, como em *A Família Soprano*.

Margot fica chocada.

— Ah, meu Deus, você viu *A Família Soprano*? Como você viu *A Família Soprano*? Nem passa mais na tevê.

— Eu vi on-line. Estou na terceira temporada.

— Kitty! Pare de ver! — Ela fecha os olhos e balança a cabeça. — Deixa pra lá. Isso não importa agora. Vamos conversar sobre isso depois. Kitty, Lara Jean não precisa de um garoto para protegê-la.

— Não, Kitty tem razão — diz Chris. — Não é pelo fato de Peter ser garoto. Bem, não é só isso. É pelo fato de ele ser popular e ela não. É aí que a proteção entra na jogada. Sem querer ofender, LJ.

— Tudo bem — digo.

É um pouco insultante, mas também é verdade, e agora não é a hora de eu ficar magoada com uma coisa tão minúscula em comparação a um vídeo que nem sexo tem.

— O que Kavinsky disse sobre isso? — pergunta Chris.

— Nada ainda. Ele está no treino de lacrosse.

Meu celular começa a vibrar na mesma hora, e nós três nos entreolhamos, com os olhos arregalados. Margot pega o aparelho e olha.

— É o Peter! — Ela joga o celular para mim. — Vamos dar privacidade para eles — diz, puxando Chris, que se solta dela.

Eu ignoro as duas e atendo.

— Alô. — Minha voz sai fina como palha.

Peter começa a falar rápido.

— Tudo bem, eu vi o vídeo, e a primeira coisa que vou dizer é para você não surtar. — Ele está com a respiração ofegante; parece que está correndo.

— Não surtar? Como posso não surtar? Isso é terrível. Você sabe o que estão dizendo de mim nos comentários? Que sou uma piranha. As pessoas acham que estamos transando naquele vídeo, Peter.

— Nunca leia os comentários, Covey! É a primeira regra...

— Se você disser "do Clube da Luta", vou desligar o telefone na sua cara.

— Desculpa. Tá, sei que é um saco, mas...

— Não é "um saco". É um pesadelo. Meu momento mais íntimo está exposto para todo mundo. Estou totalmente humilhada. As coisas que as pessoas estão dizendo...

Minha voz falha. Kitty, Margot e Chris estão olhando para mim com uma expressão triste, o que me deixa ainda mais triste.

— Não chore, Lara Jean. Por favor, não chore. Prometo que vou dar um jeito nisso. Vou descobrir quem é o responsável pela MeninaVeneno e vou tirar o vídeo de lá.

— Como? A gente nem sabe quem ela é! Além do mais, aposto que a escola toda já viu. Os professores também. Eu sei que os professores olham o MeninaVeneno. Eu estava na sala dos professores uma vez e ouvi o sr. Filipe e a sra. Ryan falando como essa página faz nossa escola parecer ruim. E os comitês de admissão das faculdades e nossos futuros empregadores?

Peter ri.

— Futuros empregadores? Covey, já vi coisas bem piores. Caramba, já vi fotos *minhas* piores. Lembra aquela foto minha com a cabeça em uma privada, pelado?

Estremeço.

— Eu nunca vi essa foto. Além do mais, é você, não eu. Eu não faço esse tipo de coisa.

— Confie em mim, está bem? Prometo que vou cuidar de tudo.

Eu assinto, apesar de saber que ele não consegue me ver. Peter é poderoso. Se alguém pode consertar uma coisa dessas, é ele.

— Escute, eu tenho que ir. O treinador vai me dar uma bronca se me vir no celular. Ligo para você hoje à noite, ok? Não vá dormir.

Não quero desligar. Eu queria poder conversar mais.

— Tá — sussurro.

Quando desligo, Margot, Chris e Kitty estão me olhando fixamente.

— E então? — pergunta Chris.

— Ele disse que vai cuidar de tudo.

Com arrogância, Kitty diz:

— Eu falei.

— O que quer dizer com "ele vai cuidar de tudo"? — pergunta Margot. — Ele não mostrou ser lá muito responsável.

— Não é culpa dele — Kitty e eu dizemos ao mesmo tempo.

— Ah, sei exatamente quem é responsável por isso — proclama Chris. — Minha prima demoníaca.

Isso me deixa sem fôlego.

— O quê? Por quê?

Ela me lança um olhar incrédulo.

— Porque você roubou o namorado dela!

— Foi Genevieve quem traiu Peter. Foi por isso que eles terminaram. Não foi por minha causa!

— Como se isso tivesse alguma importância! — Chris balança a cabeça. — Para com isso, Lara Jean. Não se lembra do que ela fez com Jamila Singh? Que falou para todo mundo que a família dela tinha um escravo indonésio só porque ela teve a coragem de sair com Peter depois que eles terminaram? Só estou dizendo que eu não descartaria a possibilidade de ela ter feito algo tão cretino.

Na viagem para a estação de esqui, Genevieve disse que sabia sobre o beijo, o que significava que Peter contou a ela em algum momento, apesar de eu duvidar que ele tenha contado que foi ele quem me beijou, e não o contrário! Apesar disso, não consigo acreditar que ela poderia fazer uma coisa tão cruel comigo. Jamila Singh e Genevieve nunca se gostaram. Mas Gen e eu já fomos melhores amigas. Claro, nós não nos falamos muito nos últimos anos, mas Gen sempre foi leal às amigas.

Talvez tenha sido um dos caras que estavam na sala de recreação, ou talvez… Sei lá. Pode ter sido qualquer um!

— Eu nunca confiei nela — diz Margot. Então, se vira para Chris. — Sem querer ofender. Sei que ela é sua prima.

Chris ri com deboche.

— Por que eu ficaria ofendida? Eu não suporto Genevieve.

— Tenho certeza de que foi ela que arranhou a lateral do carro da vovó com a bicicleta — comenta Margot. — Lembra, Lara Jean?

Na verdade, foi a Chris, mas não digo nada. Chris começa a roer as unhas e a me encarar em pânico, então digo:

— Acho que não foi Genevieve que postou o vídeo. Pode ter sido qualquer pessoa que por acaso nos viu naquela noite.

Margot passa os braços pelos meus ombros.

— Não se preocupe, Lara Jean. Vamos fazer com que apaguem o vídeo. Você é menor de idade.

— Coloque de novo — digo.

Kitty prepara o vídeo e aperta o play. Tenho a mesma sensação de embrulho no estômago toda vez que vejo. Fecho os olhos para não ter que ver. Graças a Deus só dá para ouvir os sons do bosque e a água do ofurô borbulhando.

— É... é tão ruim quanto acho que é? Parece mesmo que estamos transando? Sejam sinceras.

Eu abro os olhos.

Margot está olhando para o vídeo com a cabeça inclinada.

— Não parece, não. Parece só...

— Uns amassos quentes — oferece Chris.

— Isso — concorda Margot. — Uns amassos quentes.

— Vocês juram?

Ao mesmo tempo, elas respondem:

— Juramos.

— Kitty?

Ela morde o lábio.

— Para mim, parece sexo, mas sou a única aqui além de você que nunca fez, então como é que eu vou saber?

Margot arqueja.

— Desculpa, Gogo. Eu li seu diário — revela Kitty.

Margot tenta dar um tapa nela, e Kitty engatinha para longe como um caranguejo.

Eu respiro fundo.

— Tudo bem. Posso viver com isso. Quem liga para uns amassos quentes, não é mesmo? Faz parte da vida, não é? E mal dá para ver meu rosto. Tem que me conhecer pra saber que sou eu. Meu nome completo não está em nenhum lugar aí, só Lara Jean. Deve haver um monte de Laras Jeans, não é? Não é?

Margot assente, impressionada.

— Nunca vi uma pessoa passar tão rápido pelos cinco estágios da dor. Você tem mesmo um poder de reação incrível.

— Obrigada — digo, com certo orgulho.

Mas, no escuro, quando minhas irmãs e Chris saíram e Peter e eu nos despedimos e ele me garantiu pela milionésima vez que tudo vai ficar bem, olho o Instagram e leio todos os comentários. E morro de vergonha.

Perguntei a Peter quem ele achava que tinha feito aquilo; ele disse que não sabia. Devia ter sido algum cara patético com tesão, falou. Não pergunto o que está na minha cabeça, algo que ainda está me incomodando. Será que foi Genevieve? Ela podia mesmo me odiar a ponto de querer me magoar desse jeito?

Eu me lembro do dia que trocamos pulseiras da amizade.

"Isso prova que somos melhores amigas", disse ela para mim. "Somos mais íntimas uma da outra do que de qualquer outra pessoa."

"E a Allie?", perguntei.

Sempre fomos um trio, apesar de Genevieve passar mais tempo na minha casa, até porque a mãe de Allie era rigorosa sobre os meninos irem até lá e sobre entrar na internet.

"Allie é legal, mas eu gosto mais de você", revelou ela, e me senti culpada, mas também honrada. Genevieve gostava mais de mim. Éramos íntimas, mais íntimas uma da outra do que de qualquer outra pessoa. As pulseiras eram a prova. Como me vendi barato na época, por apenas uma pulseira feita de barbante.

# 7

Na manhã seguinte, eu escolho com cuidado o que vestir para a escola. Chris disse que eu devia dar a cara à tapa, o que significaria escolher uma roupa chamativa. Margot acha que eu devia agir com indiferença, o que quer dizer alguma coisa madura, como uma saia-lápis ou talvez meu blazer de veludo verde. Mas meu instinto é me misturar, me misturar, me misturar. Um suéter grande que parece um cobertor. Calça legging, as botas marrons de Margot. Se eu pudesse, colocaria um boné, mas a escola proíbe qualquer tipo de chapéu.

Preparo uma tigela de cereal com banana fatiada em cima, mas só consigo me forçar a comer algumas colheradas. Estou nervosa demais. Margot repara e coloca uma barrinha de cereal na minha mochila, para mais tarde. Tenho sorte de ela ainda estar em casa para cuidar tão bem de mim. Ela volta para a Escócia amanhã.

Papai coloca a mão na minha testa.

— Você está doente? Também quase não comeu no jantar ontem.

Eu balanço a cabeça.

— Deve ser só cólica. Estou para ficar menstruada.

Só preciso dizer a palavra mágica "menstruada" e sei que ele não vai insistir no assunto.

— Ah — responde ele, assentindo. — Depois que você botar comida no estômago, tome dois ibuprofenos para garantir.

— Pode deixar.

Sinto-me mal pela mentira, mas é uma mentira pequena, e é para o bem dele. Ele nunca pode saber sobre o vídeo, nunquinha.

Peter aparece na entrada da nossa casa na hora certa pela primeira vez. Está seguindo mesmo nosso contrato. Margot me acompanha até a porta e diz:

— Mantenha a cabeça erguida, está bem? Você não fez nada de errado.

Assim que entro no carro, Peter se inclina e me beija na boca, o que ainda me surpreende. Sou pega desprevenida e dou uma tossidinha na boca dele.

— Desculpa.

— Tudo bem — diz ele com a tranquilidade de sempre. Então apoia o braço no encosto do meu banco enquanto dá a ré e depois joga o celular para mim. — Olhe o MeninaVeneno.

Abro o Instagram dele e vou para a página da MeninaVeneno. Vejo o que estava postado abaixo do nosso vídeo, a foto de um cara desmaiado com desenhos de pênis por todo o rosto feitos com caneta permanente. É a postagem mais recente agora. Eu arfo. O vídeo do ofurô sumiu!

— Peter, como você fez isso?

Ele dá seu sorriso presunçoso.

— Enviei uma mensagem para o MeninaVeneno ontem à noite e mandei tirarem aquela porcaria do ar, senão vamos processar. Falei que meu tio é advogado e que nós dois somos menores de idade.

Ele aperta meu joelho.

— Seu tio é mesmo advogado?

— Não. Ele é dono de uma pizzaria em Nova Jersey. — Nós rimos, e a sensação é de um alívio enorme. — Escute, não se preocupe com nada hoje. Se alguém disser alguma coisa, vou quebrar a cara deles.

— Eu só queria saber quem foi. Podia jurar que estávamos sozinhos.

Peter balança a cabeça.

— A gente não fez nada de errado! Quem liga se a gente se beijou no maldito ofurô? Quem liga se a gente transasse nele? — Eu franzo a testa, e ele acrescenta: — Eu sei, eu sei. Você não quer que as pessoas pensem que a gente fez uma coisa que não fez. E nós não fizemos, e foi o que falei para aquela vaca da MeninaVeneno.

— É diferente para as garotas, Peter.

— Eu sei. Não fique com raiva. Vou descobrir quem fez isso.

Ele olha para a frente, tão sério e diferente de como costuma ser; o perfil quase nobre, com tantas boas intenções.

Ah, Peter, por que você tem que ser tão bonito! Se você não fosse tão bonito, eu nunca teria entrado naquele ofurô. É tudo culpa sua. Só que não é. Fui eu que tirei os sapatos e as meias e entrei. Eu também queria. Só agradeço por ele estar levando essa coisa toda a sério, escrevendo e-mails em nosso nome. Sei que esse é o tipo de coisa para a qual Genevieve não ligaria; ela nunca teve problema com demonstrações públicas de afeto, nem com ser o centro das atenções. Mas eu ligo, e ligo muito.

Ele vira a cabeça e olha para mim, observa meus olhos, meu rosto.

— Você não está arrependida, não é, Lara Jean?

Eu balanço a cabeça.

— Não. — Ele sorri para mim de um jeito tão doce que não consigo deixar de retribuir. — Obrigada por fazer com que tirassem o vídeo por mim.

— Por nós — corrige Peter. — Fiz por nós. — Ele entrelaça nossos dedos. — Somos você e eu, garota.

Eu aperto a mão dele. Se segurarmos com força suficiente, vai ficar tudo bem.

Quando andamos de mãos dadas pelo corredor, as garotas cochicham. Os garotos dão risadinhas. Um cara do time de lacrosse vem correndo e tenta dar um tapinha de vitória na mão do Peter, que afasta o braço dele com um grunhido.

Lucas se aproxima de mim quando estou sozinha no armário, trocando os livros.

— Não vou medir as palavras — declara. — Vou perguntar de uma vez. A garota do vídeo é mesmo você?

Eu respiro fundo para me acalmar.

— Sou eu.

Lucas solta um assobio baixo.

— Caramba.

— É.

— Então... vocês dois...

— Não, a gente não transou. Não *estamos* fazendo isso.

— Por que não?

Fico constrangida com a pergunta, apesar de saber que não tenho motivo para isso. É que nunca precisei falar sobre minha vida sexual antes, pois quem pensaria em me perguntar alguma coisa?

— Não estamos porque não estamos. Não tem nenhum motivo grandioso além do fato de eu ainda não estar pronta e não saber se ele está. Ainda nem conversamos sobre o assunto.

— Bom, ele não é virgem nem nada. Disso podemos ter certeza. — Lucas arregala os olhos azuis angelicais para dar ênfase. — Sei que você é inocente, Lara Jean, mas Kavinsky não é. Estou dizendo isso como garoto.

— Não vejo o que isso tem a ver comigo — digo, apesar de eu mesma já ter me perguntado e me preocupado com isso.

Peter e eu tivemos uma conversa sobre isso uma vez, se um cara e uma garota que namoravam havia muito tempo automaticamente estavam fazendo sexo, mas não me lembro se ele disse o que achava a respeito. Eu devia ter prestado mais atenção.

— Olha, não é porque ele e Genevieve faziam como... como coelhos no cio, sei lá... — Lucas dá uma risadinha, e eu dou um beliscão nele. — Não é porque eles transavam que isso quer dizer que nós estamos transando também, nem quer dizer que ele automaticamente quer.

Ou quer?

— Ah, ele quer.

Eu engulo em seco.

— Ah, que pena, que triste, se é esse o caso. Mas sinceramente, acho que não é. — Naquele momento, decido que Peter e eu vamos ser o equivalente dos relacionamentos ao preparo de um cozido. Lento e morno. Vamos nos aquecendo um para o outro com o tempo. Com confiança, completo: — O que Peter e eu temos é bem diferente do que ele e Genevieve eram. Ou tiveram. Sei lá. A questão é: não dá para comparar os dois relacionamentos, está bem?

Vamos ignorar o fato de eu viver fazendo isso em pensamentos.

Na aula de francês, ouço Emily Nussbaum cochichar com Genevieve:

— Se ela estiver grávida, você acha que Kavinsky vai pagar pelo aborto?

— De jeito nenhum — responde Genevieve, também cochichando. — Ele é pão duro demais. Talvez pague metade.

E todo mundo ri.

Meu rosto queima de vergonha. Tenho vontade de gritar: *Nós não transamos! Somos um cozido!* Mas isso só daria mais satisfação a elas, saber que estão me afetando. É o que Margot diria, pelo menos. Então levanto o queixo ainda mais, o máximo que consigo, tão alto que meu pescoço dói.

Talvez tenha mesmo sido Gen. Talvez ela me odeie tanto assim.

A sra. Davenport me aborda no caminho para minha próxima aula. Passa o braço pelos meus ombros e diz:

— Lara Jean, como você está?

Sei que ela não se importa comigo de verdade. Só quer fofocar. Ela é a maior fofoqueira entre os professores, talvez até mesmo entre os alunos. Mas me recuso a ser assunto da sala dos professores.

— Estou ótima — respondo com alegria. Queixo para cima, queixo para cima.

— Eu vi o vídeo — sussurra ela, olhando ao redor para ver se alguém está ouvindo. — De você e Peter no ofurô.

Meu maxilar está trincado com tanta força que meus dentes doem.

— Você deve estar muito chateada com os comentários, e eu não a culpo. — A sra. Davenport precisa mesmo arrumar alguma coisa para fazer da vida se a única coisa que faz nas férias é ficar olhando o Instagram de alunos do ensino médio! — Os adolescentes sabem ser muito cruéis. Acredite em mim, sei por experiência própria. Não sou muito mais velha do que vocês.

— Estou bem mesmo, mas obrigada por perguntar.

Nada para ver aqui, pessoal. Sigam em frente.

A sra. Davenport faz biquinho.

— Bem, se precisar conversar com alguém, saiba que eu estou aqui. Lembre que é sempre uma alternativa. Venha passar um tempo comigo quando quiser; eu escrevo um passe para você.

— Obrigada, sra. Davenport.

E saio de debaixo do braço dela.

A sra. Duvall, a orientadora educacional da escola, me para no caminho da aula de inglês.

— Lara Jean — começa, e hesita. — Você é uma garota tão inteligente e talentosa. Não é do tipo que se envolve nesse tipo de coisa. Eu odiaria ver você seguir por um caminho errado.

Sinto lágrimas começando a surgir, abrindo caminho para a superfície. Eu respeito a sra. Duvall. Quero que ela pense bem de mim. Só consigo assentir.

Ela levanta meu queixo com carinho. Seu perfume tem cheiro de pétalas de rosa secas. Ela é uma senhora, trabalha na escola desde sempre. A sra. Duvall gosta mesmo dos alunos. Os ex-alunos sempre vão cumprimentá-la quando voltam para a cidade nas férias da faculdade.

— Agora é hora de se organizar e olhar para o futuro com seriedade, sem o drama do ensino médio. Não dê motivo para as faculdades recusarem você, certo?

Mais uma vez, assinto.

— Boa menina — diz ela. — Sei que você é melhor do que isso.

As palavras ecoam nos meus ouvidos. *Melhor do que isso.* Melhor do que o quê? Do que quem?

No almoço, me escondo no banheiro das meninas para não ter que falar com ninguém. E é claro que Genevieve está lá, de pé na frente do espelho, passando brilho labial. Ela me encara pelo espelho.

— Oi, você. — É assim que ela fala, *oi, você.* Tão arrogante, tão segura.

— Foi você? — Minha voz ecoa nas paredes.

A mão de Genevieve para. Mas ela se recupera e fecha a tampa do brilho labial.

— Fui eu *o quê*?

— Você que mandou aquele vídeo pro MeninaVeneno?

— Não — diz ela, rindo com deboche.

O canto direito de sua boca treme de leve. É nessa hora que sei que Genevieve está mentindo. Já a vi mentir para a mãe muitas vezes e conheço os sinais. Embora eu desconfiasse, talvez até soubesse lá no fundo, a confirmação tira meu fôlego.

— Sei que não somos mais amigas, mas já fomos. Você conhece minhas irmãs, meu pai. Você me conhece. Sabia o quanto isso me magoaria. — Eu aperto as mãos em punho para não chorar. — Como pôde fazer uma coisa dessas?

— Lara Jean, lamento que isso tenha acontecido com você, mas, sinceramente, não fui eu.

Ela faz um movimento de ombros pseudossolidário, e lá está de novo: o canto direito da boca treme.

— Foi você. Eu sei que foi. Quando Peter descobrir…

Ela levanta uma sobrancelha.

— Ele vai fazer o quê? Me bater?

Estou com tanta raiva que minhas mãos começam a tremer.

— Não, porque você é uma garota. Mas ele também não vai te perdoar. Fico feliz de você ter feito isso; vai provar para ele que tipo de pessoa você é de verdade.

— Ele sabe exatamente que tipo de pessoa eu sou. E quer saber? Ele ainda me ama mais do que qualquer coisa que sinta por você. Você vai ver.

Com isso, ela dá meia-volta e sai.

É nessa hora que cai a ficha. Ela está com ciúmes. De mim. Não consegue suportar o fato de Peter estar comigo e não com ela. Bem, ela se ferrou, porque, quando Peter descobrir que foi ela que fez isso com a gente, nunca mais vai olhar para ela do mesmo jeito.

Depois da última aula, vou correndo para o estacionamento, onde Peter está me esperando no carro, com o aquecimento ligado. Assim que abro a porta do carona, digo:

— Foi Genevieve! — Eu entro no carro. — Foi ela que mandou o vídeo pro MeninaVeneno. Ela admitiu pra mim!

Peter me pergunta em um tom sério:

— Ela disse que fez o vídeo? Disse exatamente essas palavras?

— Bem… não.

Quais foram as palavras exatas dela? Eu saí com a sensação de que ela tinha confessado, mas, agora que estou repassando tudo em pensamento, percebo que ela não chegou a admitir a verdade.

— Ela não admitiu exatamente, mas foi quase. Além disso, ela fez aquela coisa com a boca! — Eu levanto o canto direito da boca. — Está vendo? É o sinal dela de estar mentindo!

Ele ergue uma sobrancelha.

— Fala sério, Covey.

— Peter!

— Tudo bem, tudo bem. Eu vou falar com ela.

Ele liga o carro.

Tenho certeza de que sei a resposta à pergunta que vou fazer, mas tenho que fazê-la mesmo assim.

— Algum professor falou alguma coisa com você sobre o vídeo? Talvez o treinador White?

— Não. Por quê? Alguém disse alguma coisa pra você?

Era disso que Margot estava falando, dois pesos e duas medidas. Os garotos são sempre garotos, mas nós, garotas, devemos ser cuidadosas: com nossos corpos, com nosso futuro, com todas as formas pelas quais as pessoas nos julgam.

— Quando você vai falar com a Genevieve? — disparo.

— Vou até lá hoje à noite.

— Você vai até a casa dela?

— Ah, vou. Tenho que olhar na cara dela pra saber se ela está mentindo ou não. Vou verificar esse "sinal" que deixou você tão empolgada.

★ ★ ★

Peter está morrendo de fome, e paramos para comer hambúrguer com milk-shake no caminho. Quando chego em casa, Margot e Kitty estão me esperando.

— Conte tudo — diz Margot, me dando uma xícara de chocolate quente.

Eu confiro se ela colocou marshmallows, e ela colocou.

— Peter resolveu tudo? — Kitty quer saber.

— Resolveu! Ele fez o MeninaVeneno tirar o vídeo. Disse que tem um tio que é um advogado fera, mas na verdade ele é dono de uma pizzaria em Nova Jersey.

Margot sorri ao ouvir isso. Mas logo fica séria.

— O pessoal na escola foi cruel?

— Que nada, não foi tão ruim — digo, de forma casual. Sinto uma pontada de orgulho por conseguir bancar a corajosa na frente das minhas irmãs. — Mas tenho certeza de que sei quem foi.

Ao mesmo tempo, elas perguntam:

— *Quem?*

— Genevieve, como Chris disse. Eu a confrontei no banheiro e ela negou tudo, mas fez aquela coisa que faz com a boca quando está mentindo. — Eu demonstro para as duas. — Gogo, você se lembra disso?

— Acho que sim! — responde ela, mas consigo ver que não. — O que Peter disse quando você contou que foi Genevieve? Ele acreditou em você, não é?

— Não exatamente — respondo, soprando meu chocolate quente. — Ele diz que vai falar com ela e chegar ao X da questão.

Margot franze a testa.

— Ele devia apoiar você.

— Mas ele apoiou, Gogo! — Eu seguro a mão dela e entrelaço nossos dedos. — Foi isso o que ele fez. Ele disse: "Somos você e eu, garota." Foi muito romântico!

Ela ri.

— Você não tem jeito. Não mude nunca.

— Eu queria que você não fosse embora amanhã — digo, suspirando.

Já estou com saudade dela. Margot em casa, fazendo críticas e dando conselhos sábios, me dá segurança. Me dá força.

— Lara Jean, você está tirando isso de letra — retruca ela, e escuto com atenção, procuro qualquer dúvida ou falsidade na voz dela, qualquer dica de que só esteja falando isso para me animar. Mas não encontro. Só confiança.

# 8

É O ÚLTIMO JANTAR DE MARGOT ANTES DE ELA VOLTAR PARA A ESCÓCIA. PAPAI FAZ costelas coreanas e batatas gratinadas. Até prepara um bolo de limão.

— Anda tão cinzento e frio; acho que um bolo de limão vai trazer um pouco de alegria — comenta ele.

Em seguida, passa o braço ao redor da minha cintura e dá um tapinha na minha barriga, e, apesar de não perguntar, sei que ele sabe que tem alguma coisa bem mais séria do que minha menstruação acontecendo.

Mal tivemos chance de botar o garfo na boca e papai pergunta:

— Esse *galbi jjim* está com o mesmo gosto do da vovó?

— Tipo isso — digo. Papai faz boca de tristeza, e eu acrescento depressa: — Acho que pode estar até melhor.

— Eu amaciei a carne do jeito que ela falou — diz papai. — Mas não está soltando do osso como a dela, sabe? Não se devia nem precisar de faca para comer *galbi jjim* quando é preparado do jeito certo. — Margot está cortando um pedaço com a faca de carne, e para na mesma hora. — A primeira vez que comi *galbi jjim* foi com a mãe de vocês. Ela me levou a um restaurante coreano no nosso primeiro encontro e pediu tudo em coreano e me explicou o que era cada prato. Fiquei tão impressionado com ela naquela noite. Meu único arrependimento foi vocês não ficarem na escola coreana. — Os cantos da boca dele se curvam para baixo por um momento, mas logo ele está sorrindo de novo. — Comam, meninas.

— Papai, a Universidade da Virgínia tem um curso de coreano — digo. — Se eu entrar lá, com certeza vou fazer coreano.

— Sua mãe ficaria feliz — diz papai, e aquela expressão triste volta a aparecer no rosto dele.

Rapidamente, Margot fala:

— O *galbi jjim* está delicioso, papai. Não tem comida coreana boa na Escócia.

— Leve um pouco de alga — sugere ele. — E um pouco daquele chá de *ginseng* que vovó trouxe da Coreia. Você também devia levar a panela elétrica de arroz.

Kitty franze a testa.

— Como é que *a gente* vai fazer arroz?

— Podemos comprar uma nova. — Com um tom sonhador, ele acrescenta: — Eu adoraria fazer uma viagem de férias em família para lá. Não seria ótimo? Sua mãe sempre quis levar vocês para a Coreia. Vocês ainda têm muitos familiares lá.

— Vovó pode ir com a gente? — pergunta Kitty.

Ela fica dando pedaços de carne escondido para Jamie, que está sentado perto da mesa de jantar, nos observando com olhar esperançoso.

Papai quase engasga com uma batata.

— É uma ótima ideia — ele consegue dizer. — Ela seria uma boa guia.

Margot e eu trocamos um sorrisinho. Vovó deixaria papai louco em uma semana. O que me empolga são as compras.

— Ah, minha nossa, pensem só em todos aqueles papéis de carta — digo. — E as roupas. E os prendedores de cabelo. E BB cream. Eu devia fazer uma lista.

— Papai, você podia fazer aulas de culinária coreana — sugere Margot.

— É! Vamos pensar nisso para o verão. — Ele já está se empolgando, consigo perceber. — E depende dos horários de todo mundo, claro. Margot, você vai passar o verão todo aqui, não é? — Foi o que ela disse na semana anterior.

Ela olha para o prato.

— Não sei. Não tem nada decidido ainda. — Nosso pai faz uma expressão intrigada, e Kitty e eu trocamos um olhar. Isso só pode ter a ver com Josh, e não a culpo. — Talvez eu consiga um estágio no Royal Anthropological Institute em Londres.

— Mas pensei que você tivesse dito que queria voltar a trabalhar em Montpelier — diz papai, com a testa franzida, sem entender.

— Ainda estou decidindo tudo. Como falei, ainda não tenho nada resolvido.

Kitty se intromete.

— Se você fizer o estágio real, vai poder conhecer gente da família real?

Eu reviro os olhos, e Margot olha para ela com gratidão e responde:

— Duvido, gatinha, mas nunca se sabe.

— E Lara Jean? — pergunta Kitty, com inocência e olhos arregalados. — Você não precisa fazer coisas durante o verão por causa da faculdade?

Olho feio para ela.

— Tenho bastante tempo para resolver isso.

Por baixo da mesa, dou um beliscão nela, e ela dá um gritinho.

— Você devia estar procurando um estágio para a primavera — diz Margot. — Estou dizendo, Lara Jean, se você não fizer isso logo, todos os estágios bons vão acabar. Você já mandou e-mail para Noni sobre aulas preparatórias para o vestibular? Veja se ela vai poder dar aulas no verão ou se vai passar o verão em casa.

— Tudo bem, tudo bem. Vou ver.

— Pode ser que eu consiga um emprego para você na lojinha do hospital — oferece papai. — Poderíamos ir para o trabalho juntos, almoçar juntos. Não seria divertido passar o dia todo com seu coroa?

— Papai, você não tem amigos no trabalho? — pergunta Kitty. — Você almoça sozinho?

— Ah, não, não todos os dias. Às vezes eu almoço mesmo sozinho na minha mesa, mas é porque não tenho muito tempo para comer. Mas, se Lara Jean trabalhasse na lojinha, eu arrumaria tempo. — Ele bate com os palitinhos no prato, distraidamente. — Talvez também haja um emprego para ela no McDonald's, mas isso eu teria que ver.

Kitty se anima.

— Ei, se você fosse trabalhar no McDonald's, aposto que poderia comer quantas batatas fritas quisesse.

Franzo a testa. Consigo visualizar meu verão, e não gosto do que vejo.

— Não quero trabalhar no McDonald's. E, sem querer ofender, papai, também não quero trabalhar na lojinha do hospital. — Eu penso rápido. — Andei pensando em fazer alguma coisa mais oficial em Belleview. Talvez eu pudesse ser a estagiária do diretor de atividades. Ou assistente. Margot, o que você acha mais impressionante?

— Diretora-assistente de atividades — responde Margot.

— Parece mesmo mais profissional — concordo. — Tenho muitas ideias. Talvez eu passe lá esta semana para falar com Janette.

— Como o quê? — pergunta papai.

— Uma aula de scrapbook — respondo, de improviso. — Eles têm tantas fotos e lembranças e coisas que guardaram, acho que seria bom reunir tudo em um livro para que nada se perca. — De repente, me animo. — E aí, poderíamos fazer uma pequena exposição, com todos os scrapbooks espalhados para que as pessoas possam folhear e ver as histórias de vida. Eu poderia fazer bolinhas de queijo, poderiam servir vinho branco…

— É uma ideia *incrível* — diz Margot, assentindo em aprovação.

— Ótima mesmo — diz papai, animado. — Obviamente, nada de vinho branco para você, mas bolinhas de queijo, sem dúvida!

— Ah, papai — dizemos nós todas, porque ele adora quando fazemos isso; quando ele fala alguma coisa brega e todas nós gememos como se estivéssemos exasperadas e dizemos "Ah, papai".

Quando estamos lavando a louça, Margot me diz que eu deveria seguir a ideia de Belleview.

— Eles precisam de alguém como você para animar as coisas — diz ela, limpando o forno. — Energia nova, ideias novas. As pessoas acabam ficando exaustas quando trabalham em um lar para idosos. Janette vai ficar aliviada de ter ajuda.

Eu disse aquilo tudo sobre Belleview para que as pessoas largassem do meu pé, mas agora estou achando mesmo que devia falar com Janette.

Quando subo para o quarto, vejo que tenho uma chamada perdida de Peter. Ligo para ele, e consigo ouvir a tevê ao fundo.

— Você falou com ela?

Eu torço, torço, torço para ele acreditar em mim agora.

— Eu falei com ela.

Meu coração dá um salto.

— E? Ela admitiu?

— Não.

— Não. — Eu solto o ar. Tudo bem. Isso era esperado, eu acho. Gen não é do tipo que entrega o jogo. É uma lutadora. — Bem, ela pode dizer o que quiser, mas sei que foi ela.

— Não dá para saber tudo isso só de olhar, Covey.

— Não é só olhar. Eu a conheço. Ela já foi minha melhor amiga. Eu sei como ela pensa.

— Eu a conheço melhor do que você e estou dizendo: acho que não foi ela. Acredite em mim.

Ele a conhece melhor mesmo, claro. Mas, de garota para garota, de ex-melhor amiga para ex-melhor amiga, eu sei que foi ela. Não ligo para quantos anos se passaram. Há coisas que uma garota sabe lá nas entranhas, nos ossos.

— Eu acredito em *você*. Não acredito *nela*. Isso tudo é parte do plano de Genevieve, Peter.

Há um longo silêncio, e escuto minhas palavras ecoando nos meus ouvidos, e elas soam piradas até para mim.

A voz dele está carregada de paciência:

— Ela está estressada com problemas de família; não tem tempo de fazer armações contra você, Covey.

Problemas de família? Seria possível? Sinto uma pontada de culpa quando lembro que Chris mencionou que a avó delas quebrou a bacia e a família estava discutindo se deviam ou não colocá-la em um lar para idosos. Genevieve sempre foi próxima da avó; ela dizia que Gen era sua neta favorita porque era muito parecida com ela, ou seja, deslumbrante.

Ou talvez sejam os pais. Genevieve tinha medo de eles se separarem.

Ou talvez seja tudo mentira. Estou prestes a falar isso, mas Peter interrompe com a voz cansada:

— Minha mãe está me chamando lá embaixo. Podemos falar mais sobre isso amanhã?

— Claro — respondo.

Bem, acho que poderia ser qualquer coisa. Peter tem razão. Eu posso já tê-la conhecido, mas não a conheço mais. É Peter quem a conhece melhor, agora. Além do mais, não é assim que se perde um namorado? Agindo como uma paranoica ciumenta e insegura? Tenho certeza de que não é uma coisa boa para mim.

Depois que desligamos, decido deixar o vídeo de lado de uma vez por todas. O que está feito, está feito. Tenho um namorado, um possível novo emprego (voluntário, tenho certeza, mas não importa) e provas em que pensar. Não posso deixar que isso me desanime. Além do mais, nem dá para ver meu rosto no vídeo.

# 9

Na manhã seguinte, antes da aula, estamos colocando as coisas no carro para papai levar Margot para o aeroporto, e fico olhando para a janela do quarto do Josh, imaginando se ele vai descer para se despedir. É o mínimo que podia fazer. Mas as luzes estão apagadas, então ele ainda deve estar dormindo.

A sra. Rothschild sai de casa com a cadela enquanto Margot está se despedindo de Jamie Fox-Pickle. Assim que ele a vê, pula dos braços de Margot e sai correndo atrás dela pela rua. Papai corre atrás dele. Jamie está latindo e pulando em cima da pobre cadela idosa da sra. Rothschild, Simone, que o ignora. Jamie está tão empolgado que faz xixi nas galochas verdes da sra. Rothschild, e papai pede desculpas, mas ela ri.

— É só lavar que sai — ouço-a dizer.

Ela está bonita, o cabelo castanho preso em um rabo de cavalo alto, vestindo calça de ioga e uma jaqueta acolchoada que acho que Genevieve tem igual.

— Anda, pai! — grita Margot. — Preciso estar no aeroporto três horas antes.

— Três é muita coisa — digo. — Duas horas já são suficientes.

Olhamos papai tentar pegar Jamie no colo, que tenta fugir. A sra. Rothschild o pega com um braço e dá um beijo em sua cabeça.

— Para voos internacionais, é preciso chegar no aeroporto três horas antes. Tenho malas para despachar, Lara Jean.

Kitty não fala nada; ela só fica olhando para o outro lado da rua, para o drama canino.

Quando papai volta com Jamie se contorcendo nos braços, diz:

— É melhor irmos logo, antes que Jamie cause mais problemas.

Nós três nos abraçamos com força, e Margot sussurra para mim que devo ser forte, eu assinto, e ela e papai vão para o aeroporto.

Ainda está cedo, mais cedo do que a hora que teríamos acordado em uma manhã de aula, então faço panquecas de banana para mim e para Kitty. Ela ainda está perdida em pensamentos. Tenho que perguntar duas vezes se ela quer uma panqueca ou duas. Faço algumas a mais e enrolo em papel-alumínio para dividir com Peter a caminho da escola. Eu lavo a louça; até mando um e-mail para Janette, de Belleview, falando sobre minha ideia, e ela responde na mesma hora. A substituta de Margot pediu demissão um mês atrás, então o momento é perfeito. Janette me pediu para visitá-la no sábado para conversarmos sobre minhas responsabilidades.

Sinto que finalmente estou cuidando de tudo. Estou no caminho certo. Sou capaz de fazer isso.

Portanto, quando entro na escola naquela manhã fria de janeiro, segurando a mão de Peter, com a barriga cheia de panquecas de banana, um emprego novo e usando o suéter de tricô que Margot deixou em casa, estou me sentindo bem. Ótima, até.

Peter quer passar no laboratório de informática para imprimir um trabalho de inglês, então nossa primeira parada é lá. Ele faz login, e eu dou um gritinho quando vejo o papel de parede.

Alguém fez uma captura de tela do vídeo do ofurô, eu no colo de Peter com a camisola vermelha de flanela, o tecido puxado ao redor das coxas, e no alto está escrito SEXO QUENTE NO OFURÔ. E, embaixo: NÃO É ASSIM QUE SE FAZ.

— Que diabos? — murmura Peter, olhando ao redor no laboratório de informática.

Ninguém ergue o rosto. Ele vai para o computador ao lado: mesma foto, legenda diferente. ELA NÃO SABE QUE ENCOLHE no alto. ELE FICA FELIZ COM O QUE CONSEGUE embaixo.

Viramos um meme.

Nos dias seguintes, a foto aparece em toda parte. Nos Instagrams de outras pessoas, nos murais de Facebook.

Tem uma com um tubarão dançando inserido no Photoshop. Outra em que nossas cabeças foram substituídas por cabeças de gato.

E uma que diz BIQUÍNI AMISH.

Os amigos do Peter do lacrosse acham tudo hilário, mas juram que não têm nada a ver com isso. Na mesa do almoço, Gabe protesta:

— Eu nem sei usar Photoshop!

Peter enfia metade do sanduíche na boca.

— Tudo bem, então quem é? Jeff Bardugo? Carter?

— Cara, não sei — responde Darrell. — É um meme. Muita gente pode estar fazendo isso.

— Você tem que admitir que a das cabeças de gato foi bem engraçada — diz Gabe. Então se vira para mim. — Foi mal, Laranjinha.

Eu fico quieta. A das cabeças de gato *foi* meio engraçada. Mas, no todo, não é. A princípio, Peter tentou levar na brincadeira, mas agora já estamos passando por isso há alguns dias, e consigo perceber que começou a incomodá-lo. Ele não está acostumado a ser alvo de piadas. Acho que também não estou, mas só porque não estou acostumada a pessoas prestando atenção em mim. Mas, desde que comecei a namorar Peter, elas estão prestando atenção, e eu queria que não estivessem.

# 10

Naquela tarde, temos uma reunião do segundo ano no auditório. A representante de turma, Reena Patel, está no palco fazendo uma apresentação de PowerPoint sobre nossa verba, ou seja, quanto dinheiro arrecadamos para o baile de formatura e as propostas para a viagem da turma no último ano. Estou encolhida na cadeira, aliviada pela folga, já que as pessoas não estão me olhando, sussurrando ou fazendo julgamentos.

Ela clica no último slide, e é nessa hora que acontece. "Me So Horny" começa a tocar nos alto-falantes, e meu vídeo, meu e de Peter, aparece na tela do projetor. Alguém pegou o vídeo no Instagram da MeninaVeneno e colocou a própria trilha sonora. Também editou, então eu quico no colo de Peter três vezes mais rápido do que a batida.

*Ah, não, não, não, não. Por favor, não.*

Tudo acontece ao mesmo tempo. Todos gritam, riem, apontam e falam "Uau!". O sr. Vasquez avança para tirar o projetor da tomada, e Peter corre para o palco e pega o microfone da mão de uma Reena estupefata.

— Quem fez isso é um merda. E não que seja da conta de ninguém, mas Lara Jean e eu não transamos no ofurô.

Meus ouvidos estão zunindo, e as pessoas se viram nas cadeiras para olhar para mim e depois voltam a olhar para Peter.

— Nós só nos beijamos, então vão todos pro inferno!

O sr. Vasquez, orientador do segundo ano, está tentando tirar o microfone da mão de Peter, mas ele consegue mantê-lo. Ele levanta o microfone e grita:

— Vou encontrar quem fez isso e dar uma surra!

Na confusão, ele deixa o microfone cair. As pessoas estão gritando em apoio e rindo. Enquanto é arrastado para fora do palco, Peter olha freneticamente para a plateia. Ele está me procurando.

A assembleia termina nessa hora, e todo mundo começa a se dirigir para as portas, mas fico encolhida na cadeira. Chris se aproxima e me encontra, com o rosto iluminado.

— Caramba, isso foi irado! Ele até mandou as pessoas pro inferno!

Ainda estou em estado de choque, acho. Um vídeo meu e de Peter dando uns amassos acabou de aparecer na tela do projetor, e todo mundo viu. Inclusive o sr. Vasquez e o sr. Glebe, de setenta anos, que nem sabe o que é o Instagram. O único beijo apaixonado da minha vida, e todo mundo viu.

Chris me balança pelos ombros.

— Lara Jean! Você está bem?

Eu assinto sem falar nada, e ela me solta.

— Ele vai dar uma surra em quem fez isso? Eu adoraria ver! — Ela ri com deboche e joga a cabeça para trás como um pônei selvagem. — Tipo, o garoto é um idiota se pensa que não foi Gen quem postou aquele vídeo. O cara tem que estar cego mesmo, sabe como é? — Chris para e examina meu rosto. — Você tem certeza de que está bem?

— Todo mundo viu.

— É, isso foi uma merda. Foi a Gen com certeza. Ela deve ter mandado um dos puxa-sacos dela mexer no PowerPoint. — Chris balança a cabeça com nojo. — Ela é uma vaca. Mas estou feliz por Peter ter esclarecido as coisas. Odeio dar crédito a ele, mas foi um ato de cavalheirismo. Nenhum cara nunca esclareceu nada por mim.

Sei que Chris está pensando naquele garoto que contou para todo mundo que ela transou com ele no vestiário quando estava no primeiro ano. E estou pensando na sra. Duvall, no que ela me disse antes. Ela provavelmente classificaria Chris junto com as garotas festeiras, as que ficam com vários garotos, as que não são "melhores do que isso". Ela estaria errada. Somos todas iguais.

As aulas terminam, e estou saindo da sala quando meu celular vibra na mochila. É Peter.

`Estou em liberdade condicional. Me encontre no meu carro!`

Corro para o estacionamento, onde Peter já está me esperando no carro com o aquecimento ligado. Sorrindo para mim, ele diz:

— Você não vai beijar seu homem? Acabei de sair da prisão.

— Peter! Isso não é engraçado. Você foi suspenso?

Ele dá um sorrisinho.

— Não. Usei toda a minha lábia para escapar. O diretor Lochlan me ama. Mas eu poderia ter sido suspenso, sim. Se fosse qualquer outra pessoa…

Ah, Peter.

— Não comece a se gabar agora.

— Quando saí da sala de Lochlan, havia um grupo de garotas do primeiro ano me esperando. Elas ficavam dizendo "Kavinsky, você é tão romântico". — Ele ri, e lanço um olhar irritado para ele, que me puxa para perto. — Ei, elas sabem que tenho dona. Só tem uma garota que quero ver de biquíni amish.

Dou uma gargalhada; não consigo evitar. Peter adora atenção, e eu odeio ser mais uma das garotas que dão atenção a ele, mas às vezes é muito difícil resistir. Além do mais, foi *mesmo* meio romântico.

Ele beija minha bochecha e esfrega o nariz no meu rosto.

— Não falei que cuidaria de tudo, Covey?

— Falou — admito, ajeitando o cabelo dele.

— Então, eu fiz um bom trabalho?

— Fez.

Isso basta para deixá-lo feliz, eu dizer que ele fez um bom trabalho. Ele fica sorrindo durante todo o caminho para casa. Mas ainda estou pensando no que aconteceu.

Escapo da festa do lacrosse à qual prometi ir com Peter esta noite. Digo que é porque tenho que me preparar para a reunião com Janette amanhã, mas nós dois sabemos que é bem mais do que isso. Ele poderia reclamar, dizer que prometemos sempre dizer a verdade um para o outro, mas não faz isso. Ele me conhece bem o bastante para saber que só preciso me enfiar na minha toca de hobbit por um tempo e, quando estiver pronta, vou sair de novo e tudo vai ficar bem.

Naquela noite, faço biscoitos de chai e açúcar com cobertura de canela e gemada; são como um abraço na boca. Cozinhar me acalma, me estabiliza. É o que faço quando não quero pensar em nada difícil. É uma atividade que exige bem pouco da pessoa: é só seguir as instruções e, no final, você criou uma coisa. De ingredientes a uma sobremesa de verdade. É como magia. Puf, algo delicioso.

Depois da meia-noite, já coloquei os biscoitos para esfriar, vesti o pijama de gatinhos e estou subindo na cama para ler um pouco quando ouço uma batida na janela. Acho que é Chris, e vou até a janela ver se ela está trancada, mas não é; é Peter! Eu abro a janela.

— Ah, meu Deus, Peter! O que você está fazendo aqui! — sussurro, com o coração disparado. — Meu pai está em casa!

Peter passa pela janela. Está usando um gorro azul-marinho e uma camiseta grossa sob o colete acolchoado. Ele tira o gorro, sorri e diz:

— Shhh. Você vai acordá-lo.

Corro até a porta e a tranco.

— Peter! Você não pode ficar aqui!

Estou dividida entre o pânico e a empolgação. Não sei se um garoto já entrou no meu quarto depois de Josh, e isso foi séculos atrás.

Ele já está tirando os sapatos.

— Só quero ficar uns minutinhos.

Eu cruzo os braços, porque estou sem sutiã.

— Se você só quer ficar uns minutinhos, por que está tirando os sapatos?

Ele ignora a pergunta. Senta-se na minha cama e diz:

— Ei, por que você não está usando o biquíni amish? É tão sexy.

Avanço para dar um tapa na cabeça dele, e Peter segura minha cintura e me puxa para perto. Afunda a cabeça na minha barriga como um menininho.

— Me desculpe por isso tudo estar acontecendo por minha causa — diz ele com a voz abafada.

Toco no alto de sua cabeça; meus dedos percorrem seu cabelo macio e sedoso.

— Tudo bem, Peter. Sei que não é culpa sua. — Olho para o meu despertador. — Você pode ficar quinze minutos, depois tem que ir.

Peter assente e me solta. Eu me sento na cama ao lado dele e apoio a cabeça em seu ombro. Espero que os minutos passem devagar.

— Como foi a festa?

— Chata sem você.

— Mentiroso.

Ele dá uma gargalhada.

— O que você assou hoje?

— Como você sabe que eu assei alguma coisa?

Peter aspira o ar ao meu redor.

— Você está com cheiro de açúcar e manteiga.

— Biscoitos de chai e açúcar com cobertura de gemada.

— Posso levar uns?

Eu assinto, e nos recostamos na parede. Ele passa o braço ao meu redor, aconchegante e seguro.

— Faltam doze minutos — digo contra o ombro dele, e sinto mais do que vejo seu sorriso.

— Então vamos fazer valer a pena.

Começamos a nos beijar, e sem dúvida nunca beijei um garoto na minha cama. Isso é novidade. Duvido que consiga voltar a pensar na minha cama do mesmo jeito. Entre beijos, ele diz:

— Quanto tempo ainda temos?

Eu olho para o relógio.

— Sete minutos. — Talvez eu devesse acrescentar mais cinco…

— Então podemos nos deitar? — sugere ele.

Eu empurro o ombro dele.

— Peter!

— Só quero abraçar você um pouco! Se eu fosse tentar fazer alguma coisa, precisaria de mais de sete minutos, pode acreditar.

Nós nos deitamos, minhas costas contra o peito dele, ele curvado ao meu redor, com os braços envolvendo os meus. Peter aconchega o queixo no espaço entre meu pescoço e ombro. Acho que é a melhor coisa que já fizemos. Gosto tanto que tenho que ficar lembrando a mim mesma para ficar alerta e não adormecer. Tenho vontade de fechar os olhos, mas fico prestando atenção ao relógio.

— Ficar de conchinha é a melhor coisa — diz ele, suspirando, e desejo que ele não tivesse falado nada, porque me faz pensar em quantas vezes ele deve ter abraçado Genevieve do mesmo jeito.

Quando chegamos a quinze minutos, eu me sento tão rápido que ele dá um pulo de susto. Dou um tapinha no ombro dele.

— Hora de ir, amigão.

Ele faz beicinho.

— Que isso, Covey!

Balanço a cabeça, determinada.

*Se você não tivesse me feito pensar em Genevieve, eu teria dado mais cinco minutos.*

Depois que despacho Peter com o saco de biscoitos, volto a me deitar, fecho os olhos e imagino que os braços dele ainda estão ao meu redor, e é assim que adormeço.

# 11

Vou até o escritório de Janette em Belleview no dia seguinte, armada com caderno e caneta.

— Tive uma ideia para a aula de artes. "Scrapbooks para todas as idades." — Janette assente, e eu continuo: — Posso ensinar aos residentes como fazer scrapbooks, e vamos olhar todas as fotografias antigas e lembranças que eles tiverem e ouvir músicas antigas.

— Parece ótimo — diz ela.

— Eu poderia dar essa aula e também assumir o *happy hour* de sexta à noite.

Janette morde seu sanduíche de atum e engole.

— A gente talvez corte o *happy hour*.

— Talvez corte? — repito, sem acreditar.

Ela dá de ombros.

— A frequência foi ficando menor desde que começamos a oferecer aulas de informática. Os residentes descobriram o Netflix. Um mundo novo se abriu.

— E se caprichássemos mais no evento? Tipo, se o tornássemos mais especial?

— Nós não temos dinheiro para nada chique, Lara Jean. Tenho certeza de que Margot contou como nos viramos aqui. Nosso orçamento é mínimo.

— Não, não, poderiam ser coisas que nós mesmos faríamos. Pequenos toques que vão fazer toda a diferença. Como tornar obrigatório que os homens usem paletó. E que tal pegar os copos do refeitório emprestado em vez de usar copos de plástico? — Janette ainda está ouvindo, então continuo: — Por que servir amendoins na lata se pudermos botar em uma tigela bonita, certo?

— Amendoim tem gosto de amendoim independente do receptáculo.

— Mas fica mais elegante se for servido em uma tigela de cristal.

Eu falei demais. Janette está pensando que parece muito trabalho, consigo perceber.

— Não temos tigelas de cristal, Lara Jean.

— Tenho certeza de que consigo alguma em casa — garanto.

— Parece trabalho demais para todas as sextas à noite.

— Bem... talvez pudesse ser mensal. Isso tornaria o evento ainda mais especial. Por que não fazemos um pequeno hiato e voltamos com tudo daqui a um mês, mais ou menos? — sugiro. — Podemos dar às pessoas a chance de sentirem saudade. Criar expectativa, e então fazer as coisas direito. — Janette assente de má vontade, e antes que ela possa mudar de ideia, acrescento: — Pense em mim como sua assistente, Janette. Deixe tudo comigo. Vou cuidar de tudo.

Ela dá de ombros.

— Faça como preferir.

Chris e eu estamos no meu quarto naquela tarde quando Peter liga.

— Estou passando pela sua casa — diz. — Quer fazer alguma coisa?

— Não! — grita Chris para o telefone. — Ela está ocupada.

Ele geme no meu ouvido.

— Desculpe — digo. — Chris está aqui.

Peter diz que vai me ligar mais tarde, e mal desliguei o telefone quando Chris resmunga:

— Por favor, não vire uma daquelas garotas que começam a namorar e somem.

Estou bem familiarizada com "aquelas garotas", porque Chris desaparece toda vez que conhece um cara novo. Antes que eu possa lembrá-la disso, ela diz:

— E não vire uma dessas tietes de lacrosse. Odeio aquelas malditas tietes. Será que elas não conseguem encontrar coisa melhor para tietar? Tipo uma banda? Ah, meu Deus, eu seria tão boa tiete de uma banda importante de verdade. Seria como ser uma musa, sabe?

— O que aconteceu com a ideia de você ter sua própria banda?

Chris dá de ombros.

— O cara que toca baixo ferrou a mão andando de skate, e o pessoal desanimou. Ei, quer ir até Washington amanhã à noite para ver o show de uma banda chamada Felt Tip? Frank vai pegar a van do pai emprestada, então deve ter espaço.

Não faço ideia de quem seja Frank, e Chris deve conhecê-lo há apenas dois minutos. Ela sempre solta os nomes das pessoas como se eu já devesse saber quem são.

— Não posso... depois de amanhã tem aula.

Ela faz uma careta.

— Está vendo, é exatamente disso que estou falando. Você já está virando uma "daquelas garotas".

— Não tem nada a ver, Chris. Primeiro, meu pai nunca me deixaria ir a Washington tendo aula no dia seguinte. Segundo, não sei quem é Frank e não vou entrar na van dele. Terceiro, tenho a sensação de que a música do Felt Tip não faz meu tipo. *É* meu tipo?

— Não — admite ela. — Tudo bem, mas a próxima coisa que eu pedir para você fazer, você vai ter que fazer. Não me venha com essa baboseira de "primeiro-segundo-terceiro motivos".

— Tudo bem — digo, concordando, embora meu estômago dê um pequeno salto, porque com Chris é difícil saber no que você está se metendo. Mas, também por conhecê-la bem, sei que ela já deve ter esquecido.

Nós nos sentamos no chão e começamos a fazer as unhas. Chris pega uma das minhas canetas douradas decorativas e começa a pintar estrelinhas na unha do polegar. Estou fazendo uma base lilás com flores roxas e miolos dourados.

— Chris, você faz minhas iniciais na mão direita? — Levanto a mão para ela. — Comece no anelar e vá até o polegar. *LJSC*.

— Letra elaborada ou básica?

Eu olho para ela.

— É sério? Com quem você acha que está falando?

Ao mesmo tempo, nós duas dizemos:

— Elaborada.

Chris é boa com letras. Tão boa, na verdade, que, enquanto admiro o trabalho dela, digo:

— Ei, tive uma ideia. E se começássemos a fazer unhas em Belleview? As residentes adorariam.

— Por quanto?

— De graça! Você pode encarar como serviço comunitário não obrigatório. Por pura bondade do seu coração. Alguns residentes não conseguem cortar as unhas muito bem. As mãos ficam muito retorcidas. Os dedos dos pés também. As unhas ficam grossas e… — Eu paro de falar quando vejo o olhar de nojo no rosto dela. — Talvez pudéssemos deixar um pote para gorjetas.

— Não vou cortar as unhas dos pés de gente velha de graça. Não por menos de cinquenta dólares. Já vi os pés do meu avô. As unhas são como garras de águia. — Ela volta ao meu polegar e faz um belo C com um floreio. — Pronto. Caramba, como sou boa. — Ela joga a cabeça para trás e grita: — Kitty! Vem cá!

Kitty entra correndo no quarto.

— Que foi? Eu estava ocupada.

— "Eu estava ocupada" — imita Chris. — Se você pegar uma Coca Diet pra mim, faço suas unhas como fiz as de Lara Jean. — Mostro as mãos com extravagância, como uma modelo de mãos. Chris conta com os dedos. — Kitty Covey cabe direitinho.

Kitty sai saltitando, e grito para ela:

— Me traz um refrigerante também!

— Com gelo! — completa Chris. Em seguida, dá um suspiro melancólico. — Eu queria ter uma irmãzinha. Eu seria ótima em ficar dando ordens para ela.

— Kitty não costuma obedecer tão bem. É só porque ela admira você.

— Admira mesmo, não é? — Chris puxa uma linha da meia e sorri para si mesma.

Kitty também admirava Genevieve. Ficava meio assombrada com ela.

— Ei — digo de repente. — Como está sua avó?

— Está bem. Ela é bem durona.

— E como está... o resto da família? Tudo bem?

Chris dá de ombros.

— Claro. Está tudo bem.

Hum. Se Chris não sabe, o quanto as coisas podem estar ruins na família de Genevieve? Ou não estão tão ruins, ou, o que é mais provável, foi só mais um dos esquemas dela. Mesmo quando éramos pequenas, ela mentia muito, fosse para escapar de encrencas com a mãe — e nesse caso ela botava a culpa em mim —, fosse para conseguir a solidariedade dos adultos.

Chris me observa.

— Em que você está pensando tanto? Ainda está estressada por causa do seu vídeo íntimo?

— Não é vídeo íntimo se não tem sexo nele!

— Calma, Lara Jean. Tenho certeza de que o show de Peter funcionou, e as pessoas vão deixar isso pra lá. Logo vão estar falando de outra coisa.

— Espero que você esteja certa — digo.

— Acredite, vai haver alguém ou alguma coisa nova pela qual as pessoas vão ficar obcecadas até a semana que vem.

Acontece que Chris está certa, as pessoas pulam para o acontecimento seguinte. Na terça-feira, um garoto do primeiro ano chamado Clark é pego se masturbando no vestiário masculino, e todo mundo só consegue falar disso. Que sorte a minha!

# 12

De acordo com Stormy, há dois tipos de garota neste mundo. O tipo que parte corações e o tipo que fica de coração partido. Uma chance para adivinhar que tipo de garota Stormy é.

Estou sentada de pernas cruzadas no divã de veludo dela, mexendo em uma caixa de sapato grande cheia de fotos — quase todas em preto e branco. Ela aceitou participar da minha aula de scrapbook, e estamos nos adiantando na organização. Tenho várias pilhas separadas. Stormy: os primeiros anos; a adolescência; o primeiro, o segundo e o quarto casamentos. Não há fotos do terceiro, porque eles fugiram para casar.

— *Eu* sou do tipo que parte corações, mas *você*, Lara Jean, é uma garota que fica de coração partido.

Ela ergue as sobrancelhas para mim para enfatizar o que diz. Acho que se esqueceu de reforçá-las com lápis hoje.

Eu penso nisso. Não quero ser a garota que fica de coração partido, mas também não quero partir o coração de ninguém.

— Stormy, você teve muitos namorados no ensino médio?

— Ah, claro. Dezenas. Era assim na minha época. Cinema na sexta com Burt e baile com Sam no sábado. Nós nos permitíamos ter opções. Uma garota não sossegava até ter certeza absoluta.

— Certeza de que gostava do rapaz?

— Certeza de que queria *se casar* com ele. Senão, qual era o sentido em acabar com a diversão?

Pego uma foto de Stormy em um vestido formal verde-claro, tomara que caia, com saia midi. Ela parece a prima vil de Grace Kelly, com o cabelo louro pálido e uma sobrancelha erguida. Tem um garoto de pé ao lado dela, e ele não é muito alto nem particularmente bonito, mas há alguma coisa especial nele. Um brilho no olhar.

— Stormy, quantos anos você tinha nesta aqui?

Stormy olha a foto.

— Dezesseis ou dezessete. Mais ou menos a sua idade.

— Quem é o garoto?

Stormy olha melhor, franzindo o rosto como um damasco seco. Ela bate com a unha vermelha na foto.

— Walter! Nós o chamávamos de Walt. Ele era encantador.

— Era seu namorado?

— Não, era só um garoto com quem eu saía de tempos em tempos. — Ela ergue as sobrancelhas claras para mim. — Fomos pegos nadando pelados no lago pela polícia. Foi um tremendo *scandale*. Fui para casa no carro da polícia, enrolada só num cobertor.

— E então... as pessoas fofocaram sobre você?

— *Bien sûr.*

— Passei por um *scandale* também.

Conto sobre o ofurô, o vídeo e toda a situação. Tenho que explicar o que é um meme. Ela fica encantada; está praticamente vibrando com a lascívia da história.

— Excelente! — exclama ela. — Estou tão aliviada de você ter um certo tempero. Uma garota com reputação é bem mais interessante do que uma certinha.

— Stormy, isso está na internet. A internet é para sempre. Não é só uma fofoca na escola. Além do mais, eu meio que *sou* certinha.

— Não, sua irmã Margaret é a certinha.

— Margot — corrijo.

— Ah, mas ela tem cara de Margaret. Falando sério, passar todas as noites de sexta em um asilo! Eu teria cortado os pulsos se fosse uma adolescente desperdiçando meus anos de beleza em um maldito asilo. Perdoe o palavreado, querida. — Ela ajeita o travesseiro atrás da cabeça. — Os filhos mais velhos são sempre uns chatos empenhados. Meu filho Stanley é um saco. É o pior. É podólogo, caramba! Acho que é culpa minha por ter escolhido o nome Stanley. Não que eu tenha tido opção. Minha sogra insistiu que o batizássemos em homenagem ao seu falecido marido. Meu bom Deus, ela era uma bruxa. — Stormy toma um gole de chá gelado. — Os filhos do meio são os que devem se divertir, sabe. Você e eu temos isso em comum. Fiquei feliz de você não estar nos visitando tanto. Estava torcendo para você estar se metendo em encrencas. Parece que eu estava certa. Se bem que você podia ter vindo *um pouco* mais.

Stormy é ótima em fazer uma pessoa se sentir culpada. Ela domina a arte de se fingir de vítima.

— Agora que tenho um emprego aqui, virei com bem mais frequência.

— Ah, mas não demais. — Ela se anima. — Na próxima vez, traga esse seu rapaz. Pode ser bom ter sangue fresco por aqui. Animaria todo mundo. Ele é bonito?

— É sim, é muito bonito. — O garoto mais bonito de todos os garotos bonitos.

Stormy bate palmas.

— Então você *tem que* trazê-lo. Mas me avise antes, para eu ficar com a melhor aparência possível. Quem mais você tem esperando nas coxias?

Eu dou uma risada.

— Ninguém! Já falei, eu tenho namorado.

— Hum. — Isso é tudo que ela diz, só "hum". E depois: — Tenho um neto que deve ser da sua idade. Ainda está no ensino médio, pelo menos. Talvez eu diga a ele para vir aqui ver você. É bom para uma garota ter opções.

Eu me pergunto como deve ser o neto de Stormy; provavelmente um sujeito sedutor, como ela. Abro a boca para dizer não, obrigada, mas ela me faz parar com um *shhh*.

— Quando acabarmos o scrapbook, vou ditar minhas memórias para você, e você vai digitar para mim no computador. Estou pensando em chamar de *O olho da tempestade*. Ou *Tempos tempestuosos*. — Stormy começa a cantarolar. — *Stormy weather* — canta ela. — *Since my man and I ain't together... keeps rainin' all the time...* — Ela para. — Devíamos fazer uma noite de cabaré! Imagine, Lara Jean. Você de smoking. Eu de vestido vermelho justo, deitada em cima do piano. Vamos fazer o sr. Morales ter um ataque cardíaco.

Eu dou uma risadinha.

— Vamos evitar ataques cardíacos. Talvez só um susto.

Ela dá de ombros e continua cantando, balançando os quadris.

— *Stormy weather...*

Ela vai continuar cantando se eu não mudar de assunto.

— Stormy, me conte onde você estava quando John F. Kennedy morreu.

— Era uma sexta-feira. Eu estava fazendo bolo de abacaxi para o clube de bridge. Coloquei no forno e, quando vi a notícia, me esqueci completamente do bolo e quase botei fogo na casa. Tivemos que mandar pintar a cozinha por causa da fuligem. — Ela mexe no cabelo. — Ele era um santo, aquele homem. Um príncipe. Se eu o tivesse conhecido no meu auge, poderíamos ter nos divertido. Sabe, flertei com um Kennedy uma vez em um aeroporto. Ele parou ao meu lado no bar e pagou um martíni bem seco para mim. Os aeroportos eram bem mais glamorosos naquela época. As pessoas se arrumavam para viajar. Os jovens nos aviões hoje em dia usam aquelas botas de pele horrendas e calça de pijama que *doem na vista*. Eu não sairia para pegar a *correspondência* vestida assim.

— Qual Kennedy? — pergunto.

— Hã? Ah, não sei. Ele tinha o queixo dos Kennedy, pelo menos.

Eu mordo o lábio para não sorrir. Stormy e suas peripécias.

— Você pode me dar sua receita de bolo de abacaxi?

— Claro, querida. É só um bolo de caixa Del Monte com abacaxi, açúcar mascavo e uma cereja ao marasquino em cima. Mas tome cuidado para comprar o abacaxi em *rodelas*, não em *pedaços*.

O bolo parece horrível. Tento assentir de um jeito diplomático, mas Stormy percebe.

— Você acha que eu tinha tempo para ficar preparando bolos, como uma dona de casa chata qualquer? — pergunta ela, irritada.

— Você jamais poderia ser chata — digo na hora, porque é verdade e porque sei que é o que ela quer ouvir.

— Você poderia fazer menos doces e viver mais a vida.

Stormy está sendo irritante, e ela nunca é irritante comigo.

— A juventude é desperdiçada nos jovens. — Ela franze a testa. — Minhas pernas estão doendo. Você pode pegar o Tylenol?

Dou um pulo, ansiosa para cair nas graças dela de novo.

— Onde você guarda?

— Na gaveta da cozinha, ao lado da pia.

Eu remexo lá dentro, mas não encontro. Só pilhas, talco, um monte de guardanapos do McDonald's, pacotinhos de açúcar e uma banana preta. Sem que ela perceba, jogo a banana no lixo.

— Stormy, não estou encontrando seu Tylenol. Tem outro lugar em que pode estar?

— Esqueça — diz ela, ríspida, aparecendo atrás de mim e me empurrando para o lado. — Pode deixar que eu mesma procuro.

— Quer que eu prepare um chá?

Stormy está velha; é por isso que está agindo assim. Não tem intenção de ser grosseira. Sei que não é de propósito.

— Chá é para velhas. Eu quero um coquetel.

— É pra já.

# 13

Minha aula de scrapbook começou oficialmente. Não vou negar que estou um pouco decepcionada. Até o momento, só eram Stormy, Alicia Ito, que é esperta e prática (baixinha, com unhas lixadas curtas e cabelo curto), e o astuto sr. Morales, que acho que tem uma quedinha por Stormy. Ou por Alicia. É difícil ter certeza, porque ele flerta com todo mundo, mas as duas têm páginas inteiras no scrapbook que ele está fazendo. Ele decidiu intitulá-lo de "Os Bons e Velhos Tempos". Decorou a página de Stormy com notas musicais e teclas de piano e uma foto dos dois dançando na Noite de Discoteca do ano passado. Ele ainda está trabalhando na página de Alicia, mas o destaque é uma foto dela sentada em um banco no pátio, olhando para o nada, e ele colou adesivos de flores ao redor. Muito romântico.

Não recebi muito dinheiro para compras, então levei meu próprio material. Também instruí os três a reunirem recortes de revistas e outros enfeites e botões. Stormy adora guardar tudo, assim como eu, então ela tem um monte de tesouros. Renda das vestes de batismo dos filhos, uma caixa de fósforos do motel onde conheceu o marido ("Não pergunte", pediu ela), canhotos de ingresso de um cabaré em Paris. (Eu falei: "Na Paris de 1920? Você conheceu Hemingway?", e ela me lançou um olhar cortante e disse que obviamente não era *tão* velha e que eu precisava ter aulas de história.) O estilo de Alicia é mais minimalista e limpo. Com minha caneta de caligrafia preta com ponta de feltro, ela escreve legendas em japonês embaixo de cada foto.

— O que está escrito aqui? — pergunto, apontando para uma descrição abaixo de uma foto de Alicia com o marido, Phil, nas Cataratas do Niágara, de mãos dadas e com capas de plástico amarelas.

Alicia sorri.

— Está escrito "a vez em que tomamos banho de chuva".

Então Alicia também é romântica.

— Você deve sentir muita falta dele.

Phil morreu ano passado. Só o vi duas vezes, quando fui ajudar Margot no *happy hour* de sexta. Phil tinha demência e não falava muito. Ficava sentado na cadeira de rodas na sala e só sorria para as pessoas. Alicia nunca saía do lado dele.

— Sinto falta dele todos os dias — responde ela, com olhos cheios d'água.

Stormy se coloca entre nós com uma caneta verde de purpurina presa atrás da orelha e diz:

— Alicia, você precisa incrementar mais suas páginas. — Ela joga uma folha de adesivos de guarda-chuva na direção de Alicia.

— Não, obrigada — responde Alicia, rígida, jogando a folha de volta para Stormy. — Você e eu temos estilos diferentes.

Stormy semicerra os olhos ao ouvir isso.

Vou depressa até os alto-falantes e aumento o volume para aliviar o clima. Stormy vai dançando até mim e canta:

— *Johnny Angel, Johnny Angel. You're an angel to me.* — Juntamos as cabeças e cantamos: — *I dream of him and me and how it's gonna be...*

Quando Alicia vai ao banheiro, Stormy diz:

— Aff, que chata.

— Eu não a acho chata — digo.

Stormy aponta para mim com a unha pintada de rosa-shocking.

— Não ouse gostar mais dela só porque vocês duas são orientais.

Depois de passar um tempo em um lar para idosos, acabei me acostumando às coisas ligeiramente racistas que as pessoas dizem. Pelo menos, Stormy não usa mais a palavra "japa".

— Gosto de vocês duas igualmente — respondo.

— Isso não existe — diz ela, fungando. — Ninguém consegue gostar de duas pessoas exatamente do mesmo jeito.

— Você não ama seus filhos do mesmo jeito?

— Claro que não.

— Pensei que os pais não tivessem filhos favoritos.

— É claro que têm. Meu filho favorito é o mais novo, Kent, porque ele é o filhinho da mamãe. Ele me visita todos os domingos.

Com lealdade, digo:

— Bom, acho que meus pais não tinham favoritas.

Eu digo isso porque parece a coisa certa a dizer, mas é verdade? Se alguém colocasse uma arma na minha cabeça e dissesse que eu tinha que escolher, quem eu diria que é a favorita do meu pai? Margot, provavelmente. Eles são mais parecidos. Ela gosta de verdade de documentários e de observar pássaros, como ele. Kitty é o bebê, o que automaticamente a deixa com privilégios. Onde eu entro nessa, a irmã Song do meio? Talvez eu fosse a favorita da mamãe. Gostaria de ter certeza. Eu perguntaria ao papai, mas duvido que ele fosse falar a verdade. Margot talvez falasse. Eu jamais conseguiria escolher entre Margot e Kitty. Mas se, digamos, as duas estivessem se afogando e eu só pudesse jogar um colete salva-vidas, provavelmente seria para a Kitty. Margot jamais me perdoaria se eu fizesse diferente. Nós duas temos que cuidar de Kitty.

A ideia de perder Kitty me deixa mais gentil e contemplativa, e, naquela noite, depois que ela dorme, faço uma travessa de biscoitos de canela e açúcar, os favoritos dela. Tenho sacos de massa de biscoito no freezer, congelados em bolinhas perfeitas para que, quando ficarmos com vontade de comer biscoitos, possamos preparar em vinte minutos. Ela vai ter uma boa surpresa quando abrir a lancheira amanhã.

Deixo Jamie comer um biscoito, apesar de saber que não devia. Mas ele fica me olhando com olhos tristes de filhote e não consigo resistir.

# 14

— No que você está pensando?

Peter bate na minha testa com a colher para chamar minha atenção. Estamos na Starbucks fazendo dever de casa depois da escola.

Coloco dois pacotes de açúcar mascavo no copo de plástico e mexo com o canudo. Tomo um longo gole, e os grânulos de açúcar fazem um barulho satisfatório enquanto os mastigo.

— Eu estava pensando em como seria bom se as pessoas da nossa idade pudessem se apaixonar como nos anos 1950.

Na mesma hora, desejei não ter dito "apaixonar", porque Peter nunca disse nada sobre estar apaixonado por mim, mas é tarde demais, as palavras já saíram da minha boca, então sigo em frente e espero que ele não tenha percebido.

— Nos anos 1950, as pessoas só saíam juntas, era fácil assim. Uma noite, Burt podia levar você para ver um filme no drive-in, e, na noite seguinte, Walter podia convidá-la para um arrasta-pé ou algo do tipo.

Confuso, ele pergunta:

— Que diabos é um arrasta-pé?

— É tipo um baile, como em *Grease*. — Peter olha para mim sem entender. — Você nunca viu *Grease*? Passou na tevê ontem. Deixa pra lá. A questão é que naquela época você não era garota de alguém até ter um broche.

— Broche? — repete Peter.

— É, o cara dava para a garota o broche da fraternidade dele, e isso significava que eles estavam namorando firme. Não era oficial até você ter o broche.

— Mas eu não sou de nenhuma fraternidade. Nem sei como é um broche de fraternidade.

— Exatamente — digo.

— Espere... você está dizendo que quer um broche ou que não quer um broche?

— Não estou dizendo nada disso. Só estou perguntando se você não acha legal o jeito como as coisas eram? É antiquado, mas é quase... — Como Margot sempre diz? — Pós-feminista.

— Peraí. Então você quer sair com outros caras? — Ele não parece necessariamente chateado, só confuso.

— Não! Eu só... só estou fazendo uma observação. Acho que seria legal termos novamente as saídas casuais. Tem algo de doce nisso, não acha? Minha irmã me disse que queria não ter deixado as coisas irem tão longe com Josh. Você mesmo disse o quanto odiava como as coisas ficaram sérias com Genevieve. Se terminarmos, não quero que as coisas fiquem tão ruins a ponto de não podermos estar no mesmo ambiente. Eu ainda quero que sejamos amigos, aconteça o que acontecer.

Peter ignora a última coisa que eu disse.

— Comigo e com Gen é complicado por causa de quem Gen é. Não é como você e eu. Você é… diferente.

Consigo sentir meu rosto ficar vermelho de novo. Tento não parecer ansiosa quando digo:

— Diferente como?

Sei que estou cavando um elogio, mas não ligo.

— Você é fácil de estar junto. Não me faz ficar maluco e nervoso; você é… — Peter para de falar quando olha para o meu rosto. — Que foi? O que foi que eu disse?

Meu corpo todo fica tenso e rígido. Nenhuma garota quer ouvir o que ele acabou de dizer. Nenhuma. Uma garota *quer* deixar um garoto maluco e nervoso. Isso não faz parte de estar apaixonado?

— Estou falando de um jeito bom, Lara Jean. Você está com raiva? Não fique com raiva. — Ele esfrega o rosto, parecendo cansado.

Eu hesito. Peter e eu dizemos a verdade um para o outro; é assim que as coisas são desde o começo. Eu gostaria que continuassem assim, de ambas as partes. Mas aí, vejo a preocupação repentina em seus olhos, a incerteza, e não é uma coisa que eu esteja acostumada a ver nele. Não gosto de ver. Só estamos juntos novamente há poucas semanas, e não quero começar uma nova briga se sei que ele não falou por mal. Eu me ouço dizer:

— Não, não estou com raiva.

E, de repente, não estou mais. Afinal, sou eu quem estava preocupada de ir longe demais com Peter. Talvez seja bom ele não ficar maluco e nervoso por minha causa.

As nuvens no rosto dele somem na mesma hora, e fica ensolarado e alegre de novo. Esse é o Peter que eu conheço. Ele toma um gole de chá.

— Está vendo, é o que quero dizer, Lara Jean. É por isso que gosto de você. Você entende.

— Obrigada.

— De nada.

# 15

De manhã cedo, antes da aula, vejo Josh tirando gelo do para-brisa do carro quando corro até o meu. Papai já tirou o gelo e ligou o motor e o aquecimento. Pela aparência do carro de Josh, ele não vai chegar à escola a tempo.

Quase não vimos Josh desde o Natal; depois de toda a situação comigo e o rompimento com Margot, ele virou um fantasma nesta casa. Sai um pouco mais cedo para a escola, chega em casa um pouco mais tarde. Ele também nunca me procurou para conversar quando aquela coisa toda do vídeo aconteceu, embora parte de mim tenha ficado aliviada. Eu não queria ouvir Josh dizer "eu te disse" sobre o quanto ele estava certo em relação a Peter.

Saio de ré da entrada da garagem e, no último segundo, abro a janela e me inclino.

— Quer uma carona? — grito para Josh.

Seus olhos se arregalam de surpresa.

— Quero. Claro.

Ele joga o raspador de gelo no carro e pega a mochila, depois vem correndo. Ao entrar, diz:

— Obrigado, Lara Jean.

Ele aquece as mãos na saída de ventilação.

Saímos do bairro, e estou dirigindo com cuidado, porque as ruas estão cobertas de gelo da noite anterior.

— Você está dirigindo muito bem — comenta Josh.

— Obrigada.

Eu *tenho* treinado, sozinha e com Peter. Ainda fico nervosa às vezes, mas, a cada vez que dirijo, fico um pouco menos, porque agora sei que consigo. Só sabemos que somos capazes de fazer uma coisa se perseverarmos.

Estamos a alguns minutos da escola quando Josh pergunta:

— Quando vamos nos falar de novo? Só me diga para eu ter uma ideia por alto.

— Estamos nos falando agora, não estamos?

— Você sabe o que eu quero dizer. O que aconteceu comigo e com Margot foi entre nós. Você e eu não podemos voltar a ser amigos como antes?

— Josh, é claro que ainda vamos ser amigos. Mas você e Margot terminaram há menos de um mês.

— Não, nós terminamos em agosto. Ela decidiu que queria voltar três semanas atrás, e eu disse não.

Eu solto um suspiro.

— Mas por que você disse não? Foi só pela distância?

Josh também suspira.

— Relacionamentos dão trabalho. Você vai ver. Quando ficar mais tempo com Kavinsky, vai entender do que estou falando.

— Ah, meu Deus, você é tão sabe-tudo. O maior sabe-tudo que já conheci além da minha irmã.

— Qual delas?

Consigo sentir uma risadinha crescendo dentro de mim, mas a sufoco na mesma hora.

— As duas. As duas são sabe-tudo.

— Só uma coisa. — Ele hesita, mas prossegue. — Eu me enganei sobre o Kavinsky. O jeito como ele lidou com o vídeo. Dá para perceber que ele é um cara legal.

— Obrigada, Josh. Ele é, sim.

Ele assente, e há um silêncio confortável entre nós dois. Fico feliz pelo tempo ruim da noite anterior, feliz pelo gelo no para-brisa dele esta manhã.

# 16

Depois das aulas no dia seguinte, estou sentada em um banco na frente da escola, esperando Peter, quando Genevieve passa pela porta dupla falando ao telefone.

— Se você não contar para ela, eu vou. Juro que vou.

Meu coração para. Com quem ela está falando? Não é com Peter.

Emily e Judith saem pela porta nessa hora, e ela desliga abruptamente.

— Por onde vocês andaram, suas vacas? — dispara, ríspida.

As duas trocam um olhar.

— Gen, relaxa — diz Emily, e consigo perceber que ela está andando na corda-bamba, um pouco irritada, mas tomando cuidado para não piorar a fúria de Genevieve. — Ainda temos bastante tempo para as compras.

Genevieve repara em mim nessa hora, e a expressão irritada desaparece. Acenando, ela diz:

— Oi, Lara Jean. Está esperando o Kavinsky?

Eu assinto, e sopro os dedos só para ter alguma coisa para fazer. Além do mais, está frio.

— Aquele garoto está sempre atrasado. Diga a ele que vou ligar mais tarde, está bem?

Faço que sim sem pensar, e as garotas saem andando, de braços dados.

Por que eu assenti? Qual é o meu problema? Por que não consigo dar uma boa resposta? Ainda estou me repreendendo quando Peter aparece. Ele se senta no banco ao meu lado e passa o braço pelos meus ombros. Em seguida, bagunça meu cabelo, como já o vi fazer com Kitty.

— E aí, Covey?

— Obrigada por me deixar esperando aqui do lado de fora, no frio — digo, encostando os dedos gelados no pescoço dele.

Peter grita e pula para longe de mim.

— Você podia ter esperado lá dentro!

Ele tem razão. Não é por isso que estou com raiva, na verdade.

— Gen pediu para avisar que vai ligar para você mais tarde.

Ele revira os olhos.

— Ela adora criar intrigas. Não deixe que isso afete você, Covey. Ela só está com ciúmes. — Ele se levanta e me oferece as mãos, que aceito, contrariada. — Me deixe levar você para tomar um chocolate quente, para aquecer esse pobre corpo gelado.

— Vou pensar.

No carro, ele fica lançando olhares para mim, verificando se ainda estou irritada. Mas não continuo com a atitude indiferente por muito tempo; exige energia demais. Deixo que ele pague um chocolate quente para mim e até o divido com ele. Mas digo que ele não pode comer nenhum dos marshmallows.

Naquela noite, meu celular vibra na mesa de cabeceira, e sei sem precisar olhar que é Peter querendo se tranquilizar. Tiro os fones de ouvido e atendo.

— Oi.

— O que você está fazendo? — A voz dele soa baixa; consigo perceber que ele está deitado.

— O dever de casa. E você?

— Estou na cama. Só liguei para dar boa-noite. — Há uma pausa. — Ei, por que você nunca me liga para me desejar boa-noite?

— Não sei. Acho que nunca pensei nisso. Você quer que eu ligue?

— Ah. Você não *precisa*, eu só queria saber por que não ligava.

— Pensei que você odiasse essa coisa de "última ligação". Lembra? Você até colocou isso no contrato. Disse que Genevieve insistia em ser sua última ligação todas as noites e que era irritante.

Ele solta um grunhido.

— Podemos não falar dela? Além do mais, por que sua memória é tão boa? Você se lembra de tudo.

— É meu dom e minha maldição. — Eu marco um parágrafo com a caneta e tento equilibrar o celular no ombro, mas fica escorregando. — Então, espere, você quer que eu ligue todas as noites ou não?

— Aff, esqueça.

— Aff, tudo bem — respondo, e consigo ouvi-lo sorrindo pelo celular.

— Tchau.

— Tchau.

— Peraí... você pode levar uma daquelas bebidas de iogurte para o almoço?

— Diga por favor.

— Por favor.

— Diga por favorzinho.

— Tchau.

— Tchaaaaaaau.

Demoro mais duas horas para terminar o dever, mas, quando adormeço naquela noite, estou sorrindo.

# 17

Acho que meu pai tem um encontro. Esta noite, ele disse que tinha planos, se barbeou e colocou uma camisa de botão elegante, não um dos suéteres velhos. Estava com pressa para sair, então não perguntei com quem era. Alguém do hospital, provavelmente. Papai não tem círculos sociais amplos. Ele é tímido. Seja lá quem for, parece uma boa.

Assim que ele sai, eu me viro para Kitty, deitada no sofá assistindo à tevê e lambendo o açúcar das jujubas. Jamie está dormindo ao lado dela.

— Kitty, você acha que papai...

— Está num encontro? Dã.

— E por você, tudo bem?

— Claro. Se bem que eu preferia que fosse alguém que eu conhecesse e de quem já gostasse.

— E se ele se casasse de novo? Você não se importaria?

— Não. Então pode parar de fazer essa cara de irmã mais velha preocupada, está bem?

Tento esticar o rosto como uma folha de papel em branco.

— Então você está dizendo que tudo bem papai se casar de novo? — pergunto, serena.

— É só um encontro, Lara Jean. As pessoas não se casam por causa de um único encontrinho.

— Mas depois de muitos encontros, sim.

Um brilho de preocupação surge no rosto dela.

— Vamos esperar para ver. Não faz sentido ficar preocupada agora.

Eu não diria que estou preocupada, e sim curiosa. Quando falei para vovó que não me importaria se papai saísse em encontros, estava falando sério, mas quero saber se ela é boa o bastante para ele, seja lá quem for. Decido mudar de assunto.

— O que você quer de aniversário? — pergunto.

— Tenho uma lista em andamento — diz Kitty. — Uma coleira nova para Jamie. De couro. Com tachinhas. E uma esteira.

— Uma esteira!

— É, eu quero ensinar Jamie a andar em uma.

— Duvido que papai concorde com uma esteira, Kitty. É muito cara, e, além do mais, onde colocaríamos?

— Tá, tudo bem. Esqueça a esteira. Também quero óculos de visão noturna.

— Você também devia mandar uma lista para Margot.

— Que tipos de coisas especiais posso pedir que sejam específicas da Escócia? — pergunta ela.

— Biscoitos amanteigados genuínos do monstro do lago Ness. Um kilt xadrez. O que mais… bolas de golfe. Parafernália do monstro do lago Ness.

— O que é parafernália?

— Um monstro do lago Ness de pelúcia. Uma camiseta do lago Ness. Talvez um pôster que brilhe no escuro…

— Pode parar. É uma boa ideia. Vou acrescentar à lista.

Depois que Kitty vai para a cama, eu arrumo a cozinha e até esfrego o fogão com uma esponja e arrumo a geladeira, para poder interrogar papai assim que ele chegar em casa.

Estou enchendo a lata de farinha quando ele entra pela porta. Então pergunto, casualmente:

— Como foi seu encontro?

Papai franze a testa sem entender.

— Encontro? Fui à sinfonia com minha colega Marjorie. O marido dela pegou gripe, e ela não queria desperdiçar o ingresso.

Eu murcho.

— Ah.

Cantarolando, ele se serve de um copo de água.

— Eu deveria ir à sinfonia com mais frequência. Algum interesse, Lara Jean?

— Hum… talvez — digo.

Faço uma pilha de biscoitos de açúcar e canela para mim, corro para o quarto e me sento à escrivaninha. Mastigando um, abro o computador e digito "encontro para pais", e acabo achando um site de relacionamento para pais solteiros.

Começo a criar um perfil. Prioridades: papai vai precisar de uma foto. Começo a olhar as fotos dele que tenho no computador. Quase não tem nenhuma dele sozinho. Finalmente, escolho duas, que separo: uma do verão passado na praia (uma foto de corpo inteiro, uma das dicas no site) e uma dele no último Natal, usando o suéter escandinavo que compramos. Ele está cortando um frango assado e está com cara de pai de comercial de margarina, mas ainda cheio de vida. A luz fraca da sala de jantar faz com que ele pareça quase não ter rugas, só um pouco ao redor dos olhos. E isso me lembra: tenho que falar com papai sobre usar protetor solar todos os dias. Um kit de cuidados para a pele masculina podia ser um bom presente de Dia dos Pais. Tomo nota disso para não esquecer.

Papai só tem quarenta e poucos anos. Ainda é jovem o bastante para conhecer alguém e se apaixonar, talvez até duas ou três vezes.

# 18

Quando Kitty nasceu, eu disse que ela parecia um filhotinho de gato, e não Katherine, e daí começamos a chamá-la de Kitty. Quando fomos para casa depois de visitar a mamãe no hospital, Margot e eu fizemos uma faixa com os dizeres FELIZ ANIVERSÁRIO, KITTY para fazer o tempo passar mais rápido. Pegamos todos os suprimentos de arte que tínhamos em casa, e vovó ficou irritada porque fizemos uma lambança na cozinha, com direito a tinta pingando no chão e marcas de mãos para todos os lados. Temos uma foto de mamãe de pé embaixo da faixa segurando Kitty naquele primeiro dia, com os olhos cansados, mas cheios de vida. Feliz.

Virou tradição colocar a faixa na porta de Kitty, para ser a primeira coisa que ela vai ver quando acordar. Eu me levanto cedo e penduro a faixa com cuidado, para que as beiradas não se dobrem nem rasguem. Para o café da manhã, faço uma omelete de queijo munster. Com ketchup, desenho uma cara de gato com um coração ao redor. Temos uma "gaveta de aniversários", que é cheia de velas enfeitadas, chapeuzinhos de papel, toalhas de mesa e cartões de aniversário de emergência. Pego os chapeuzinhos e coloco um na cabeça, inclinado para o lado. Coloco um no prato de Kitty e um no prato de papai, e também coloco um em Jamie Fox-Pickle. Ele não gosta, mas consigo tirar uma foto antes de ele arrancar o chapéu.

Papai preparou o almoço favorito de Kitty para ela levar para a escola: sanduíche de brie com batatinhas chips e um cupcake red velvet com cobertura de cream cheese.

Kitty fica feliz da vida com a arrumação da mesa e com a omelete com cara de gato. Bate palmas e ri como uma hiena quando o elástico do chapeuzinho de papai arrebenta e o chapéu sai voando. Não há aniversariante mais feliz do que nossa Kitty.

— Posso usar seu suéter de margaridas? — pergunta ela com a boca cheia de omelete.

Eu olho para o relógio.

— Vou buscar, mas você tem que comer rápido.

Ele vai chegar a qualquer momento.

Quando chega a hora de ir para a escola, colocamos os sapatos, damos beijos de despedida no papai e saímos pela porta da frente. Esperando na rua na frente do carro está Peter, com um buquê de cravos cor-de-rosa enrolados em papel celofane.

— Feliz aniversário, garota — diz ele.

Kitty arregala os olhos.

— São para mim?

Ele ri.

— Para quem mais seriam? Ande logo, entre no carro.

Kitty se vira para mim com os olhos brilhando, o sorriso tão largo quanto o rosto. Eu também estou sorrindo.

— Você não vem, Lara Jean?

Eu balanço a cabeça.

— Não, só tem espaço para dois.

— Você é minha única garota hoje — diz Peter, e Kitty corre até ele e agarra o buquê. Como um verdadeiro cavalheiro, ele abre a porta para ela. Fecha-a, se vira e pisca para mim. — Não fique com ciúmes, Covey.

Nunca gostei tanto dele como nesse momento.

A festa de aniversário de Kitty com as amigas vai ser em algumas semanas. Ela insistiu em uma festa do pijama, e papai está de plantão nos fins de semana até o fim de fevereiro. Esta noite, vamos comemorar com um jantar em família.

Um dos melhores pratos de papai é frango assado. Ele diz que é a especialidade da casa. Passa manteiga, coloca uma cebola e uma maçã dentro, polvilha com especiarias e coloca no forno. Em geral, o acompanhamento é algum tipo de batata. Hoje, fiz purê de batata-doce e polvilhei açúcar mascavo e canela por cima, depois coloquei no forno para o açúcar caramelizar como em um crème brûlée.

Kitty está encarregada de botar a mesa e colocar os condimentos: molho apimentado Texas Pete para papai, mostarda para Kitty, geleia de morango para mim. Chutney para Margot se ela estivesse aqui.

— Que tipo de molho mamãe gostava com o frango assado? — pergunta Kitty de repente.

— Eu… não lembro — digo.

Nós duas olhamos para papai, que está checando o frango.

— Ela gostava de mostarda como eu? — pergunta ela.

Ele fecha a porta do forno.

— Hum. Bem, sei que ela gostava de vinagre balsâmico. Muito. Muito mesmo.

— Só no frango? — pergunta Kitty.

— Em tudo, na verdade. No abacate, com manteiga na torrada, nos tomates, na carne.

Guardo essa informação em Fatos sobre M.

— Vocês estão prontas? — pergunta papai. — Quero tirar essa ave daqui ainda bela e suculenta.

— Em um minuto — diz Kitty, e, exatamente um minuto depois, a campainha toca.

Kitty dá um pulo para atender à porta. Volta com a sra. Rothschild, que mora do outro lado da rua. Ela está de calça jeans skinny e um suéter preto de gola alta, usando botas de salto alto e um colar preto e dourado ao redor do pescoço. O cabelo castanho está meio preso, meio solto. Ela está carregando um presente embrulhado. As pernas de filhote de Jamie Fox-Pickle não conseguem chegar nela rápido o bastante; ele está deslizando pelo chão e abanando o rabinho.

Rindo, ela diz:

— Ah, oi, Jamie. — Ela coloca o presente na bancada e se ajoelha para fazer carinho nele. — E aí, pessoal?

— Oi, sra. Rothschild — cumprimento.

— Trina! — exclama papai, surpreso.

A sra. Rothschild solta uma gargalhada constrangida.

— Ah, vocês não sabiam que eu vinha? Kitty me convidou quando foi até lá em casa com Jamie hoje… — Ela fica vermelha. — Kitty… — repreende ela.

— Eu falei para ele, mas papai é distraído.

— Hum — diz a sra. Rothschild, lançando um olhar a ela, que Kitty finge não ver. — Bem, obrigada mesmo assim!

Jamie começa a pular nela, outro de seus maus hábitos. A sra. Rothschild levanta o joelho, e Jamie sossega na mesma hora.

— Senta, Jamie.

E ele senta mesmo! Papai e eu trocamos um olhar impressionado. Claramente, Jamie precisa continuar tendo aulas com a sra. Rothschild.

— Trina, o que você gostaria de beber? — pergunta papai.

— O que estiver aberto — responde ela.

— Não tenho nada aberto, mas fico feliz de abrir o que você quiser…

— A sra. Rothschild gosta de pinot grigio — fala Kitty. — Com um cubo de gelo.

Ela fica ainda mais vermelha.

— Meu Deus, Kitty, não sou pinguça! — Ela se vira para nós e diz: — Eu tomo uma taça pequena depois do trabalho, mas não todas as noites.

Papai ri.

— Vou colocar vinho branco no freezer. Vai gelar rápido.

Kitty parece feliz da vida, e, quando papai e a sra. Rothschild vão para a sala, eu a seguro pela gola e sussurro:

— O que você está tramando?

— Nada — diz ela, tentando se soltar.

— Isso é armado?

— E se for? Eles formariam um bom casal.

Ahá!

— Por que você acha isso?

Kitty conta nos dedos.

— Ela adora animais, é gata, ganha o próprio dinheiro e eu gosto dela.

Hum. Tudo isso parece bom mesmo. Além do mais, ela mora do outro lado da rua, o que é conveniente.

— Você acha que a sra. Rothschild gosta de documentários?

— Quem liga para documentários velhos e poeirentos? Ele pode assistir com você ou Margot. O importante é a química. — Kitty tenta se soltar da minha mão. — Me solte para eu poder ir ver se eles têm alguma!

Eu a solto.

— Não, não vá ainda. — Kitty bufa e se afasta, e eu digo com sabedoria: — Vamos deixar *aquecer* um pouco.

Ela para na mesma hora e assente, em apreciação.

— Vamos deixar aquecer — repete ela, saboreando as palavras.

Kitty está cortando um pedaço do peito, a única parte que come; ela gosta de fatias finas, e papai tenta, mas a coitada da carne sempre acaba meio destroçada e com uma cara triste. Acho que talvez eu compre uma faca elétrica no aniversário dele. Eu gosto da coxa. Sinceramente, não sei por que alguém se daria o trabalho de comer qualquer outra coisa além da coxa, se tivesse a chance.

Quando a sra. Rothschild coloca molho apimentado no frango, os olhos de Kitty brilham como vaga-lumes. Reparo na forma como a sra. Rothschild ri de verdade das piadas sem graça de papai. Também gosto do jeito como fica doida pelos meus biscoitos. Coloquei alguns congelados no forno quando papai foi fazer o café.

— Adoro como o seu biscoito é crocante, mas macio. Você está me dizendo que fez a receita do zero?

— Sempre faço — respondo.

— Ah, me dê a receita, garota. — E então, ela ri. — Espere, não precisa. Conheço meus fortes, e fazer doces não é um deles.

— Podemos compartilhar quando você quiser, sempre temos muitos bolos e biscoitos — diz Kitty, o que é engraçado vindo dela, pois ela nunca ajuda. Só aparece para as partes boas, como decorar e comer.

Lanço um olhar na direção de papai, que está tomando o café placidamente. Solto um suspiro. Ele está completamente distraído.

Lavamos tudo e guardamos as sobras juntos, e a sensação é muito natural. Sem ninguém falar nada, a sra. Rothschild sabe que deve lavar as taças de vinho à mão, e não colocar na lava-louça, e na primeira tentativa encontra a gaveta com o papel-alumínio e o plástico filme. Isso deve dizer mais sobre as habilidades de organização de Margot do que sobre a intuição da sra. Rothschild, mas mesmo assim. Acho que consigo vê-la se encaixando com a gente sem grandes problemas.

As pessoas dizem que a ausência deixa o coração mais apaixonado, mas acho que estão erradas. A *proximidade* deixa o coração mais apaixonado.

Assim que a sra. Rothschild vai para casa, e o papai, para o escritório, Kitty parte para cima de mim no meu quarto, onde estou separando as roupas para a escola. Um suéter azul-marinho com o desenho de uma raposa que estou guardando para um dia chuvoso, saia amarelo-mostarda e meias até os joelhos.

— E aí? — pergunta. Está com Jamie Fox-Pickle nos braços.

— Gostei do jeito que ela foi embrulhar as coisas com plástico; isso mostra iniciativa — respondo, prendendo um laço no cabelo e olhando no espelho. — Ela também elogiou muito meus biscoitos, e gostei disso. Mas não sei se vi muita química entre eles. Você acha que ele pareceu interessado?

— Acho que ele poderia, se ela desse uma chance. Ela estava saindo com um cara do trabalho, mas não deu certo porque ele a lembrava muito o ex-marido.

Eu ergo as sobrancelhas.

— Parece que vocês duas andaram conversando muito.

Com orgulho, Kitty diz:

— Ela não me trata como criança.

Se Kitty é mesmo doida por ela, isso diz muito.

— Bom, ela pode não ser o tipo do papai, mas se continuarmos jogando um em cima do outro, quem sabe?

— O que você quer dizer com "ela pode não ser o tipo do papai"?

— O estilo dela parece bem diferente do da mamãe. E ela não fuma? Papai odeia isso.

— Ela está tentando parar. Está com um cigarro eletrônico agora.

— Vamos continuar convidando a sra. Rothschild para as coisas, pra ver o que acontece — digo, pegando a escova de cabelo. — Ei, você acha que, se assistisse a um vídeo, conseguiria fazer trancinhas laterais em mim?

— Posso tentar — responde Kitty. — Faça cachos nas pontas primeiro e fale comigo depois que eu assistir aos meus programas.

— Combinado.

# 19

Conversando com Margot pelo laptop, conto a novidade para ela. Ela está sentada à escrivaninha, usando um suéter de tricô azul-claro e verde e com o cabelo molhado. Está segurando uma caneca de Saint Andrews cheia de chá.

— Que suéter fofo — digo, colocando o laptop sobre as pernas e me aconchegando nos travesseiros. — Adivinhe com quem Kitty está tentando juntar o papai.

— *Com quem?*

— Com a sra. Rothschild.

Margot quase engasga com o chá.

— A vizinha do outro lado da rua? Você só pode estar de brincadeira. É a coisa mais maluca que já ouvi.

— É mesmo? Você acha?

— Acho! Você não?

— Não sei. Kitty anda passando muito tempo com ela porque a sra. Rothschild a está ajudando a treinar Jamie. Ela parece bem legal.

— Ah, claro que ela é legal, mas usa muita maquiagem e está sempre derramando café quente na blusa e gritando como um demônio. Lembra como ela e o ex-marido brigavam aos gritos no quintal? — Margot estremece. — O que ela e papai têm para conversar? Ela é tipo uma *Real Housewife* de Charlottesville. Só que divorciada.

— Ela mencionou mesmo que *Real Housewives* é o programa favorito dela — admito, me sentindo meio fofoqueira. — Mas diz que gosta sarcasticamente!

— Ela prefere a versão de que cidade?

— Acho que de todas.

— Lara Jean, prometa que não vai deixar que ela se envolva com papai. Ele não sabe nada sobre namoro no século XXI, e ela vai destruí-lo. Ele precisa ficar com uma mulher madura, sábia.

Eu dou uma gargalhada debochada.

— Como quem? Uma velhinha? Se for, conheço algumas de Belleview. Posso marcar um encontro para ele.

— Não, mas pelo menos alguém que tenha a mesma idade dele! Ela deve ser sofisticada, mas também gostar da natureza e de fazer trilhas, esse tipo de coisa.

— Quando foi a última vez que papai fez uma trilha?

— Anos atrás, mas essa é a questão: ele precisa de uma mulher que encoraje esse tipo de interesse. Que o mantenha ativo, física *e* mentalmente.

Começo a rir.

— E... sexualmente? — Não consigo resistir à piada, nem à oportunidade de deixar Margot indignada.

— Eca! — grita ela. — Sua depravada!

— Só estou brincando!

— Vou desligar.

— Não, não desligue. Se a sra. Rothschild não for a pessoa certa, talvez ele possa tentar encontros pela internet. Achei um site de relacionamento para ele e tudo. Ele é um homem bonito. E, no Dia de Ação de Graças, a vovó ficou no pé dele, dizendo que ele deveria sair mais. Ela diz que não é bom para um homem ficar sozinho.

— Ele é perfeitamente feliz. — Ela faz uma pausa. — Não é?

— Acho que ele está... contente? Mas não é a mesma coisa que feliz, é? Gogo, odeio pensar nele sozinho... e a forma como Kitty está tão empenhada em juntá-lo com a sra. Rothschild me faz pensar que ela está desejando uma figura materna.

Margot suspira e toma um gole de chá.

— Tudo bem, trabalhe no perfil dele e me mande o login e a senha, para eu poder avaliar tudo. Vamos escolher algumas e apresentar uma seleção restrita, para ele não ficar perdido.

De impulso, digo:

— Por que não esperamos até vermos como essa história com a sra. Rothschild vai terminar? Devíamos ao menos dar uma chance a ela, você não acha? Pelo bem de Kitty.

Margot suspira de novo.

— Quantos anos você acha que ela tem?

— Uns trinta e nove? Quarenta?

— Bem, ela se veste como se fosse bem mais jovem.

— Você não devia pensar nisso como algo negativo — digo, embora admita ter me sentido meio incomodada quando ela disse que compramos nas mesmas lojas. Isso quer dizer que ela se veste como uma garota bem mais jovem ou que eu me visto como uma mulher bem mais velha? Chris já chamou meu estilo de "vovó encontra garotinha chique" e "Lolita estudou biblioteconomia". E isso me faz lembrar. — Ei, se você encontrar um kilt bonitinho, pode trazer para mim? De xadrez vermelho com um botão grande?

— Vou ficar de olho para ver se encontro — promete ela. — Talvez eu consiga encontrar iguais para nós três. Na verdade, para nós quatro. Pode ser nossa foto para o cartão de Natal do ano que vem, que tal?

Dou uma risada debochada.

— Papai de kilt!

— Nunca se sabe, ele pode até gostar. Ele vive falando do um quarto de sangue escocês dele. Agora vai poder provar. — Ela coloca as duas mãos ao redor da caneca e toma um gole de chá. — Adivinha só. Conheci um garoto bonito. O nome dele é Samuel, ele é da minha turma de cultura pop britânica.

— Ah! Ele tem sotaque?

— Indubitavelmente — diz ela, com sotaque inglês. Nós duas rimos. — Vamos nos encontrar em um pub hoje. Deseje-me sorte.

— Boa sorte! — grito.

Gosto de ver Margot assim, leve e feliz e nada séria. Acho que isso deve querer dizer que ela realmente esqueceu Josh.

# 20

— Não fique parada na frente da tevê — reclama Kitty.

Estou tirando o pó das estantes com um espanador novo de penas que comprei na internet. Não sei quando foi a última vez que alguém tirou o pó dali.

— Por que você está tão azeda hoje?

— Estou de mau humor — murmura ela, esticando as pernas finas na frente do corpo. — Shanae ia vir aqui hoje e não vem mais.

— Ah, não desconte em mim.

Kitty coça o joelho.

— Ei, o que você acha de eu mandar um cartão para a sra. Rothschild em nome do papai?

— Não ouse! — Eu balanço o espanador de penas para ela. — Você tem que parar com essa sua mania de se intrometer, Katherine. Não é bonito.

Kitty revira os olhos com exagero.

— Aff, eu não devia ter falado nada.

— Tarde demais. Escute, se duas pessoas estão destinadas a ficar juntas, elas vão encontrar o caminho uma até a outra.

— Você e Peter teriam "encontrado o caminho um até o outro" se eu não tivesse mandado aquelas cartas? — desafia ela.

Um ponto para Kitty.

— Provavelmente não — admito.

— Não, definitivamente não. Você precisou do meu empurrãozinho.

— Não aja como se mandar minhas cartas tenha sido um ato altruísta da sua parte. Você sabe que fez por raiva.

Kitty ignora o que eu disse e pergunta:

— O que quer dizer "altruísta"?

— O oposto de egoísta. Uma pessoa benevolente, generosa... ou seja, o oposto de você.

Kitty grita e pula em cima de mim, e brigamos um pouco, nós duas sem ar, rindo e esbarrando nas prateleiras. Eu conseguia desarmá-la com pouco esforço, mas ela está me vencendo. As pernas são fortes, e ela é boa em fugir das minhas mãos, como uma minhoca. Finalmente, seguro os braços dela às suas costas, e ela grita:

— Desisto, desisto!

Assim que eu a solto, ela pula e me ataca de novo, fazendo cócegas debaixo dos meus braços e tentando alcançar o meu pescoço.

— O pescoço não, o pescoço não! — grito.

O pescoço é meu ponto fraco, e todo mundo na família sabe. Caio de joelhos, rindo tanto que dói.

— Pare, pare! Por favor!

Kitty para de fazer cócegas.

— Essa sou eu sendo altru… altruísta — diz ela. — Esse é meu altruisticismo.

— Altruísmo — corrijo, ofegante.

— Acho que "altruisticismo" também serve.

Se Kitty não tivesse enviado aquelas cartas, Peter e eu teríamos ficado juntos? Meu primeiro impulso é dizer não, mas talvez tivéssemos seguido por caminhos diferentes e convergido em alguma outra bifurcação na estrada. Ou talvez não, mas, seja como for, estamos aqui agora.

# 21

— Me conte mais sobre seu namorado — pede Stormy.

Estamos sentadas de pernas cruzadas no chão da sala dela, separando fotos e lembranças para o scrapbook. Ela foi a única a aparecer para a aula de hoje, então fomos para o apartamento dela. Fiquei com medo de Janette reparar na frequência baixa, mas, desde que comecei a trabalhar como voluntária, ela nem deu as caras. Melhor assim.

— O que você quer saber sobre ele?

— Ele faz algum esporte?

— Joga lacrosse.

— Lacrosse? — repete ela. — Não futebol americano nem beisebol ou basquete?

— Ah, ele é muito bom. Já está sendo sondado por faculdades.

— Posso ver uma foto dele?

Pego o celular e mostro uma foto de nós dois no carro dele. Ele está com um suéter verde-floresta que o deixa particularmente bonito. Gosto quando ele usa suéteres. Fico com vontade de abraçá-lo e fazer carinho como se ele fosse um bichinho de pelúcia.

Stormy olha com atenção.

— Ah — comenta ela. — Sim, ele é muito bonito. Mas não sei se é tão bonito quanto meu neto. Meu neto parece um Robert Redford jovem.

Opa.

— Vou lhe mostrar se você não acredita — diz ela, se levantando e procurando uma foto.

Ela abre gavetas, tira papéis do lugar. Qualquer outra avó em Belleview já teria uma foto do amado neto em exibição. Em um porta-retratos, em cima da tevê ou da lareira. Não Stormy. As únicas fotos em porta-retratos são dela mesma. Tem um retrato de noiva em preto e branco enorme na entrada, que ocupa quase toda a parede. Se bem que acho que, se eu já tivesse sido tão linda, também ia querer me exibir.

— Nossa. Não consigo achar nem uma foto.

— Você pode me mostrar na próxima vez — digo, e Stormy se senta novamente no sofá e apoia as pernas na banqueta.

— Aonde os jovens vão para passar um tempo sozinhos hoje em dia? Um lugar mais "reservado"?

Ela está pescando informações. Stormy é um cão de caça quando se trata de farejar coisas particulares, mas não vou entregar nada. Não que eu tenha muito a oferecer.

— Hã, não sei... acho que não vão.

Eu me ocupo de recolher uma pilha de pedaços cortados de papel.

Ela começa a cortar alguns contornos.

— Eu me lembro do primeiro garoto com quem saí de carro para um mirante. Ken Newberry. Ele tinha um Chevy Impala. Deus, a emoção de um garoto tocando em você pela primeira vez. Não tem nada igual, tem, querida?

— É. Onde está sua pilha de programas antigos da Broadway? Devíamos fazer alguma coisa com aquilo.

— Devem estar no baú.

*A emoção de um garoto tocando em você pela primeira vez.*

Sinto um tremor no estômago. Conheço essa sensação. Lembro perfeitamente, e lembraria mesmo que não tivesse sido capturado em vídeo. É legal pensar naquilo de novo como uma lembrança própria, separada do vídeo e de tudo que veio depois.

Stormy se inclina para perto.

— Lara Jean, só se lembre de uma coisa: a garota sempre deve controlar até onde as coisas vão. Os garotos pensam com o você-sabe-o-quê. Depende de você manter a cabeça no lugar e proteger o que é seu.

— Não sei, Stormy. Isso não é meio sexista?

— A vida é sexista. Se você ficasse grávida, seria a sua vida que mudaria. Nada de significativo muda para o garoto. É sobre você que as pessoas vão cochichar. Já vi aquele programa, *Jovens e Mães*. Todos aqueles garotos são uns inúteis! Lixo!

— Você está dizendo que eu não devo fazer sexo?

Stormy sempre me diz para deixar de ser tão careta, para viver a vida, para amar garotos. E agora, isso?

— Estou dizendo que você deve tomar cuidado. Tanto cuidado quanto se fosse uma questão de vida ou morte, porque é isso que é. — Ela me lança um olhar significativo. — E nunca confie no garoto para levar a camisinha. Uma dama sempre leva a sua.

Eu tusso.

— O corpo é seu, e é você que tem que protegê-lo *e* se divertir com ele. — Ela ergue as sobrancelhas de forma significativa. — Com quem você decide compartilhar a diversão é escolha sua, e escolha com sabedoria. Todos os homens que já tocaram em mim tiveram a *honra* de fazer isso. O privilégio. — Stormy balança a mão na minha direção. — Tudo isso? É um privilégio reverenciar este templo, entende o que quero dizer? Não é qualquer jovem bobinho que pode se aproximar do trono. Lembre-se das minhas palavras, Lara Jean. Você decide quem, até onde e com que frequência, se decidir que sim.

— Eu não tinha ideia de que você era feminista — digo.

— Feminista? — Stormy faz um som enojado na garganta. — Eu não sou *feminista*. Sinceramente, Lara Jean!

— Stormy, não fique zangada. Só significa que você acredita que homens e mulheres são iguais e devem ter os mesmos direitos.

— Eu não acho que qualquer homem é igual a mim. As mulheres são muito superiores, nunca se esqueça. Não se esqueça de nenhuma das coisas que acabei de falar. Na verdade, você devia estar anotando tudo, para as minhas memórias. — E começa a cantarolar "Stormy Weather".

Nunca houve ameaça de as coisas irem longe demais quando estávamos juntos de mentira. Mas agora vejo como as coisas podem mudar rápido sem a gente nem perceber. Podem evoluir de um beijo para mãos debaixo da minha blusa em dois segundos, e é tão febril, tão frenético. É como se estivéssemos em um trem de alta velocidade indo para algum lugar muito rápido, e eu gosto, gosto mesmo, mas também gosto de um trem devagar, no qual consigo olhar pela janela e apreciar a paisagem, os prédios, as montanhas. É como se eu não quisesse perder as etapas; quero que durem. E então, no segundo seguinte, quero ir mais rápido, mais, agora. Estar tão pronta quanto todo mundo. Como é que todo mundo está tão pronto?

Ainda acho surpreendente ter um garoto no meu espaço pessoal. Ainda fico nervosa quando ele passa o braço pela minha cintura ou segura minha mão. Acho que não sei namorar no século XXI. Fico confusa. Não quero o que Margot e Josh tiveram, nem o que Peter e Genevieve tiveram. Quero uma coisa diferente.

Acho que posso dizer que desabrochei tarde, mas isso implica que todos temos uma agenda predeterminada, que há um jeito certo ou errado de se ter dezesseis anos e estar apaixonado por alguém.

*Meu corpo é um templo, não é qualquer garoto que pode reverenciá-lo.*

*Não vou fazer nada além do que eu queira fazer.*

# 22

Peter e eu estamos em uma Starbucks, sentados lado a lado, estudando para a prova de química. Distraidamente, ele coloca o braço nas costas da minha cadeira e começa a enrolar meu cabelo no lápis e a desenrolá-lo como um pedaço de fita. Eu o ignoro. Ele puxa minha cadeira para mais perto e me beija no pescoço, o que me faz rir. Eu me afasto dele.

— Não consigo me concentrar quando você faz isso.

— Você disse que gosta quando brinco com seu cabelo.

— Eu gosto, mas estou tentando estudar. — Olho ao redor e sussurro: — Além do mais, estamos em público.

— Não tem quase ninguém aqui!

— Tem o barista e aquele cara ali, perto da porta.

Tento apontar discretamente para os homens com o lápis. As coisas sossegaram na escola, finalmente; a última coisa de que precisamos é outro meme.

— Lara Jean, ninguém vai nos filmar, se é com isso que você está preocupada. Não estamos fazendo nada.

— Falei desde o começo que não gosto de demonstrações públicas de afeto — lembro a ele.

Peter dá um sorrisinho.

— É mesmo? Não vamos esquecer quem me beijou no corredor. Você pulou em mim, Covey.

Eu fico vermelha.

— Havia um propósito naquilo, e você sabe.

— Agora também há um propósito — diz ele, fazendo beicinho. — O propósito é que estou entediado e com vontade de beijar você. Isso é crime?

— Você é um bebezão — digo, e aperto o nariz dele. — Se ficar quieto e estudar por mais quarenta e cinco minutos, vou deixar você me beijar na privacidade do seu carro.

O rosto de Peter se ilumina.

— Combinado.

O celular dele vibra, e Peter checa o visor. Ele franze a testa e digita alguma coisa, os dedos rápidos como um raio.

— Está tudo bem? — pergunto.

Ele assente, mas parece distraído, e continua mandando mensagens, mesmo quando devíamos estar estudando. Agora, também estou distraída, querendo saber o que poderia ser. Ou quem.

# 23

Estou empurrando o carrinho de compras pelo supermercado, procurando leite condensado para a torta de lima, quando vejo Josh olhando a prateleira de cereal. Vou até ele e o acerto de leve com meu carrinho.

— Oi, vizinho — digo.

— Ei, adivinha. — Josh dá um sorriso satisfeito e orgulhoso. — Entrei antecipadamente na Universidade da Virgínia.

Solto um grito agudo e largo o carrinho.

— Josh! Que incrível! — Eu o abraço e começo a pular. Balanço os ombros dele. — Fique mais empolgado, seu bobão!

Ele ri e pula algumas vezes também, antes de me soltar.

— Eu estou empolgado. Meus pais estão loucos de empolgação porque agora não precisam pagar uma mensalidade fora do estado. Eles não brigam há dias. — Timidamente, ele pede: — Você pode contar para Margot? Sinto que não posso ligar para ela, mas ela merece saber. Foi ela que me ajudou a estudar. É em parte por causa dela que isso está acontecendo.

— Eu vou contar. Sei que ela vai ficar muito feliz por você, Josh. Meu pai e Kitty também.

Levanto a mão para Josh dar um tapinha, e ele bate na minha. Não consigo acreditar; Josh vai para a faculdade, e em pouco tempo não vai mais ser meu vizinho. Não como antes. Agora que ele vai se formar e sair da cidade, talvez os pais finalmente se separem, aí vão vender a casa e ele nem vai ser meu "quase" vizinho. As coisas andam estranhas entre nós há meses, mesmo antes do rompimento de Margot, e não conversamos há séculos… mas eu gostava de saber que ele estava ali, na casa ao lado, se precisasse.

— Daqui a um tempinho… — digo. — Quando tivermos a permissão de Margot, você quer jantar lá em casa de novo como antigamente? Todo mundo sente sua falta. Sei que Kitty está morrendo de vontade de mostrar os novos truques de Jamie. Aviso logo que não é nada de mais, então não se anime. Mas mesmo assim.

Ele abre um sorriso, aquele sorriso lento que conheço tão bem.

— Combinado — diz ele.

# 24

As irmãs Song levam o Dia dos Namorados muito a sério. Um cartão de Dia dos Namorados é humilde, doce e sincero em toda a sua antiguidade, e, como tal, o feito em casa é o melhor. Tenho muito material por causa dos scrapbooks, mas também guardei pedaços de renda, laços e papéis coloridos. Tenho uma lata com pequenas contas, pérolas e pedrinhas; também tenho carimbos antiquados: um cupido, corações de todos os tipos, flores.

Tradicionalmente, papai recebe um único cartão de nós três. Este ano é o primeiro em que Margot vai enviar um sozinha. Josh também vai ganhar um, mas deixei Kitty cuidar de tudo e só assinei meu nome embaixo do dela.

Passei parte da tarde preparando o de Peter. É um coração branco com renda branca em volta. Costurei *VOCÊ É MEU, PETER K* com linha rosa. Sei que vai fazê-lo sorrir. É leve, provocante; não se leva muito a sério, assim como o próprio Peter. Ainda assim, reconhece a data e o fato de que nós, Peter Kavinsky e Lara Jean Song Covey, estamos namorando. Eu ia fazer um cartão bem mais extravagante, grande e cheio de contas e rendas, mas Kitty disse que seria exagerado.

— Não use todas as minhas pérolas — digo a Kitty. — Demorei anos para montar minha coleção. Literalmente, anos.

Pragmática como sempre, Kitty responde:

— Qual é o sentido de colecionar se você não vai usar? Todo esse trabalho para que fiquem em uma caixinha de metal onde ninguém pode ver?

— Acho que você está certa — digo, porque ela tem mesmo razão. — Só estou dizendo para você só colocar pérolas nos cartões das pessoas de quem gosta de verdade.

— E as pedrinhas roxas?

— Use quantas quiser — digo com um tom benevolente, como um dono de terra rico para um vizinho menos afortunado.

As pedrinhas roxas não combinam com meu tema. Estou procurando um ar vitoriano, e pedras roxas são muito carnavalescas, mas ninguém vai me ouvir dizendo nada disso para Kitty. O temperamento dela é tal que, quando ela sabe que você não valoriza muito uma coisa, fica desconfiada, e o apelo desaparece. Por bastante tempo, eu a convenci de que era louca por passas, e que ela nunca devia comer mais do que a parte dela, quando na verdade eu odeio passas e ficava agradecida de outra pessoa estar comendo aquilo. Kitty se entupia de passas. Devia ser a criança mais saudável do jardim de infância.

Estou colando lantejoulas brancas com cola quente ao redor de um coração enquanto penso em voz alta:

— Que tal prepararmos um café da manhã especial para o papai? Podíamos comprar um espremedor elétrico no shopping e fazer suco de toranja espremida na hora. E acho que vi on-line uma máquina de waffles em forma de coração, e nem era cara.

— Papai não gosta de toranja — diz Kitty. — E quase nunca usamos *nossa* máquina de waffles. Que tal só cortarmos o waffle na forma de um coração?

— Ficaria feio — respondo com deboche.

Mas ela está certa. Não faz sentido comprar uma coisa que só usaríamos uma vez por ano, mesmo que seja barata. Conforme Kitty vai ficando mais velha, vejo que ela é bem mais parecida com Margot do que comigo.

Mas então, ela diz:

— E se usarmos nosso cortador de biscoitos para fazer panquecas em forma de coração? E colocarmos corante comestível vermelho?

Abro um sorriso.

— Minha menina!

Talvez ela tenha um pouco de mim, afinal.

Kitty continua:

— Podemos colocar corante comestível vermelho na calda também, para que fique parecido com sangue. Um coração sangrento!

Não, deixa pra lá. Kitty é única.

# 25

Na noite anterior ao Dia dos Namorados, coloco na cabeça que meu cartão para Peter não é o bastante, e que fazer folhados de cereja seria uma ideia fantástica, então acordo antes do amanhecer para prepará-los, e agora a cozinha parece uma cena de crime. Tem suco de cereja espalhado por toda a bancada e pelos azulejos. Está um banho de sangue, um banho de sangue de suco de cereja. Pior do que a vez que fiz bolo red velvet e deixei respingar corante comestível vermelho nas pastilhinhas da parede atrás da pia. Precisei limpar o rejunte com uma escova de dentes.

Mas meus folhados ficam perfeitos, como se saídos de um desenho animado, todos dourados e caseiros, com as beiradas marcadas pelos dentes do garfo e os pequenos buracos para o vapor sair. Meu plano é servi-los no almoço; sei que Peter, Gabe e Darrell vão adorar. Também vou dar um para o Lucas. E para Chris, se ela aparecer na escola.

Mando uma mensagem para Peter dizendo que não preciso de carona para a escola, porque quero chegar cedo e colocar o cartão no armário dele. Há algo doce em um cartão deixado em um armário; quando pensamos bem, um armário de escola é bem parecido com uma caixa de correio, e todo mundo sabe que cartas enviadas pelo correio são bem mais românticas do que as que são entregues em mãos, sem cerimônia.

Kitty desce por volta das sete da manhã, e nós duas preparamos uma mesa linda de Dia dos Namorados para papai, com os cartões dados por mim, Kitty e Margot arrumados ao redor do prato. Deixo dois folhados para ele. Perco a grande reação porque não quero chegar à escola depois de Peter. Ele sempre chega em cima da hora, então concluo que vai ser tranquilo chegar só cinco minutos antes.

Quando chego à escola, coloco o cartão no armário de Peter, depois sigo para o refeitório para esperá-lo.

Mas, quando entro, ele já está lá, de pé perto das máquinas de refrigerante com… Genevieve. Ele está com as mãos nos ombros dela, falando com seriedade. Ela assente, com os olhos baixos. O que poderia ser? O que será que a deixou tão triste? Ou será que é só fingimento, um jeito de manter Peter perto?

O Dia dos Namorados chegou, e eu sinto como se estivesse interrompendo meu namorado com a ex-namorada dele. Ele está mesmo só sendo um bom amigo ou tem outra coisa? Com ela, sempre sinto que tem outra coisa, quer ele saiba ou não. Eles trocaram presentes de Dia dos Namorados, pelos velhos tempos? Sou eu que estou sendo paranoica ou é o tipo de coisa que ex-namorados que ainda são amigos fazem?

Ela me vê, diz alguma coisa para Peter e passa por mim ao sair do refeitório. Ele anda na minha direção.

— Feliz Dia dos Namorados, Covey. — Então me abraça e me levanta, como se eu não pesasse nada. Ao me colocar no chão, diz: — Podemos nos beijar em público, considerando a data?

— Primeiro, onde está meu cartão? — digo, esticando a mão.

Peter ri.

— Está na minha mochila. Caramba. Você é tão gananciosa.

Seja o que for, consigo ver que ele está animado, o que, por sua vez, me anima. Ele pega minha mão e me leva até a mesa onde está sua mochila.

— Primeiro, sente-se — pede, e eu obedeço. Ele se senta ao meu lado. — Feche os olhos e estique a mão.

Eu faço isso e o ouço abrir o zíper da mochila e colocar uma coisa na minha mão, um pedaço de papel. Abro os olhos.

— É um poema — diz ele. — Para você.

*Porque os luares tristonhos só me trazem sonhos*
*Da linda Lara Jean.*
*E as estrelas nos ares só me lembram olhares*
*Da linda Lara Jean.*

Levo a mão aos lábios. *Linda Lara Jean!* Mal consigo acreditar.

— É a melhor coisa que alguém já fez para mim. Eu poderia apertar você até matar de tão feliz que estou.

Imaginá-lo sentado à mesa em casa, escrevendo com papel e caneta, faz com que eu sinta um carinho enorme por ele. Provoca arrepios. Correntes elétricas atravessam meu corpo, do couro cabeludo até os dedos dos pés.

— É sério? Você gostou?

— *Adorei!*

Jogo os braços ao redor dele e o aperto com toda a minha força. Vou guardar esse poema na minha caixa de chapéu e, quando tiver a idade de Stormy, vou pegar e olhar e me lembrar desse exato momento. Esqueça Genevieve. Esqueça tudo. Peter Kavinsky escreveu um poema para mim.

— Esse não é o único presente que eu trouxe. Não é nem mesmo o melhor. — Ele se solta de mim e pega uma caixinha de joia de veludo na mochila. Eu ofego. Satisfeito, ele diz: — Ande, abra logo.

— É um broche?

— Muito melhor.

Minhas mãos voam até a boca. É meu colar, aquele com o pingente de coração da loja de antiguidades da mãe de Peter, o mesmo que admirei por tantos meses.

No Natal, quando papai falou que o colar havia sido vendido, achei que tinha desaparecido da minha vida para sempre.

— Não consigo acreditar — sussurro, tocando no pequeno diamante no meio.

— Aqui, me deixe colocar para você.

Eu levanto o cabelo, e Peter dá a volta e prende o colar no meu pescoço.

— Posso mesmo aceitar isso? — eu me pergunto em voz alta. — Foi muito caro, Peter! Tipo, muito, muito caro.

Ele ri.

— Eu sei quanto custa. Não se preocupe, minha mãe me deu desconto. Tive que me comprometer a vários finais de semana dirigindo a van para buscar móveis para a loja, mas não é nada de mais. O importante é você gostar.

Eu toco no colar.

— Eu gostei! Gostei muito mesmo.

Discretamente, olho pelo refeitório. É um pensamento mesquinho, um pensamento pequeno, mas eu queria que Genevieve estivesse presente para ver isso.

— Espera aí, onde está meu cartão? — pergunta Peter.

— Está no seu armário.

Agora, estou desejando não ter ouvido Kitty e ter me permitido exagerar um pouco nesse primeiro Dia dos Namorados com um namorado. Com Peter. Ah, bem. Pelo menos, há folhados de cereja ainda quentes na mochila. Vou dar todos para ele. Desculpem, Chris, Lucas e Gabe.

Não consigo parar de me olhar com esse colar. Na escola, o uso por cima do suéter, para que todos possam ver e admirar. Na mesma noite, mostro para papai, Kitty e até para Margot pelo laptop. Como brincadeira, mostro para Jamie Fox-Pickle. Todo mundo fica impressionado. E não o tiro nunca: uso no banho, uso para dormir.

É como em *Uma casa na floresta*, quando Laura ganhou uma boneca de pano no Natal. Tinha botões pretos no lugar dos olhos, e lábios e bochechas manchados de amora. Meias de flanela vermelhas e um vestido rosa e azul de algodão. Laura não conseguia tirar os olhos dela. Abraçava a boneca com força e esquecia o resto do mundo. A mãe precisava lembrá-la de deixar as irmãs segurarem a boneca também.

É assim que me sinto. Quando Kitty pede para experimentar, hesito por um segundo, mas depois me sinto culpada por ser mesquinha.

— Mas tome cuidado — digo ao tirar o colar.

Kitty finge deixar o pingente cair da corrente, e dou um grito.

— Brincadeirinha — diz ela, rindo. Ela vai até o meu espelho e se olha, com a cabeça inclinada, o pescoço arqueado. — Nada mau. Você não está feliz de eu ter dado um empurrãozinho nessa coisa toda entre você e Peter?

Eu jogo um travesseiro nela.

— Posso pegar emprestado para uma ocasião especial?

— Não! — Mas penso em Laura e na boneca de novo. — Sim. Se for uma ocasião muito especial.

— Obrigada — responde Kitty. Em seguida, inclina a cabeça e me olha com seriedade. — Lara Jean, posso fazer uma pergunta?

— Você pode me perguntar qualquer coisa.

— É sobre garotos.

Tento não parecer ansiosa quando assinto. Garotos! Então já chegamos nessa idade. Tudo bem.

— Estou ouvindo.

— Você promete que vai responder com sinceridade? Promessa de irmã?

— É claro. Venha se sentar comigo, Kitty.

Ela se senta ao meu lado no chão, e passo o braço pelos ombros dela, me sentindo generosa e maternal. Kitty está mesmo crescendo.

Ela olha para mim com olhos inocentes.

— Você e Peter estão fazendo aquilo?

— O quê? — Eu a empurro para longe. — Kitty!

Com alegria, ela diz:

— Você prometeu que ia responder!

— E a resposta é não, sua xereta. Deus! Saia do meu quarto.

Kitty sai saltitando, rindo como uma hiena. Consigo ouvi-la cruzar o corredor.

# 26

Quando eu achava que a história do vídeo do ofurô estava encerrada e esquecida, outra versão surge e me lembra de que esse pesadelo nunca vai acabar. Nada na internet morre; não é isso o que as pessoas dizem? Desta vez, estou na biblioteca, e pelo canto do olho vejo duas garotas do primeiro ano compartilhando fones de ouvido, vendo um vídeo e rindo. Ali estou eu, de camisola, colada a Peter como um cobertor. Por alguns segundos, fico sentada ali, indecisa. Confrontar ou não confrontar? Eu me lembro das palavras de Margot sobre ser superior e agir como se eu não ligasse. E então, penso: *Que se dane.*

Eu me levanto, ando até elas e puxo os fones do laptop. "Parte do Seu Mundo" explode nos alto-falantes.

— Ei! — diz a garota, se virando na cadeira.

Mas ela vê que sou eu, e ela e a amiga trocam um olhar assustado. A menina fecha o laptop.

— Vá em frente, coloque pra tocar — digo, cruzando os braços.

— Não, obrigada — responde ela.

Estico a mão, abro a tampa do laptop e aperto o *play*. Quem fez o vídeo intercalou com cenas de *A pequena sereia*. "Quero saber, quero morar naquele mundo cheio de ar..." Eu fecho o computador.

— Para vocês saberem, ver esse vídeo é o equivalente a pornografia infantil, e vocês podem ser presas por isso. Seu endereço de IP está no sistema. Pensem nisso antes de espalharem o vídeo. Isso é distribuição.

A garota ruiva fica boquiaberta.

— Como isso é pornografia infantil?

— Sou menor de idade, e Peter também.

A outra garota dá um sorrisinho.

— Pensei que vocês tivessem alegado que não estavam fazendo sexo.

Fico sem palavras.

— Bem, vamos deixar que o Departamento de Justiça resolva isso. Mas, primeiro, vou notificar o diretor Lochlan.

— Nós não éramos as únicas assistindo! — exclama a ruiva.

— Pensem em como se sentiriam se vocês estivessem nesse vídeo — argumento.

— Eu me sentiria ótima — murmura a garota. — Você tem sorte. O Kavinsky é um gato.

Sorte. Certo.

* * *

Não estou preparada para a reação de Peter quando mostro o vídeo de *A pequena sereia*. Porque Peter não guarda rancor; ele sempre deixa as coisas ruins para trás. É por isso que as pessoas gostam tanto dele, eu acho. Ele é seguro, é controlado. As pessoas ficam tranquilas.

Mas o vídeo de *A pequena sereia* acaba com ele. Nós assistimos no carro, no celular dele, e ele fica com tanta raiva que tenho medo que vá jogar o aparelho pela janela.

— Esses babacas! Como ousam fazer isso?!

Peter dá um soco no volante, e a buzina toca. Eu tomo um susto. Nunca o vi chateado assim. Não sei o que dizer, não sei como acalmá-lo. Eu cresci em uma casa cheia de mulheres, com um pai gentil. Não sei nada sobre o gênio de garotos adolescentes.

— Saco! — grita ele. — Odeio não poder te proteger disso.

— Não preciso que você me proteja — digo, e percebo na hora que é verdade. Estou lidando muito bem com isso sozinha.

Ele olha para a frente.

— Mas eu quero. Achei que tinha resolvido, mas agora isso de novo. É como uma maldita herpes.

Sinto vontade de consolá-lo, de fazê-lo rir e esquecer. De forma provocadora, pergunto:

— Peter, você tem herpes?

— Lara Jean, não é engraçado.

— Desculpa. — Eu coloco a mão no braço dele. — Vamos embora.

Peter liga o carro.

— Aonde você quer ir?

— Para qualquer lugar. Para lugar nenhum. Vamos só passear.

Não quero encontrar ninguém. Não quero receber olhares nem ouvir sussurros. Quero me esconder. No Audi de Peter, nosso pequeno abrigo. Para disfarçar meus pensamentos sombrios, dou um sorriso largo para Peter, largo o bastante para fazê-lo sorrir também, de leve.

O passeio o acalma, e, quando chegamos à minha casa, Peter parece estar de bom humor de novo. Pergunto se ele quer ficar para o jantar e comer pizza, pois é noite de pizza e tal. Digo que ele pode pedir o sabor que quiser. Mas ele balança a cabeça e diz que tem que ir para casa. Pela primeira vez, não me dá um beijo de despedida, e fico me sentindo culpada pelo quanto ele se sente mal. Em parte, é culpa minha, eu sei que é. Ele sente que tem que consertar as coisas por mim, e agora sabe que não pode, e isso está o deixando louco.

* * *

Quando entro em casa, papai está me esperando sentado à mesa da cozinha, com a testa franzida.

— Por que você não atendeu o celular?

— Desculpa… a bateria acabou. Está tudo bem?

A julgar pela expressão no rosto dele, não está tudo bem.

— Precisamos conversar, Lara Jean. Sente-se.

O medo me atinge como uma onda.

— Por quê, papai? O que houve? Onde está Kitty?

— Está no quarto dela.

Coloco a mochila no chão e vou até a mesa da cozinha, arrastando os pés. Sento-me ao lado dele, e papai suspira pesadamente, com as mãos unidas.

Eu digo:

— É por causa do perfil de encontros que montei para você? Ainda nem ativei.

E ao mesmo tempo ele diz:

— Por que você não me contou o que estava acontecendo na escola?

Meu coração despenca até o chão.

— O que você quer dizer?

Ainda tenho esperanças e rezo para que seja sobre outra coisa. Diga que tirei uma nota ruim na prova de química; fale qualquer coisa, menos sobre o ofurô.

— O vídeo de você e Peter.

— Como você descobriu?

— Sua orientadora me ligou. Ela está preocupada. Por que não me contou o que estava acontecendo, Lara Jean?

Ele está tão sério e parece tão decepcionado, é o que mais odeio. Sinto uma pressão crescendo atrás dos olhos.

— Porque… fiquei com vergonha. Eu não queria que você pensasse isso de mim. Papai, eu juro, nós só estávamos nos beijando. Só isso.

— Não vi o vídeo nem vou ver. É particular, entre você e Peter. Mas eu queria que você tivesse tomado uma decisão melhor naquele dia, Lara Jean. Há consequências duradouras para nossas ações.

— Eu sei. — Lágrimas rolam pelas minhas bochechas.

Papai pega minha mão do meu colo e segura.

— Me dói você não ter me procurado quando as coisas estavam tão difíceis na escola. Eu sabia que alguma coisa estava acontecendo, mas não queria ser muito insistente. Sempre tento pensar no que sua mãe faria se estivesse aqui. Sei que não é fácil ter só um pai com quem conversar… — A voz dele falha, e eu começo a chorar mais. — Mas estou tentando. De verdade.

Dou um pulo da cadeira e o abraço.

— Sei que você está tentando — digo, chorando.

Ele também me abraça.

— Você pode me procurar, Lara Jean. Não importa o motivo. Já falei com o diretor Lochlan, e ele vai fazer um anúncio amanhã dizendo que qualquer pessoa que assista ou compartilhe o vídeo vai ser suspensa.

Sou tomada de alívio. Eu devia ter procurado meu pai desde o começo. Sento-me mais ereta, e ele estica a mão e seca minhas bochechas.

— Agora, que história é essa de perfil de encontros?

— Ah... — Eu me encolho de novo. — Bem... Criei um perfil para você em um site de relacionamentos. — Ele está franzindo a testa, então acrescento depressa: — Vovó não acha bom um homem ficar tanto tempo sozinho, e eu concordo com ela. Achei que encontros on-line podiam ajudar você a conhecer pessoas.

— Lara Jean, posso cuidar da minha vida amorosa! Não preciso que minha filha gerencie meus encontros.

— Mas... você não tem encontros.

— Isso é problema meu, não seu. Quero que você apague o perfil hoje mesmo.

— Não está on-line. Só criei como uma opção. Tem um mundo novo lá fora, papai.

— Agora estamos falando da sua vida amorosa, não da minha, Lara Jean. A minha fica para outra hora. Quero saber sobre a sua.

— Tudo bem. — Com afetação, eu cruzo as mãos sobre a mesa. — O que quer saber?

Ele coça o pescoço.

— Bem... você e Peter estão namorando sério?

— Não sei. Quer dizer, acho que eu o amo. Mas talvez seja cedo demais para dizer. O quanto se pode estar sério no ensino médio, afinal? Veja Margot e Josh e como isso terminou.

— Ele nunca mais nos visitou — comenta papai, com tristeza.

— Exatamente. Não quero ser a garota que fica chorando no alojamento da faculdade por causa de um garoto. — Eu paro de repente. — Isso foi uma coisa que a mamãe disse para Margot. Ela disse: "Não seja a garota que vai para a faculdade namorando e diz não para as oportunidades."

Ele dá um sorriso de sabedoria.

— É a cara dela.

— Quem era o namorado dela no ensino médio? Ela o amava muito? Você o conheceu?

— Sua mãe não teve namorado no ensino médio. Ela estava falando sobre a colega de quarto. Robyn. — Papai ri. — Ela deixava sua mãe maluca.

Eu me encosto na cadeira. Durante todo esse tempo, eu estava achando que mamãe estava falando por experiência própria.

— Eu me lembro da primeira vez que vi sua mãe. Ela estava dando um jantar no alojamento chamado Ação Desgraça, e um amigo meu e eu fomos. Era um grande jantar de Ação de Graças no meio de maio. Ela estava usando um vestido vermelho e tinha o cabelo comprido na época. Você sabe, viu as fotos. — Ele faz uma pausa, e um sorriso surge no rosto dele. — Ela ficou brava comigo porque levei vagem enlatada, e não fresca. Era assim que você sabia se ela gostava de alguém, se ela pegava no pé da pessoa. É claro que eu não sabia. Eu não sabia nada sobre garotas na época.

Rá! *Na época.*

— Eu jurava que vocês tinham se conhecido em uma aula de psicologia — digo.

— De acordo com a sua mãe, nós fomos da mesma turma, mas eu não me lembro de tê-la visto. Era uma daquelas salas estilo anfiteatro, com centenas de pessoas.

— Mas ela reparou em você.

Eu já ouvi essa história. Ela disse que gostava do jeito como ele prestava atenção na aula e de como o cabelo era um pouco mais comprido atrás, como o de um professor distraído.

— Graças a Deus. Onde eu estaria sem ela?

Isso me faz pensar. Onde ele *estaria*? Sem nós, com certeza, mas provavelmente não seria viúvo. A vida dele teria sido mais feliz se ele tivesse se casado com outra mulher, feito outra escolha?

Papai levanta meu queixo. Com firmeza, ele afirma:

— Eu estaria perdido sem ela, porque não teria minhas meninas.

Ligo para Peter e conto que a sra. Duvall ligou para o meu pai e ele sabe sobre o vídeo, mas que falou com o diretor Lochlan e tudo vai ficar bem agora. Espero que ele fique aliviado, mas Peter parece deprimido.

— Agora seu pai deve me odiar.

— Ele não odeia — garanto.

— Você acha que eu devia dizer alguma coisa para ele? Não sei, pedir desculpas, de homem para homem?

Eu estremeço.

— Definitivamente não. Meu pai é superdesajeitado.

— É, mas…

— Não precisa se preocupar, Peter. É como falei, meu pai resolveu tudo. O diretor Lochlan vai fazer o anúncio, e as pessoas vão nos deixar em paz. Além do mais, não tem nada pelo que pedir desculpas. Eu sou tão culpada quanto você. Você não me obrigou a fazer nada que eu não quisesse.

Desligamos logo depois, e, apesar de me sentir melhor em relação ao vídeo, ainda estou incomodada por causa dessa situação com Peter. Sei que ele está chateado por não poder me proteger, mas também sei que parte do motivo é que o orgulho dele foi ferido, e isso não tem nada a ver comigo. O ego dos garotos é mesmo tão frágil e quebradiço? Deve ser.

# 27

A CARTA CHEGA EM UMA TERÇA-FEIRA, MAS SÓ VEJO NA QUARTA DE MANHÃ, ANTES da aula. Estou sentada na cozinha, em frente à janela, comendo uma maçã e olhando a pilha de correspondência enquanto espero Peter chegar. Conta de luz, conta da tevê a cabo, um catálogo da Victoria's Secret, a edição de *Dog Fancy (For Kids!)* do mês, de Kitty. E uma carta, em um envelope branco, endereçada a mim. Letra de menino. Um endereço de remetente que não reconheço.

*Querida Lara Jean,*

*Uma árvore caiu na nossa entrada de garagem na semana passada, e o sr. Barber, da Paisagismo Barber, veio para retirar. Os Barber são a família que se mudou para nossa antiga casa, em Meadowridge, e, não quero ser repetitivo, mas, bem, eles têm uma empresa de paisagismo. O sr. Barber trouxe a sua carta. Vi pelo selo que você a mandou em setembro, mas só recebi esta semana, porque foi enviada para minha casa antiga. Por isso demorei tanto para responder.*

*Sua carta me fez lembrar um monte de coisas que achei que tivesse esquecido. Como aquela vez em que sua irmã mais velha fez pé de moleque no micro-ondas e vocês decidiram que devíamos fazer uma competição de dança para ver quem ficava com o maior pedaço. E a vez em que fiquei trancado fora de casa uma tarde e fui para a casa na árvore e você e eu ficamos lendo até ficar escuro e precisarmos de lanternas. Eu lembro que seu vizinho estava fazendo hambúrgueres na churrasqueira, e você me desafiou a ir pedir um para nós dois, mas eu não tive coragem. Quando fui para casa, fiquei muito encrencado porque ninguém sabia onde eu estava, mas valeu a pena.*

Eu paro de ler. Eu me lembro do dia em que nós dois ficamos trancados fora de casa! Éramos Chris, John e eu, mas Chris teve que ir embora e ficamos sozinhos. Meu pai estava em um seminário; não lembro onde Margot e Kitty estavam. Ficamos com tanta fome que acabamos com o saco de balinhas que Trevor tinha escondido debaixo de uma tábua solta no piso. Acho que eu podia ter procurado

Josh para conseguir comida e abrigo, mas foi divertido ficar por aí com John Ambrose McClaren. Era como se fôssemos fugitivos.

*Preciso dizer que sua carta me pegou de surpresa, porque, quando eu tinha treze anos, ainda era tão infantil, e lá estava você, uma pessoa de verdade, com pensamentos e emoções complexas. Minha mãe ainda descascava a maçã para mim no lanche da tarde. Se eu tivesse escrito uma carta para você no oitavo ano, teria escrito: seu cabelo é bonito. Só isso. Só seu cabelo é bonito. Eu era tão sem noção. Não fazia ideia de que você gostava de mim.*

*Alguns meses atrás, vi você no evento do Projeto das Nações Unidas na Thomas Jefferson. Duvido que você tenha me reconhecido, mas eu estava lá representando a República da China. Você deixou um bilhete para mim, e eu chamei seu nome, mas você continuou andando. Tentei te procurar depois, mas você tinha sumido. Você me viu?*

*Acho que o que me deixou mais curioso foi por que você decidiu mandar a carta depois de tanto tempo. Portanto, se você quiser me ligar, me mandar um e-mail ou outra carta, faça isso, por favor.*

*Com carinho,*
*John*

*P.S.: Já que você perguntou: as únicas pessoas que me chamam de Johnny são minha mãe e minha avó, mas fique à vontade.*

Solto um longo suspiro.

No ensino fundamental, John Ambrose McClaren e eu tivemos dois encontros "românticos": o beijo durante o jogo de "girar a garrafa", que não foi nem um pouco romântico, e aquele dia na chuva na aula de educação física, que até este ano era o momento mais romântico da minha vida. Tenho certeza de que John não se lembra da mesma forma. Duvido até que se lembre. Receber essa carta dele depois de todo esse tempo é como ter notícias de alguém que voltou dos mortos. A sensação é diferente de vê-lo por aqueles poucos segundos no Projeto das Nações Unidas em dezembro. Aquilo foi como ver um fantasma. Isso é real, uma pessoa viva que eu conhecia, que me conhecia.

* * *

John era inteligente; tirava as melhores notas dentre todos os garotos, e eu tirava as melhores dentre as garotas. Participávamos de turmas especiais juntos. Ele adorava história, sempre lia tudo o que o professor mandava, mas também era bom em matemática e ciências. Tenho certeza de que isso não mudou.

Se Peter foi o último garoto da turma a ficar alto, John foi o primeiro. Eu gostava de seu cabelo louro, ensolarado e claro como milho no verão. Ele era inocente e bochechudo, tinha o rosto de um garoto que nunca se meteu em confusão, e todas as mães o adoravam. Ele tinha um jeito todo especial. Era o que o tornava um parceiro de crimes tão bom. Ele e Peter se metiam em todo tipo de confusão. John era o inteligente, tinha ótimas ideias, mas era meio tímido na hora de falar porque gaguejava um pouco.

Ele gostava de ser o coadjuvante, enquanto Peter amava ser o astro. Então, todo mundo dava o crédito e atribuía a culpa a Peter, porque ele era o malandro, e como um anjo como John Ambrose McClaren podia ser culpado de alguma coisa? Não que houvesse muita gente botando a culpa neles. As pessoas ficam tão encantadas por garotos bonitos. Os garotos bonitos só ganham um balançar indulgente de cabeça e um "Ah, Peter", escapam sem nem mesmo um castiguinho. Nossa professora de inglês, a sra. Holt, os chamava de Butch Cassidy e Sundance Kid, de quem nenhum de nós tinha ouvido falar. Peter a convenceu a passar o filme para nós na aula, e os dois ficaram um ano discutindo sobre quem era Butch e quem era o Sundance Kid, apesar de ficar bem claro para todo mundo quem era quem.

Aposto que todas as garotas da escola gostam dele. Quando o vi no evento do Projeto das Nações Unidas, ele parecia tão seguro, sentado ereto na cadeira, com os ombros alinhados, totalmente concentrado. Se eu estudasse na escola de John, aposto que seria a mais aficionada do fã-clube dele, com um binóculo e uma barrinha de cereal, acampando perto de seu armário. Eu saberia as aulas dele de cor; saberia o que ele gosta de comer no almoço. Ele ainda come sanduíches de creme de amendoim e geleia com pão integral? Eu queria saber. Tem tantas coisas que não sei.

A buzina do carro de Peter lá fora me desperta do devaneio. Dou um pulo de susto, cheia de culpa. Tenho um impulso maluco de esconder a carta, de enfiá-la na minha caixa de chapéu por segurança e nunca mais pensar nela. *Não, seria loucura*, penso. É claro que vou responder John Ambrose McClaren. Seria grosseria não responder.

Então, guardo a carta na mochila, coloco meu casaco branco acolchoado e corro até o carro de Peter. Ainda tem um pouco de neve no chão, da última tempestade, mas é uma camada fina, como um tapete puído. Sou o tipo de garota que gosta de tudo ou nada quando o assunto é clima. Prefiro que tudo derreta de uma vez ou que tenhamos metros e mais metros de neve, a ponto de afundarmos até os joelhos.

Quando chego ao carro de Peter, ele está mandando uma mensagem no celular.

— Que foi? — pergunto.

— Nada — responde ele. — É Gen. Ela queria carona, mas eu disse que não dá.

Minha pele fica arrepiada. Fico incomodada de eles trocarem tantas mensagens, estarem tão facilmente em contato, o bastante para ela pedir carona. Mas eles são amigos, só amigos. É o que fico repetindo para mim mesma. E ele está me contando a verdade, como prometemos que faríamos.

— Adivinha de quem recebi uma carta.

Ele dá a ré para sair da minha entrada de garagem.

— De quem?

— Adivinha.

— Hã... da Margot?

— Por que isso seria surpreendente? Não, não foi da Margot. Foi do John Ambrose McClaren!

Peter só parece confuso.

— McClaren? Por que ele escreveria uma carta pra você?

— Porque eu escrevi para ele, lembra? Assim como escrevi para você. Eu tinha cinco cartas de amor, e a dele foi a única que não voltou. Achei que a tivesse perdido para sempre, mas aí uma árvore caiu em frente à casa dele depois da última tempestade, e o sr. Barber foi tirar a árvore e entregou a carta.

— Quem é esse tal de sr. Barber?

— O homem que comprou a antiga casa dele. Ele é dono de uma empresa de paisagismo, mas isso não tem importância. O importante é que John recebeu minha carta semana passada. Foi por isso que demorou para responder.

— Hum — diz Peter, mexendo nas saídas de ventilação. — Então ele escreveu uma carta de verdade? Não um e-mail?

— Não, foi uma carta de verdade. Chegou pelo correio.

Fico olhando para ver se ele demonstra algum sinal de ciúmes, para ver se esse novo acontecimento o incomoda, nem que seja um pouco.

— Hum — repete Peter. O segundo *hum* soa entediado, distraído. Nem um pingo de ciúme. — Como está o Sundance Kid? — Ele ri. — McClaren odiava quando eu o chamava assim.

— Eu lembro.

Estamos no sinal; tem fila para entrar na escola.

— O que dizia a carta?

— Ah, você sabe, ele só queria saber como eu estava e tal.

Olho pela janela. Me sinto meio avessa a dar informações adicionais porque a reação dele não merece nenhuma. Ele não tem a decência de pelo menos *fingir* que se importa?

Peter tamborila os dedos no volante.

— A gente devia sair com ele qualquer dia desses.

A ideia de Peter e John Ambrose McClaren no mesmo espaço é desconcertante. Para onde eu olharia? Vagamente, digo:

— Hã, talvez.

Talvez falar sobre a carta não tenha sido boa ideia.

— Acho que ele ainda está com minha luva de beisebol velha — reflete Peter. — Ei, ele disse alguma coisa sobre mim?

— Tipo o quê?

— Não sei. Tipo, querendo saber como estou.

— Não.

— Hum. — Os cantos da boca de Peter viram para baixo, em uma expressão meio chateada. — O que você respondeu?

— Eu acabei de receber a carta! Não tive tempo de escrever nada.

— Diga que mandei um oi quando responder — pede ele.

— Claro.

Mexo na mochila para ter certeza de que a carta ainda está lá.

— Espere, se você mandou uma carta de amor para cinco pessoas, isso quer dizer que você gostava de todos nós igualmente?

Ele está me olhando com expectativa, e sei que acha que vou dizer que gostava mais dele, mas isso não seria verdade.

— Sim, eu gostava de todos vocês igual — respondo.

— Mentira! De quem você gostava mais? De mim, não é?

— É uma pergunta impossível de responder, Peter. Tudo é relativo. Eu poderia responder que gostava mais de Josh, porque gostei dele mais tempo, mas não se pode julgar quem alguém amou mais pelo tempo que passou amando aquela pessoa.

— Amando?

— Gostando — corrigi.

— Você disse "amando".

— Eu quis dizer "gostando".

— E o McClaren? — pergunta ele. — O quanto você gostou dele em comparação ao resto de nós?

Finalmente! Um pouco de ciúmes, até que enfim.

— Eu gostei dele…

Estou prestes a dizer "igual", mas hesito. De acordo com Stormy, ninguém pode gostar igualmente de mais de uma pessoa. Mas como podemos quantificar o quanto se gosta de uma pessoa, e ainda mais de duas? Peter sempre quer que gostem mais dele. Espera isso. Então, eu só respondo:

— Não sei dizer. Mas gosto mais de você agora.

Peter balança a cabeça.

— Para alguém que nunca teve namorado, você sabe mesmo provocar um homem.

Eu ergo as sobrancelhas. *Eu* sei provocar um homem? É a primeira vez que ouço isso na vida. Genevieve, Chris, *elas* sabem provocar homens. Não eu. Nunca eu.

# 28

*Querido John(ny),*

*Antes de tudo, obrigada pela resposta. Foi uma surpresa muito boa. Agora… a história por trás da carta. Escrevi aquela carta no oitavo ano, mas não era para você ver. Pode parecer loucura, eu sei, mas era uma coisa que eu fazia: quando gostava de um garoto, escrevia a carta e a escondia na minha caixa de chapéu. As cartas eram só para mim. Mas aí minha irmãzinha Kitty (se lembra dela? Pequena e determinada?) enviou todas as cartas em setembro, inclusive a sua.*

*Eu me lembro daquela competição de dança. Acho que Peter venceu. Ele teria comido o maior pedaço de pé de moleque de qualquer jeito! Isso é aleatório, mas você lembra que ele sempre pegava o último pedaço de pizza? Era tão irritante. Lembra quando ele e Trevor brigaram por isso e acabaram deixando a pizza cair e ninguém comeu o último pedaço? Lembra que todos nós fomos até a sua casa para nos despedir quando você se mudou? Fiz um bolo de chocolate com cobertura de creme de amendoim e chocolate e levei uma faca, mas seus garfos e pratos já estavam todos encaixotados, então comemos na varanda, com as mãos. Quando cheguei em casa, percebi que os cantos da minha boca estavam sujos de chocolate. Fiquei tão sem graça. Parece que faz tanto tempo.*

*Não estou no Projeto das Nações Unidas, mas estava lá naquele dia e vi você. Na verdade, eu achava que você poderia estar lá porque lembrava que gostava do projeto no ensino fundamental. Desculpe por não ter ficado para conversar. Acho que levei um susto porque fazia tanto tempo que não via você. Também achei que você não mudou nada. Só está mais alto.*

*Queria pedir um favor: você se importa de mandar minha carta de volta? As outras acabaram voltando para mim, e, apesar de eu ter certeza de que a experiência vai ser excruciante, eu gostaria muito de saber o que escrevi.*

*Sua amiga,*
*Lara Jean*

# 29

Está tarde, e todas as luzes na minha casa estão apagadas. Papai está no hospital; Kitty foi dormir na casa de uma amiga. Sei que Peter quer entrar, mas meu pai vai chegar a qualquer momento e pode surtar se chegar em casa e nos pegar sozinhos a essa hora da noite. Papai não falou nada sobre isso, mas, desde o vídeo, as coisas mudaram um pouco. Agora, quando saio com Peter, papai pergunta casualmente que horas vou voltar e aonde vamos. Ele nunca fazia esse tipo de pergunta, embora eu ache que antes não tivesse motivo para isso.

Eu olho para Peter, que desligou o carro. De repente, digo:

— Por que não vamos até a velha casa na árvore de Carolyn Pearce?

Ele concorda na hora.

— Vamos.

Está escuro lá fora; eu nunca subi ali com tanta escuridão. Sempre tinha uma luz ligada na cozinha, na garagem dos Pearce ou na nossa casa. Peter sobe primeiro e acende a lanterna do celular para me ajudar.

Ele fica impressionado com o fato de que nada mudou. Está como deixamos. Kitty nunca teve muito interesse em subir ali. Está meio abandonada desde que nós paramos de usar, no oitavo ano. Por "nós" quero dizer as crianças da minha idade do bairro: Genevieve, Allie Feldman, às vezes Chris, às vezes os garotos: Peter, John Ambrose McClaren e Trevor. Era só um lugar particular; não fazíamos nada de ruim, como fumar ou beber. Ficávamos sentados lá, conversando.

Genevieve estava sempre pensando em jogos do tipo "Quem Você Escolheria". Quem você escolheria para levar para uma ilha deserta? Peter escolheu Genevieve sem hesitar, porque ela era namorada dele. Chris disse que escolheria Trevor porque ele era o mais parrudo e também o mais chato, para o caso de ela precisar recorrer ao canibalismo. Eu disse que escolheria Chris porque jamais ficaria entediada. Chris gostou disso; Genevieve franziu a testa para mim, mas já tinha sido escolhida por uma pessoa. Além do mais, era verdade: Chris seria a companhia mais divertida, e provavelmente a mais útil na ilha. Eu duvidava que Genevieve ajudasse a recolher lenha para a fogueira ou que pegasse um peixe. John demorou um tempo para decidir. Ele olhou todo mundo do círculo, pesando nossos méritos. Peter era rápido, Trevor era forte, Genevieve era astuta, Chris conseguia se virar em uma briga e, quanto a mim, ele disse que eu jamais perderia a esperança de ser resgatada. Então, ele me escolheu.

Foi o último verão que passamos na rua. O dia todo na rua. Quando você cresce, passa menos e menos tempo na rua. Ninguém mais pode dizer "vá brincar lá fora" para você. Mas, naquele verão, nós fomos. Foi o verão mais quente em cem anos, disseram. Passamos a maior parte dele em bicicletas ou na piscina. Jogando bola.

Peter se senta no chão, tira o casaco e o abre como um cobertor.

— Pode se sentar aqui.

Eu me sento, e ele me puxa na direção dele, aos poucos e devagar, como um peixe grande que pode soltar o anzol. Quando estamos bem próximos, ele me beija: são beijos suaves, que dizem *temos todo o tempo do mundo*. Estou tremendo, mas não de frio. Meu coração dispara de nervosismo. Peter inclina a cabeça e começa a beijar meu pescoço, seguindo na direção da minha clavícula. Estou tão envolvida que nem sinto cócegas como costuma acontecer quando tocam meu pescoço. A boca dele está quente, e a sensação é boa. Eu me inclino para trás, apoiada nas mãos, e ele se debruça sobre mim. É agora? É assim que vai acontecer? No chão da casa na árvore de Carolyn Pearce?

Quando a mão dele entra debaixo da minha blusa, mas ainda por cima do sutiã, um pensamento assustador surge na minha cabeça, um que eu ainda não tinha tido: os peitos da Genevieve são maiores do que os meus. Ele vai ficar decepcionado?

De repente, digo:

— Não estou pronta para transar com você.

Ele levanta a cabeça, alarmado.

— Caramba, Lara Jean! Que susto.

— Desculpe. Eu só queria deixar claro, caso não estivesse.

— Estava bem claro. — Peter parece magoado e se senta com as costas eretas. — Não sou um homem das cavernas. Caramba!

— Eu sei. — Eu me sento e ajeito o colar, para o pingente de coração ficar na frente. — É que… espero que você não esteja pensando que porque me deu esse colar lindo, a gente… — Eu paro de falar, porque ele está me olhando com irritação. — Desculpa, desculpa. Mas… você sente falta de sexo? Já que você e Genevieve faziam o tempo todo?

Todos ouvimos as histórias sobre a vida sexual de Gen e Kavinsky: que eles transaram no quarto dos pais de Steve Bledell na festa no último dia de aula, que ela começou a tomar anticoncepcional no nono ano. Como alguém acostumado a fazer sexo sempre pode ficar satisfeito com alguém como eu, uma virgem, que até o momento só chegou a umas apalpadas com ele? Satisfeito. "Satisfeito" é a palavra errada. Feliz.

— Nós não fazíamos o tempo todo! Não quero falar sobre isso com você. É esquisito demais.

— Só estou querendo saber se, como eu nunca fiz, mas você fez muito, se há, tipo, um vazio na sua vida? Você sente que… está perdendo alguma coisa? É tipo como se eu nunca tivesse tomado sundae, então não sei o quanto é bom, mas, quando finalmente experimento, tenho vontade de comer o tempo todo? — Eu mordo o lábio. — Você... fica com vontade o tempo todo?

— Não!

— Seja sincero!

— Se eu queria que estivéssemos transando? Sim, admito. Mas não quero pressionar você. Eu nunca sequer toquei no assunto! E os garotos têm outros jeitos de... — Ele fica vermelho. — Se aliviarem.

— Então... você vê pornografia?

— Lara Jean!

— Tenho uma personalidade naturalmente curiosa! Você sabe disso. E costumava responder todas as minhas perguntas.

— Isso foi antes. Agora é diferente.

Às vezes, Peter é capaz de dizer a coisa mais perspicaz sem nem perceber. As coisas *estão* diferentes. Eram mais fáceis antes. Antes do sexo entrar na história.

Com hesitação, digo:

— No contrato, dissemos que sempre contaríamos a verdade um para o outro.

— Tudo bem, mas não vou falar com você sobre pornografia. — Começo a fazer outra pergunta, e Peter acrescenta: — Só vou dizer uma coisa: qualquer cara que diga que nunca vê pornografia está mentindo.

— Então você vê. — Eu assinto. Tudo bem. É bom saber. — Sabe aquelas estatísticas sobre as quais as pessoas estão sempre falando, que garotos adolescentes pensam em sexo a cada sete segundos? É verdade?

— Não. E acho bom ressaltar que é você que fica tocando nesse assunto o tempo todo. Acho que as garotas adolescentes devem ser mais obcecadas do que os garotos.

— Talvez — respondo, e os olhos dele se arregalam, empolgados. Depressa, acrescento: — Eu tenho curiosidade, sem dúvida. É algo em que *penso*. Mas não me vejo fazendo tão cedo. Com ninguém. Inclusive você.

Consigo ver que Peter fica constrangido pelo jeito como se apressa para dizer:

— Tudo bem, tudo bem, entendi. Vamos mudar de assunto. — Baixinho, ele murmura: — Eu nem queria falar sobre isso.

Acho fofo ele estar constrangido. Eu não achava que ele ficaria, considerando toda a experiência que tem. Puxo a manga do suéter dele.

— Quando eu estiver pronta, se eu ficar pronta, vou avisar.

E então, eu o puxo para perto e pressiono os lábios nos dele de leve. Ele abre a boca, eu também, e penso *Eu poderia beijar esse garoto durante horas.*

No meio do beijo, ele pergunta:

— Espere, então não vamos transar nunca? Tipo, nunca?

— Eu não falei nunca. Mas não agora. Não enquanto eu não tiver certeza absoluta. Tudo bem?

Ele solta uma gargalhada.

— Claro. É você quem manda. Desde o começo. Eu ainda estou tentando me acostumar. — Ele se aconchega mais para perto e começa e mexer no meu cabelo. — Que xampu novo é esse que você está usando?

— Roubei da Margot. É de pera. Cheiroso, não é?

— É, acho que sim. Mas você pode voltar ao que usava antes? O de coco? Adoro o cheiro daquele.

Um olhar sonhador surge no rosto dele, como névoa caindo sobre uma cidade à noite.

— Se eu sentir vontade — digo, e Peter faz um beicinho.

Já estava pensando mesmo em comprar um pote de máscara capilar com essência de coco, mas não quero que ele fique se achando. Como disse Peter, sou eu quem mando. Ele me puxa para perto e me abraça por trás como se fosse um abrigo. Apoio a cabeça no ombro dele e os braços nos joelhos. É gostoso. É aconchegante. Só ele e eu, só por um tempo, longe do resto do mundo.

Estamos sentados assim quando de repente me lembro de uma coisa, de uma coisa importante. A cápsula do tempo. A avó de John Ambrose McClaren a deu para ele em seu aniversário, no sétimo ano. Ele tinha pedido um videogame, mas ganhou a cápsula do tempo. Ele disse que ia jogá-la fora, mas depois achou que uma das garotas podia querer. Eu disse que queria, aí Genevieve disse que queria, então é claro que Chris também quis. Eu tive a ideia de enterrá-la no quintal dos Pearce, debaixo da casa na árvore. Fiquei empolgada e disse que todo mundo tinha que contribuir com alguma coisa que tivesse consigo na hora. Eu disse que devíamos voltar no dia da formatura do ensino médio para desenterrá-la.

— Você se lembra da cápsula do tempo que enterramos? — pergunto.

— Ah, lembro! Do McClaren. Vamos pegar!

— Não podemos abrir sem os outros — digo. — Lembra? Íamos fazer isso depois da formatura do ensino médio. — Isso foi quando eu achava que ainda seríamos amigos. — Você, eu, John, Trevor, Chris e Allie. — Não digo o nome de Genevieve.

Peter não parece perceber.

— Tudo bem, então vamos esperar. Tudo o que minha garota quiser.

# 30

Querida Lara Jean,

Posso devolver a carta com uma condição. Você vai ter que fazer uma promessa ~~solene~~ inviolável de que vai devolvê-la para mim depois que ler. Preciso da prova física de que uma garota gostou de mim no ensino fundamental, senão quem acreditaria?

E tenho que dizer que seu bolo de chocolate com creme de amendoim foi o melhor que já comi. Nunca comi outro bolo igual, com meu nome escrito com confeitos. Ainda penso nele às vezes. Um cara não esquece um bolo daqueles.

Tenho uma pergunta: quantas cartas você escreveu? Estou curioso para saber o quanto devo me sentir especial.

John

Querido John,

Eu, Lara Jean, faço uma promessa solene... não, uma promessa inviolável de devolver a carta para você, intacta e inalterada. Agora devolva minha carta!

Além do mais, você é tão mentiroso. Sabe muito bem que muitas garotas gostavam de você no ensino fundamental. Nas festas do pijama, as garotas sempre perguntavam: você é do Time Peter ou do Time John? Não finja que não sabia disso, Johnny!

E, em resposta à sua pergunta: foram cinco cartas ao todo. Cinco garotos importantes na minha vida. Mas, agora que estou escrevendo, cinco parece muita coisa, considerando o fato de que só tenho dezesseis anos. Fico imaginando quantos serão quando eu chegar aos vinte! Conheço uma senhora no lar para idosos onde sou voluntária que teve vários *maridos e viveu muitas vidas. Olho para ela e penso: ela não deve ter nenhum arrependimento, porque fez de tudo e viu de tudo.*

*Eu contei que minha irmã mais velha, Margot, está na Escócia, na St. Andrews? É onde príncipe William e Kate Middleton se conheceram. Talvez ela conheça um príncipe também, haha! Para qual faculdade você quer ir? Já sabe o que vai estudar? Eu acho que quero ficar no estado. A Virgínia tem ótimas faculdades públicas, além de ser bem mais barato, mas acho que o principal motivo é por eu ser muito próxima da minha família e não querer ir para muito longe. Eu achava que talvez quisesse estudar na Universidade da Virgínia e morar em casa, mas agora estou achando que preciso ficar nos alojamentos para ter uma verdadeira experiência universitária.*

*Não se esqueça de mandar minha carta.*

*Lara Jean*

Papai está no hospital, mas fez um panelão de mingau de aveia. Já está meio grudento, e tenho que colocar meio vidro de xarope de bordo e cerejas secas para que fique palatável, e mesmo assim não sei se gosto de mingau de aveia. Preparo uma tigela com nozes-pecã picadas para mim e uma com mel para Kitty.

— Kitty, venha comer mingau! — grito.

Ela está na frente da tevê, claro.

Sentamos à mesa da cozinha e comemos o mingau. Tenho que admitir que há algo de satisfatório nele, na forma como gruda nas entranhas como uma pasta. Enquanto como, fico olhando pela janela.

Kitty estala os dedos na frente do meu rosto.

— Alô! Fiz uma pergunta.

— O correio já chegou? — pergunto.

— O carteiro só passa depois de meio-dia aos sábados — responde Kitty, lambendo mel da colher. Ela me olha. — Por que você passou a semana toda empolgada com a correspondência?

— Estou esperando uma carta.

— De quem?

— De… ninguém importante. — Um erro de principiante. Eu devia ter inventado um nome, porque Kitty estreita os olhos e fica interessada.

— Se não fosse importante, você não ficaria doidinha olhando pela janela. De quem é?

— Se você quer mesmo saber, é uma carta minha. Uma daquelas cartas de amor que *você* enviou. — Estico a mão por cima da mesa e belisco o braço dela. — Está voltando para mim.

— Do garoto com o nome engraçado. Ambrose. Que tipo de nome é Ambrose?

—Você se lembra dele? Ele morava na nossa rua.

— O menino de cabelo louro — diz Kitty. — Ele tinha um skate. Me deixou brincar com ele uma vez.

— É a cara dele — comento, relembrando.

De todos os garotos, ele era quem tinha mais paciência com Kitty, apesar de ela ser uma chata.

— Pare de sorrir — ordena Kitty. —Você já tem um namorado. Não precisa de dois.

Meu sorriso some.

— Só estamos trocando cartas, Kitty. E não fale assim comigo. — Eu me inclino para beliscá-la de novo, mas ela se afasta antes que eu consiga. — O que você vai fazer hoje?

— A sra. Rothschild disse que vai comigo e com Jaime ao parque de cachorros — responde ela, colocando a tigela suja na pia. —Vou até lá lembrar a ela.

— Você tem passado muito tempo com a sra. Rothschild. — Kitty dá de ombros, e eu digo com delicadeza: — Só tome cuidado para não se tornar um incômodo, está bem? Ela tem uns quarenta anos. Deve ter outras coisas para fazer no sábado. Tipo ir a uma vinícola ou a um spa. Não precisa de você enchendo o saco dela para sair com nosso pai.

— A sra. Rothschild adora ficar comigo, então cuide da sua própria vida, tudo bem?

Eu franzo a testa para ela.

— Falando sério, Kitty, você é muito mal-educada.

— A culpa da minha falta de educação é sua, de Margot e do papai. Foram vocês que me criaram assim.

— Então você nunca vai ser culpada de nada na vida por causa da sua péssima criação?

— Exato.

Solto um grito de frustração, e Kitty sai correndo, cantarolando baixinho, feliz da vida por ter conseguido me irritar.

*Querida Lara Jean,*

*Que fique registrado que o único motivo para as garotas prestarem atenção em mim era eu ser o melhor amigo do Peter. Foi por isso que Sabrina Fox me pediu para ser o par dela no baile do oitavo ano! Ela até tentou se sentar ao lado de Peter no Red Lobster, antes do baile.*

*Quanto à faculdade, meu pai é muito fã dos Tarkeelo, um time da Universidade da Carolina do Norte, então está insistindo para que eu vá para lá. Ele diz que tenho piche no sangue. Minha mãe quer que eu fique no estado. Ainda não contei para ninguém, mas quero ir para Georgetown. Torça por mim. Já estou estudando para o vestibular.*

*Enfim... aqui está sua carta. Não se esqueça da sua promessa. Estou gostando muito de trocar cartas com você, mas posso pedir seu celular? Você é bem difícil de encontrar on-line.*

Meu primeiro pensamento é: Ele não viu o vídeo. Não pode ter visto! Não se está dizendo que sou difícil de encontrar on-line. Acho que no fundo eu devia estar preocupada com isso, porque fico muito aliviada. Que consolo saber que ele ainda pode ter uma ideia de quem eu seja na cabeça, a mesma que tenho dele. E, na verdade, John Ambrose McClaren não é o tipo de garoto que olha o Menina-Veneno. Não o John Ambrose McClaren do qual me lembro.

Olho para a carta, e ali, no rodapé, vejo o número do celular dele.

Pisco. As cartas eram inofensivas, mas se John e eu começássemos a conversar ao telefone, seria um tipo de traição? Existe diferença entre trocar mensagens de texto e escrever cartas? Um é mais imediato. Mas o ato de escrever uma carta, de escolher o papel e a caneta, endereçar o envelope, encontrar um selo, sem contar o próprio ato de escrever no papel… é bem mais deliberado. Minhas bochechas ficam vermelhas. É mais… romântico. Uma carta é uma coisa que se guarda.

Falando nisso… desdobro o segundo pedaço de papel no envelope. Está amassado, e reconheço o papel de carta na hora. Um papel creme grosso com *LJSC* gravado em azul-marinho no topo. Presente de aniversário do meu pai por causa do meu gosto por qualquer coisa com monogramas.

*Querido John Ambrose McClaren,*

*Sei o dia exato em que tudo começou. Era outono, e estávamos no oitavo ano. Fomos pegos pela chuva enquanto guardávamos as bolas de futebol depois da aula de educação física. Começamos a correr de volta para o prédio, e eu não conseguia correr tão rápido quanto você, então você parou e pegou minha bolsa também. Foi ainda melhor do que se você tivesse segurado minha mão. Ainda me lembro daquele dia: sua camiseta estava grudada no corpo, o cabelo molhado como se você tivesse acabado de sair do chuveiro. Quando a chuva piorou, você gritou e riu como um garotinho. Houve um momento em que olhou para trás, para mim, e seu sorriso estava da largura do seu rosto. Você disse: "Vamos, LJ!"*

*Foi nessa hora. Foi nesse momento que eu soube, até meus tênis encharcados. Eu amo você, John Ambrose McClaren. Amo de verdade. Talvez amasse durante todo o ensino médio. E talvez você também me amasse. Se ao menos não fosse se mudar, John! É tão injusto quando as pessoas se mudam. Parece que os pais decidem uma coisa e mais ninguém pode dar opinião. Não que eu mereça uma opinião, não sou sua namorada nem nada. Mas você merecia dizer o que pensa.*

*Estava torcendo para que um dia eu pudesse chamar você de Johnny. Sua mãe veio buscar você uma vez depois da escola, e estávamos todos sentados nos degraus da entrada. Você não viu o carro dela, então ela buzinou e gritou: "Johnny!" Adorei a sonoridade. Johnny. Um dia, aposto que sua namorada vai te chamar de Johnny. Ela tem muita sorte. Talvez você já tenha namorada agora. Se tiver, saiba do seguinte: houve uma época na Virgínia em que uma garota amou você.*

*Vou dizer isso só uma vez, já que você nunca vai ouvir mesmo. Adeus, Johnny.*

*Com amor,*

*Lara Jean*

Solto um grito tão alto e agudo que Jamie late, assustado.

— Desculpa — sussurro, e caio nos travesseiros.

Não acredito que John Ambrose McClaren leu essa carta. Eu não lembrava que ela era tão… crua. Com tanto… anseio. Deus, por que tenho que ser uma pessoa que anseia tanto? Que horrível. Que absolutamente horrível. Nunca fiquei nua na frente de um garoto, mas agora sinto como se tivesse ficado. Não consigo ler a carta de novo, não consigo nem pensar nela. Eu me levanto, enfio dentro do envelope e jogo embaixo da cama, para que não exista mais. O que os olhos não veem, o coração não sente.

Obviamente, não vou mandar a carta de volta. Na verdade, não sei se devo responder a carta do John. As coisas parecem… diferentes, de alguma forma.

Eu tinha esquecido a carta, o quanto o desejei ardentemente. O quanto eu tinha certeza, certeza absoluta, de que fomos feitos um para o outro. A lembrança dessa certeza me abala; me deixa perturbada e até insegura. À deriva. O que havia nele que me fez ter tanta certeza?

Estranhamente, não há menção a Peter na carta. Eu disse que comecei a gostar de John no oitavo ano. Eu também gostei de Peter no oitavo ano, então houve uma sobreposição. Quando um começou e o outro terminou?

A única pessoa que saberia é a pessoa para quem eu jamais poderia perguntar. Foi ela que previu que eu gostaria de John.

Genevieve dormiu na minha casa quase todas as noites daquele verão. Allie só podia dormir fora em ocasiões especiais, então normalmente éramos só nós duas. Nós relembrávamos cada detalhe do que tinha acontecido com os garotos.

"Essa vai ser a nossa galera", ela me disse certa noite, mal mexendo os lábios. Estávamos usando as máscaras faciais coreanas que minha avó tinha mandado, do tipo que pareciam máscaras de esqui e que pingava com essências e vitaminas e coisas no estilo spa. "O ensino médio vai ser assim: eu e Peter, você e McClaren, e Chris e Allie podem dividir Trevor. Vamos formar casais."

"Mas John e eu não nos gostamos assim", comentei, com os dentes trincados para impedir que a máscara facial se quebrasse.

"Mas vão se gostar", disse ela.

Ela falou como se fosse um fato pré-determinado, e eu acreditei nela. Eu sempre acreditava nela.

Mas nada disso aconteceu, exceto por Gen e Peter.

# 31

LUCAS E EU ESTAMOS SENTADOS NO CORREDOR DE PERNAS CRUZADAS, DIVIDINDO UM picolé de torta de morango.

— Fique do seu lado — diz ele quando abaixo a cabeça para dar outra mordida.

— Fui eu que comprei! — lembro a ele. — Lucas... você acha que é traição escrever cartas para uma pessoa? Não sou eu, estou perguntando por uma amiga.

— Não — responde Lucas. Ele levanta as sobrancelhas. — Espere, são cartas eróticas?

— Não!

— São parecidas com a que você me escreveu?

Digo um "não" baixo e fraco. Ele me olha como quem não acredita em nada do que estou dizendo.

— Então está tudo bem. Tecnicamente, está em zona livre. Para quem você está escrevendo?

Hesito.

— Você se lembra de John Ambrose McClaren?

Ele revira os olhos.

— Nossa, é claro que me lembro de John Ambrose McClaren, Lara Jean. Como não lembrar? Eu tinha uma quedinha por ele no sétimo ano.

— Eu tinha uma quedinha por ele no oitavo!

— Claro. Todo mundo tinha. No ensino fundamental, todo mundo gostava de John ou de Peter. Eram as duas escolhas principais. Como Nick e Brian, dos Backstreet Boys. Obviamente, John é Nick e Peter é Brian. — Ele faz uma pausa. — Lembra que John tinha uma gagueira muito fofa?

— Lembro! Senti até um pouco de falta quando sumiu. Era tão fofo. Tão pueril. E você lembra que o cabelo dele era cor de manteiga? Tipo, aposto que era da cor de manteiga recém-batida.

— Achei que estava mais para palha de milho iluminada pelo luar, mas é. E como ele está?

— Não sei... É estranho, porque tem o ele de quem me lembro do ensino fundamental, só uma lembrança, e tem o ele de agora.

— Vocês ficaram, naquela época?

— Ah, não! Nunca.

— Deve ser por isso que você está curiosa.

— Eu não falei que estava *curiosa*.

Lucas me lança um olhar.

— Disse sim. Mas eu não te culpo. Eu também estaria curioso.

— É divertido pensar nisso.

— Você tem sorte — diz ele.

— Sorte como?

— Sorte de ter… *opções*. Não estou oficialmente "fora do armário", mas, mesmo que estivesse, só tem uns dois caras gays na nossa escola. Mark Weinberger, que tem a cara cheia de espinha, e *Leon Butler*.

Lucas estremece.

— Qual é o problema do Leon?

— Não seja condescendente. Eu só queria que nossa escola fosse maior. Não tem ninguém pra mim aqui.

Ele observa o nada, mal-humorado. Às vezes, olho para Lucas e, por um segundo, esqueço que ele é gay e tenho vontade de gostar dele de novo.

Eu toco na mão dele.

— Um dia, em breve, você vai estar no mundo, e vai ter tantas opções que não vai saber o que fazer com elas. Todo mundo vai se apaixonar por você, Lucas, porque você é lindo e charmoso, e você não vai nem se lembrar do ensino médio.

Lucas sorri, e o mau humor some.

— Pode ser, mas nunca vou me esquecer de você.

# 32

— Os Pearce finalmente venderam a casa — anuncia meu pai, colocando mais espinafre no prato de Kitty. —Vamos ter novos vizinhos em um mês.

Kitty se anima.

— Eles têm filhos?

— Donnie disse que são aposentados.

Kitty finge ânsia de vômito.

— Gente velha. Que coisa chata! Será que eles têm netos, pelo menos?

— Ele não disse, mas acho que não. Provavelmente vão tirar aquela casa na árvore.

Eu paro no meio da mastigação.

—Vão demolir nossa casa na árvore?

Papai assente.

— Acho que vão construir um gazebo.

— Um gazebo! — repito. — Nós nos divertíamos tanto lá em cima. Genevieve e eu brincávamos de Rapunzel durante horas. Mas ela sempre era a Rapunzel. Eu só ficava em baixo e exclamava — faço uma pausa para preparar meu melhor sotaque inglês: — Rapunzel, Rapunzel, jogue as tranças!

— Que sotaque é esse? — pergunta Kitty.

— Cockney, eu acho. Por quê? Não ficou bom?

— Não mesmo.

— Ah. — Eu me viro para papai. — Quando vão tirar a casa na árvore?

— Não tenho certeza. Imagino que antes de eles se mudarem, mas nunca se sabe.

Teve uma vez que olhei pela janela e vi que John McClaren estava na casa na árvore sozinho. Ele estava sentado, lendo. Então, fui até lá com duas Coca-Colas e um livro, e ficamos lendo a tarde toda. Mais tarde, Peter e Trevor apareceram, e guardamos os livros e jogamos cartas. Na época, eu estava apaixonada por Peter, então não foi nem um pouco romântico, disso tenho certeza. Mas me lembro de sentir que nossa tarde tranquila foi estragada, que eu preferia ter ficado lendo acompanhada.

— Nós enterramos uma cápsula do tempo embaixo daquela casa na árvore — conto para Kitty quando estou colocando pasta na escova de dentes. — Genevieve, Peter, Chris, Allie, Trevor, eu e John Ambrose McClaren. Íamos desenterrar quando nos formássemos no ensino médio.

— Vocês deviam fazer uma festa da cápsula do tempo antes de demolirem a casa na árvore — sugere Kitty, do vaso. Ela está fazendo xixi e eu estou escovando os dentes. — Você pode mandar convites. Vai ser divertido. Uma revelação.

Eu cuspo a pasta de dentes.

— Em teoria, claro. Mas Allie se mudou, e Genevieve é uma…

— Palavra que começa com V — completa ela.

Dou risada.

— Definitivamente uma palavra que começa com V.

— Ela dá medo. Uma vez, quando eu era pequena, ela me trancou no armário de toalhas! — Kitty dá descarga e se levanta. — Você pode dar uma festa, só não convide Genevieve. Não faz sentido você convidar a ex-namorada do seu namorado para uma festa da cápsula do tempo.

Como se houvesse uma regra de etiqueta pré-determinada para quem convidar ou não para uma festa da cápsula do tempo! Como se existissem festas da cápsula do tempo!

— Eu tirei você do armário rapidinho — lembro a ela. Coloco a escova de dentes no lugar. — Lave as mãos.

— Eu ia lavar.

— E escove os dentes. — Antes que Kitty possa abrir a boca, digo: — Não diga que ia escovar porque eu sei que não ia.

Kitty faz qualquer coisa para não ter que escovar os dentes.

Não podemos deixar a casa na árvore ser derrubada sem uma despedida. Não seria certo. Nós sempre dissemos que voltaríamos lá. Vou dar uma festa, e esse vai ser o tema. Genevieve agiria com desprezo, diria que é infantil. Mas não vou convidá-la, então quem liga para o que ela pensa. Vamos ser só Peter, Chris, Trevor e… John. Vou ter que convidar John. Como amigo, só como amigo.

O que comemos naquele verão? Salgadinhos. Sanduíches derretidos de biscoito com sorvete, e o wafer de chocolate grudava nos dedos. Suco de frutas de caixinha à vontade. John sempre tinha um sanduíche de creme de amendoim e geleia na mochila, em um saco ziplock, preparado pela mãe. Vou cuidar para que tenhamos tudo isso na festa.

O que mais? Trevor tinha alto-falantes portáteis que carregava para todo lado. O pai gostava de rock sulista, e naquele verão Trevor botou para tocar "Sweet Home Alabama" tantas vezes que Peter jogou os alto-falantes do alto da casa na árvore, e Trevor não falou com ele durante dias. Trevor Pike tinha cabelo castanho que ficava encaracolado quando molhado, era gordinho do jeito que garotos do ensino fundamental são (nas bochechas, na barriga), logo antes de ter um estirão de crescimento e tudo se acertar. Vivia com fome e rondando os armários dos outros. Ficava com vontade de fazer xixi e voltava com um picolé, uma banana ou biscoitos sabor queijo, o que conseguisse arrumar. Trevor era o terceiro da trupe de Peter. Eram John, Peter e depois Trevor. Eles não andam mais tanto juntos. Trevor é mais amigo do pessoal do atletismo. Não temos aulas juntos; estou nas turmas especiais e avançadas, e Trevor nunca tirou boas notas. Mas era divertido.

Eu me lembro do dia em que Genevieve apareceu na minha casa chorando, dizendo que ia se mudar. Não para longe, ela ainda estudaria na mesma escola que nós, mas não poderia mais vir andando de bicicleta ou a pé. Peter ficou triste; ele a consolou, passou o braço pelos ombros dela. Eu me lembro de ter pensado no quanto eles pareciam adultos naquele momento, como adolescentes de verdade apaixonados. E então, Chris e Gen brigaram por alguma coisa, uma briga maior do que o normal; nem lembro qual foi o motivo. Acho que alguma coisa sobre os pais. Sempre que os pais delas não se entendiam, as coisas chegavam a elas como lixo descendo um rio.

Gen se mudou, e continuamos amigas, mas depois, na época do baile do oitavo ano, ela me largou. Acho que não havia mais espaço para mim na vida dela. Achei que Genevieve seria uma pessoa que eu conheceria para sempre. Uma daquelas pessoas que você conhece a vida toda, não importa o que aconteça. Mas não é assim. Aqui estamos nós, três anos depois, e somos mais do que estranhas. Eu sei que ela fez aquele vídeo. Sei que ela mandou para o MeninaVeneno. Como poderia perdoar isso?

# 33

Josh tem uma namorada nova: Liza Booker, uma garota do clube de quadrinhos de que ele faz parte. Ela tem cabelo castanho cacheado, olhos bonitos, peitos grandes, usa aparelho. É do último ano, como Josh, e inteligente, como Josh. Só não consigo acreditar que ele está com uma garota que não é Margot. Se comparados à minha irmã, os olhos bonitos e os peitos grandes de Liza Booker não são nada.

Eu vi várias vezes um carro que não conhecia na porta da casa de Josh, e hoje, quando fui pegar a correspondência, Liza e Josh saíram, e ele a levou até o carro e a beijou. Do mesmo jeito que beijava Margot.

Espero até ela ter se afastado e Josh estar prestes a voltar para dentro antes de chamá-lo.

— Então você e Liza estão namorando, é?

Ele se vira. Pelo menos parece estar sem graça.

— Estamos saindo, é. Não é sério nem nada. Mas gosto dela.

Josh se aproxima um pouco, e não estamos tão distantes agora.

Não consigo resistir a dizer:

— Gosto não se discute. Quem diria que você trocaria Margot por ela?

Solto uma gargalhada abafada que surpreende até a mim, porque Josh e eu estamos nos entendendo. Não como antes, mas estamos. Foi uma coisa cruel de se dizer. Mas não falei para ser cruel com Liza Booker, que eu nem conheço. Falei pela minha irmã. Por causa do que ela e Josh eram um para o outro.

— Não troquei Margot por Liza, e você sabe disso. Liza e eu mal nos conhecíamos em janeiro — retruca ele, baixinho.

— Tudo bem, então por que não Margot?

— Não ia dar certo. Eu ainda gosto dela. Sempre vou amá-la. Mas ela estava certa em terminar quando viajou. Teria sido mais difícil se tivéssemos continuado juntos.

— Não teria valido a pena esperar para ver? Para saber?

— Teria terminado do mesmo jeito, mesmo se ela não tivesse ido para a Escócia.

O rosto dele tem uma expressão teimosa; seu queixo pequeno está posicionado com firmeza. Sei que ele não vai dizer mais nada. Não é da minha conta, na verdade. Só diz respeito a ele e a Margot, e talvez nem mesmo Josh saiba com certeza.

# 34

Chris aparece na minha casa com *ombré hair* lilás. Ela puxa o capuz do casaco para trás e pergunta:

— O que acha?

— Ficou bonito — respondo.

Kitty fala, só com movimentos labiais: *Como um ovo de Páscoa.*

— Fiz mais para irritar minha mãe.

Tem um leve tom de insegurança na voz dela, que Chris está tentando disfarçar.

— Faz você parecer sofisticada — digo.

Estico a mão e toco nas pontas, e o cabelo parece sintético, como cabelo de boneca depois de lavado.

Kitty fala de novo sem usar a voz: *Como uma vovó.* Faço cara feia para ela.

— Está uma merda? — pergunta Chris, mordendo o lábio.

— Não fale palavrão na frente da minha irmã! Ela tem dez anos!

— Desculpa. Está uma porcaria?

— Está — admite Kitty. Graças a Deus temos Kitty por perto. Sempre podemos contar com ela para as verdades inconvenientes. — Por que você não foi a um salão?

Chris começa a passar os dedos pelo cabelo.

— Eu fui. — Ela expira. — Merd… quer dizer, que porcaria. Acho que eu devia cortar as pontas.

— Sempre achei que você ficaria ótima de cabelo curto — digo. — Mas, sinceramente, não acho que o lilás esteja ruim. Está bonitinho, na verdade. Como o interior de uma concha.

Se eu tivesse a coragem de Chris, cortaria o cabelo curto como Audrey Hepburn em *Sabrina*. Mas não sou tão corajosa assim, e também tenho certeza de que me arrependeria na hora, por causa dos rabos de cavalo, tranças e cachos.

— Tudo bem. Talvez eu deixe assim por um tempo.

— Você devia fazer uma hidratação para ver se ajuda — sugere Kitty, e Chris olha para ela de cara feia.

Vamos para o andar de cima, e Chris segue para o meu quarto enquanto procuro a máscara capilar no banheiro. Quando volto para o quarto com o pote, Chris está sentada de pernas cruzadas no chão, mexendo na minha caixa de chapéu.

— Chris! Isso é particular!

— Estava aqui, à vista! — Ela levanta o cartão de Peter, o poema que ele escreveu para mim. — O que é isso?

— É o poema que Peter escreveu para mim no Dia dos Namorados — digo com orgulho.

Chris olha para o papel de novo.

— Ele disse que escreveu isso? Ele fala tanta merda. Isso é de um poema do Edgar Allan Poe.

— Não, foi Peter que escreveu.

— É daquele poema chamado "Annabel Lee"! Eu estudei isso na aula de recuperação de inglês no ensino fundamental. Eu lembro porque fomos ao museu do Edgar Allan Poe, depois passeamos em um barco chamado *Annabel Lee*. O poema estava emoldurado na parede!

Não consigo acreditar.

— Mas... ele disse que escreveu para mim.

Ela ri.

— Típico do Kavinsky. — Quando Chris vê que não estou rindo junto, diz: — Ah, sei lá. O que vale é a intenção, não é?

— Mas não foi a intenção dele.

Eu fiquei tão feliz de ganhar o poema. Ninguém nunca tinha escrito um poema de amor para mim, e agora eu descubro que é plágio. Imitação.

— Não fique com raiva. É engraçado! Claro que ele queria impressionar você.

Eu devia ter imaginado que Peter não tinha escrito aquilo. Ele quase nunca lê, é claro que não escreve poesia.

— Bem, o colar é real, pelo menos — digo.

— Tem certeza?

Olho para ela de cara feia.

Quando Peter e eu nos falamos naquela noite, estou decidida a perguntar do poema, ou pelo menos provocá-lo. Mas começamos a falar do jogo de lacrosse fora da escola na sexta-feira.

— Você vai, não é? — pergunta ele.

— Quero ir, mas prometi a Stormy que pintaria o cabelo dela na sexta à noite.

— Você não pode fazer isso no sábado?

— Não, a festa da cápsula do tempo é no sábado, e ela tem um encontro. É por isso que precisa ser na sexta... — Parece uma desculpa ruim, eu sei. Mas eu prometi. Além do mais... eu não poderia ir de ônibus com Peter, e não me sinto à vontade para dirigir quarenta e cinco minutos até uma escola à qual nunca fui. Ele não precisa de mim lá, mesmo. Não como Stormy.

Ele fica em silêncio.

— Vou ao próximo, prometo — digo.

Peter explode.

— A namorada do Gabe vai a todos os jogos e pinta o número da camisa dele no rosto. Ela nem estuda na nossa escola!

— Só teve quatro jogos, e eu fui a dois! — Agora, estou irritada. Sei que o lacrosse é importante para ele, mas não é menos importante do que meu compromisso em Belleview. — E quer saber? Eu sei que você não escreveu aquele poema do Dia dos Namorados. Você copiou do Edgar Allan Poe!

— Eu nunca disse que *escrevi* — argumenta ele.

— Disse, sim. Você agiu como se tivesse escrito.

— Eu não ia fazer isso, mas você ficou tão feliz! Desculpa por tentar te deixar feliz.

— Ah, é? Eu ia fazer biscoitos de limão no dia do jogo, agora não sei se vou mais.

— Tudo bem, então não sei se vou mais poder ir à sua festa na casa na árvore no sábado, pode ser que eu esteja muito cansado do jogo.

Eu sufoco um gritinho.

— É melhor você ir!

A festa já é bem pequena, e Chris não é uma pessoa com quem se pode contar. Não podemos ficar só eu, Trevor e John. Três pessoas não são uma festa.

Peter resmunga.

— Então é melhor eu encontrar biscoitos de limão no meu armário no dia do jogo.

— Tudo bem.

— Tudo bem.

Na sexta, levo os biscoitos de limão *e* escrevo o número da camisa dele na bochecha, o que deixa Peter feliz da vida. Ele me abraça e me joga no ar, com um sorriso enorme no rosto. Fico me sentindo culpada por não ter feito isso antes, porque foi preciso um esforço mínimo da minha parte para fazê-lo feliz. Percebo agora que são as pequenas coisas, os pequenos esforços, que mantêm um relacionamento. E sei também que, de certa forma, tenho o poder de magoá-lo e também de fazê-lo se sentir melhor. Essa descoberta me deixa com um sentimento esquisito no peito, por motivos que não sei explicar.

# 35

Eu estava com medo de estar frio demais para ficarmos na casa na árvore por muito tempo, mas está fazendo um calor incomum, tanto que papai começa um de seus discursos sobre mudanças climáticas, e depois de certo tempo Kitty e eu passamos a ignorá-lo.

Depois da falação, pego uma pá na garagem e começo a cavar embaixo da árvore. A terra está dura, e demoro um tempo para pegar no ritmo, mas finalmente, depois de algumas dezenas de centímetros, alcanço a cápsula do tempo. Ela é do tamanho de um cooler pequeno; parece uma garrafa térmica futurista. O metal erodiu por causa da chuva, neve e terra, mas não tanto quanto se esperaria, considerando que se passaram quase quatro anos. Levo-a para casa e lavo na pia, para que fique brilhando de novo.

Perto de meio-dia, encho um carrinho de compras com sanduíches de sorvete, caixinhas de sucos de frutas e salgadinhos e levo tudo para a casa na árvore. Estou atravessando o quintal até a casa dos Pearce, tentando equilibrar a sacola de compras, os alto-falantes portáteis e meu celular, quando vejo John Ambrose McClaren em frente à casa na árvore, olhando para ela de braços cruzados. Eu reconheceria a parte de trás daquela cabeça loura em qualquer lugar.

Paro, nervosa de repente e insegura. Achei que Peter ou Chris estariam comigo quando ele chegasse e que isso fosse diminuir o constrangimento. Mas não dei sorte.

Coloco todas as coisas no chão e me aproximo para dar um tapinha no ombro dele, mas John se vira antes disso. Dou um passo para trás.

— Ah! Oi!

— Oi! — Ele me olha por um tempo. — É você mesmo?

— Sou eu.

— Minha correspondente, a elusiva Lara Jean Covey, que aparece no Projeto das Nações Unidas e some sem nem dizer oi?

Eu mordo o lábio.

— Tenho certeza de que eu disse pelo menos oi.

— Tenho certeza de que não — responde John, provocando.

Ele está certo: eu não disse. Estava nervosa demais. Meio como agora. Deve ser a distância entre conhecer uma pessoa quando se é criança e vê-la agora que os dois estão mais crescidos, mas não totalmente, e existem tantos anos e cartas entre os dois, e você não sabe como agir.

— Ah, sei lá. Você parece… mais alto.

Ele está mais do que mais alto. Agora que posso olhar para ele de verdade, reparo em mais coisas. Com o cabelo louro, a pele clara e as bochechas rosadas, ele podia ser o filho de um fazendeiro inglês. Mas é magro, então o filho sensível do fazendeiro que foge para o celeiro para ler. A ideia me faz sorrir, e John me olha com curiosidade, mas não pergunta por quê.

Com um aceno, ele diz:

— Você está... exatamente a mesma.

Engulo em seco. Isso é bom ou ruim?

— Estou? — Fico nas pontas dos pés. — Acho que cresci pelo menos uns três centímetros desde o oitavo ano.

E meus peitos estão um pouco maiores. Não muito. Não que eu queira que John repare, só estou dizendo.

— Não, você está... do jeito que me lembro de você. — John Ambrose estica o braço, e acho que ele vai me abraçar, mas só está querendo pegar a sacola, e há uma dança curta e estranha que me envergonha, mas ele não parece perceber. — Obrigado por me convidar.

— Obrigada por vir.

— Quer que eu leve isso lá para cima?

— Claro — respondo.

John pega a sacola da minha mão e olha dentro.

— Uau. Todas as coisas que a gente comia! Por que você não sobe primeiro e eu passo para você?

É isso que eu faço: subo a escada, e ele sobe logo atrás de mim. Estou agachada e com os braços esticados, esperando que ele me passe a sacola.

Mas ele sobe até metade da escada, para, olha para mim e diz:

— Você ainda gosta de trançar o cabelo.

Toco a minha trança lateral. Logo isso, dentre tantas coisas para lembrar sobre mim. Na época, era Margot que fazia minhas tranças.

— Você gosta?

— Gosto. Parece... pão caro.

Eu caio na gargalhada.

— Pão!

— É. Ou... a Rapunzel.

Eu me deito de bruços na beirada e finjo jogar o cabelo para ele subir. Ele sobe até o alto da escada e me passa a sacola, que eu pego, e sorri e dá um puxão na minha trança. Ainda estou deitada, mas sinto uma descarga elétrica, como se John tivesse me acertado com um raio. Fico ansiosa ao pensar nos mundos prestes a colidir, o passado e o presente, um correspondente e um namorado, tudo isso em uma minúscula casa na árvore. Eu devia ter pensado melhor nisso. Mas estava tão concentrada na cápsula do tempo, nos lanches e na *ideia*, velhos amigos se reunindo para fazer o que dissemos que faríamos. E agora, aqui estamos.

— Tudo bem? — pergunta John, me oferecendo a mão enquanto me levanto.

Eu não aceito a mão dele; não quero outro choque.

— Tudo ótimo — respondo, alegremente.

— Ei, você não me devolveu minha carta — diz ele. — Rompeu uma promessa inviolável.

Dou uma gargalhada constrangida. Eu estava torcendo para ele não tocar nesse assunto.

— Foi muito constrangedor. As coisas que escrevi. Não consegui suportar a ideia de outra pessoa ver.

— Mas eu já vi — lembra ele.

Por sorte, Chris e Trevor Pike aparecem e interrompem a conversa sobre a carta. Eles atacam a comida na mesma hora. Enquanto isso, Peter está atrasado. Mando uma mensagem:

`É melhor você estar vindo.`

E depois:

`Não responda se estiver dirigindo. É perigoso.`

Quando estou mandando a segunda mensagem, a cabeça de Peter aparece no topo da escada, e ele entra. Estou indo dar um abraço nele, mas Genevieve surge logo atrás. Meu corpo todo fica gelado.

Eu olho dele para ela, que passa direto por mim e abraça John.

— Johnny! — grita ela, e ele ri.

Sinto uma pontada de inveja no estômago. Todos os garotos têm que ficar encantados por Genevieve?

Enquanto ela está abraçando John, Peter olha para mim com súplica nos olhos. Ele fala com movimentos labiais: *Não fique com raiva*, e junta as mãos. Eu respondo: *Mas que diabos?* Ele faz uma careta. Eu nunca disse explicitamente que ela não seria convidada, mas achava que estava claro. E então, penso: *Espere um minuto.* Eles vieram juntos. Ele estava com ela e não me disse nada, depois a trouxe aqui, aqui, para a minha casa. Especificamente, para a casa na árvore dos meus vizinhos. A garota que me fez mal, fez mal a nós dois.

Peter e John se abraçam e dão um *high-five*, depois dão tapinhas nas costas um do outro, como velhos companheiros de guerra, irmãos separados pelo tempo.

— Faz tempo pra caramba, cara — diz Peter.

Genevieve já está tirando a jaqueta branca e ficando à vontade. A breve chance que tive de expulsar Genevieve e Peter da casa na árvore dos meus vizinhos passou.

— Oi, Chris — diz ela, sorrindo enquanto se senta no chão. — Cabelo bonito.

Chris olha para ela com raiva.

— O que você está fazendo aqui?

Amo o fato de ela dizer isso. *Amo*.

— Peter e eu estávamos conversando e ele me disse o que vocês iam fazer hoje. — Ela tira o casaco e diz para mim: — Acho que meu convite se perdeu no correio.

Eu não respondo, pois o que posso dizer na frente de todas essas pessoas? Só abraço os joelhos. Agora que estou sentada ao lado dela, me dou conta do quanto essa casa na árvore ficou pequena. Não tem espaço para todos os braços e pernas, e os garotos ficaram tão grandes. Antes, éramos mais ou menos do mesmo tamanho, garotos e garotas.

— Meu Deus, este lugar sempre foi tão pequeno? — pergunta Genevieve para ninguém em especial. — Ou fomos nós que ficamos grandes? — Ela ri. — Menos você, Lara Jean. Você ainda é pequenininha. — Ela fala com doçura. Como leite condensado adoçado. Doce e condescendente. Como xarope concentrado.

Eu danço conforme a música e dou um sorriso. Não vou deixar que ela me irrite.

John revira os olhos.

— A Gen não mudou nada.

Ele fala secamente, com afeição desgastada, e ela dá o sorriso fofo de nariz franzido para ele, como se ele tivesse feito um elogio. Mas ele olha para mim e levanta uma sobrancelha de modo sardônico, e de repente me sinto melhor com tudo. De um jeito estranho, a presença dela completa o círculo. Gen pode pegar o objeto dela na cápsula do tempo, e nossa história pode acabar.

— Trevor, me passa um sanduíche de sorvete — pede Peter, se enfiando entre mim e Genevieve. Ele estica as pernas até o centro do círculo, e todo mundo precisa se ajustar para abrir espaço para suas pernas longas.

Eu empurro as pernas dele para poder colocar a cápsula do tempo no centro.

— Aqui está, pessoal. Todos os seus maiores tesouros do sétimo ano.

Tento tirar a tampa de alumínio com um floreio, mas está presa. Estou tendo dificuldades e usando as unhas. Olho para Peter, que está comendo os sanduíches de sorvete, alheio a tudo, então John se levanta e me ajuda a abrir. Ele tem cheiro de sabonete de eucalipto. Acrescento isso à lista de coisas novas que aprendi sobre ele.

— Como vamos fazer isso? — pergunta Peter para mim, com a boca cheia de sorvete. — Viramos tudo no chão?

Eu já tinha pensado nisso.

— Acho que devíamos nos revezar tirando as coisas. Vamos demorar, como na hora de abrir os presentes na manhã de Natal.

Genevieve se inclina para a frente com expectativa. Sem olhar, enfio a mão no cilindro e puxo a primeira coisa que meus dedos tocam. É engraçado, eu tinha esquecido o que coloquei lá dentro, mas sei o que é na mesma hora, nem preciso olhar. É a pulseira da amizade que Genevieve fez para mim quando estávamos com mania de artesanato no quinto ano. Era rosa, branca e azul-clara. Também fiz uma para ela. Roxa e amarela. Ela não deve nem lembrar. Olho para ela, e seu rosto está sem expressão. Nenhum reconhecimento.

— O que é? — pergunta Trevor.

— É meu — digo. — É… é uma pulseira que eu usava.

— Esse barbante era seu bem mais precioso? — provoca Peter, cutucando meu sapato com o dele.

John está me observando.

— Você usava o tempo todo — comenta ele, e é fofo ele lembrar.

Quando a gente coloca a pulseira, não pode tirar nunca, mas a sacrifiquei na cápsula do tempo porque a amava muito. Talvez tenha sido aí que minha amizade com Gen azedou. A maldição da pulseira da amizade.

— Sua vez — digo a ele.

John enfia a mão na caixa e puxa uma bola de beisebol.

— É minha — fala Peter. — É de quando fiz um *home run* no Claremont Park. — John joga a bola para ele, e Peter a pega. Ao examiná-la, ele diz: — Estão vendo, eu assinei e datei!

— Eu me lembro desse dia — diz Genevieve, inclinando a cabeça. — Você saiu correndo do campo e me beijou na frente da sua mãe. Lembra?

— Hã… não — murmura Peter.

Ele está olhando para a bola e a virando na mão como se estivesse fascinado. Não consigo acreditar nele. Não mesmo.

— Bi-zarro — diz Trevor, dando risada.

Com a voz baixa, como se estivessem sozinhos, Genevieve diz para ele:

— Posso ficar com ela?

As orelhas de Peter estão ficando vermelhas. Ele olha para mim, em pânico.

— Covey, você quer?

— Não — respondo, sem conseguir olhar para eles.

Pego o saco de salgadinhos e enfio um punhado na boca. Estou com tanta raiva que só consigo comer, senão vou gritar com ele.

— Tudo bem, eu vou ficar com ela — diz Peter, enfiando a bola no bolso do casaco. — Owen pode querer. Foi mal, Gen. — Ele pega a cápsula do tempo e começa a mexer lá dentro. Tira um boné de beisebol surrado dos Orioles. Alto demais, ele diz: — McClaren, olha o que peguei aqui.

Um sorriso se abre no rosto de John, como um amanhecer lento. Ele pega o boné da mão de Peter e o coloca na cabeça, ajeitando a aba.

— Era mesmo seu bem mais precioso — digo.

Ele usou aquilo por meses e mais meses. Pedi ao meu pai para comprar uma camiseta dos Orioles para mim, porque achava que John McClaren ficaria impressionado. Usei duas vezes, mas acho que ele nunca reparou. Meu sorriso some quando vejo Genevieve me observando. Nossos olhares se encontram; tem um brilho de reconhecimento nos olhos dela que me deixa pouco à vontade. Genevieve desvia o olhar; agora, é ela quem está sorrindo sozinha.

— Os Orioles são péssimos — comenta Peter, encostando-se na parede.

Ele estica a mão para a caixa de sanduíches de sorvete e pega mais um.

— Me passa um desses — pede Trevor.

— Desculpa, é o último — responde Peter, já mordendo.

Meus olhos encontram os de John, e ele pisca.

— O mesmo Kavinsky de sempre — diz ele, e dou risada. Sei que está pensando nas nossas cartas.

Peter sorri para ele.

— Ei, você não é mais gago.

Eu fico imóvel. Como Peter pode tocar nesse assunto de forma tão desdenhosa? Nenhum de nós falava sobre a gagueira de John no ensino fundamental. Ele morria de vergonha. Mas, agora, John abre um sorriso, dá de ombros e diz:

— Minha fonoaudióloga do oitavo ano, Elaine, vai ficar feliz em saber disso.

Ele é tão confiante!

Peter pisca, e consigo ver que foi pego de surpresa. Ele não conhece esse John McClaren. Era Peter quem dava as cartas, não John. Ele seguia o que Peter fazia. Peter ainda pode ser o mesmo, mas John mudou. Agora, Peter é o inseguro.

Chris é a próxima. Ela pega um anel com uma pérola pequenininha no meio. É de Allie, presente de crisma dado pela tia. Ela amava aquele anel. Vou ter que mandar para ela. Trevor pega o próprio tesouro, um card de beisebol autografado. É Genevieve quem puxa o de Chris, um envelope com uma nota de vinte dólares.

— Viva! — grita Chris. — Eu era tão esperta.

Nós nos cumprimentamos dando tapas na mão uma da outra.

— E o seu, Gen? — pergunta Trevor.

Ela dá de ombros.

— Acho que não botei nada na cápsula.

— Botou, sim — digo, tirando o corante laranja dos salgadinhos dos dedos. — Você estava lá no dia.

Eu lembro que ela ficou cheia de dúvida entre colocar uma foto dela com Peter ou a rosa que ele deu para ela no aniversário. Não consigo lembrar o que ela decidiu.

— Ah, não tem nada dentro, então parece que não botei. Sei lá.

Eu olho dentro da cápsula do tempo para ter certeza. Está vazia.

— Lembra de quando a gente brincava de "Assassinos"? — pergunta Trevor, bebendo o finzinho do suco de caixinha.

Ah, eu adorava esse jogo! Era como brincar de pique-pega: todo mundo sorteava um nome, e você tinha que pegar aquela pessoa. Depois de pegar seu alvo, passava a ter que pegar o alvo *dela*. Tínhamos que nos esgueirar e nos esconder. Uma partida podia durar dias.

— Eu era a Viúva Negra — comenta Genevieve. Ela cutuca Peter com o ombro. — Ganhei mais do que todo mundo.

— Por favor — retruca Peter, rindo com deboche. — Eu também ganhei muito.

— Eu também — diz Chris.

Trevor aponta para mim.

— Larinha, você era a pior. Acho que você não ganhou nenhuma vez.

Faço uma careta. *Larinha*. Eu tinha esquecido que ele me chamava assim. E Trevor está certo: eu não ganhei nenhuma vez. Nenhuma. Na única vez que cheguei perto, Chris me pegou na reunião de natação da Kitty. Achei que estivesse em segurança, porque já estava tarde. Eu estava tão perto da vitória que quase conseguia sentir o gosto.

Chris me encara, e sei que ela também está lembrando. Ela pisca para mim, e olho para ela de cara feia.

— Lara Jean não tem instinto assassino — comenta Genevieve, analisando as unhas.

— Nem todas nós somos viúvas negras — respondo.

— Verdade — diz ela, e eu trinco os dentes.

— Lembra aquela vez que eu tirei você e me escondi atrás do carro do seu pai antes da escola, mas foi seu pai que saiu pela porta, não você? Eu dei um susto nele, e nós dois gritamos? — pergunta John, virando-se para Peter.

— Tivemos que parar com a brincadeira quando Trevor entrou na loja da minha mãe usando uma máscara de esqui — diz Peter, rindo.

Todo mundo ri, menos eu. Ainda estou chateada pelo comentário de Genevieve sobre meu "instinto assassino".

Trevor está rindo tanto que mal consegue falar.

— Ela quase chamou a polícia! — consegue dizer.

Peter cutuca meu tênis com o dele.

— Devíamos brincar de novo.

Ele está tentando cair de volta nas minhas graças, mas não estou pronta para perdoá-lo, então só dou de ombros. Eu queria não estar com raiva dele, porque quero muito brincar de novo. Quero provar que tenho instinto assassino, que não sou a perdedora do jogo.

— A gente devia brincar — concorda John. — Pelos velhos tempos. — Ele olha para mim. — Uma última vez, Lara Jean.

Eu dou um sorriso.

Chris levanta uma sobrancelha.

— O que o vencedor ganha?

— Ah... nada — respondo. — Seria só por diversão.

Trevor faz uma careta ao ouvir isso.

— Devia haver um prêmio — retruca Genevieve. — Senão, qual é o sentido?

Penso rápido. O que seria um bom prêmio?

— Ingressos para o cinema? Um doce da escolha do vencedor?

Ninguém fala nada.

— Todo mundo pode contribuir com vinte dólares, talvez — propõe John.

Lanço um olhar de gratidão para ele, e John sorri.

— Dinheiro é chato — diz Genevieve, se espreguiçando como um gato.

Reviro os olhos. Quem pediu a opinião dela? Eu nem a convidei para a festa.

— Que tal o vencedor ganhar café na cama todos os dias durante uma semana? — sugere Trevor. — Pode ser panqueca na segunda, omelete na terça, waffle na quarta e assim por diante. Nós somos seis, então...

Dando de ombros, Genevieve diz:

— Eu não tomo café da manhã.

Todo mundo grunhe.

— Por que você não sugere uma coisa em vez de descartar a proposta de todo mundo? — indaga Peter, e escondo o rosto atrás da trança para ninguém me ver sorrir.

— Tudo bem.

Genevieve pensa por um minuto, e um sorriso se abre em seu rosto. É a expressão que faz quando tem uma Grande Ideia, o que me deixa nervosa. Lenta e deliberadamente, ela diz:

— O vencedor ganha um desejo.

— De quem? — pergunta Trevor. — De todo mundo?

— De qualquer um que esteja na brincadeira.

— Espere um minuto — interrompe Peter. — Com o que estamos concordando aqui?

Genevieve parece satisfeita consigo mesma.

— Um desejo, e a pessoa tem que realizar o que for pedido.

Ela parece uma rainha má.

Os olhos de Chris brilham.

— Qualquer coisa?

— Que seja sensata — digo, depressa. Isso não era o que eu tinha em mente, mas pelo menos as pessoas estão dispostas a jogar.

— Sensatez é subjetivo — observa John.

— Basicamente, Gen não pode obrigar Peter a transar com ela uma última vez — diz Chris. — É o que todo mundo está pensando, não é?

Eu fico rígida. Não era o que eu estava pensando. Mas agora, estou.

Trevor cai na gargalhada, e Peter dá um empurrão nele. Genevieve balança a cabeça.

—Você é *nojenta*, Chris.

— Eu só falei o que todo mundo estava pensando!

Quase não estou mais ouvindo. Só consigo pensar: quero participar e quero ganhar. Só dessa vez, quero ganhar de Genevieve em alguma coisa.

Só tenho uma caneta e nenhum papel, então John rasga a caixa dos sanduíches de sorvete e nos revezamos escrevendo nossos nomes em tiras de papelão. Todo mundo coloca os nomes na cápsula do tempo vazia, e eu sacudo bem. Passamos de mão em mão, e eu tiro o meu por último. Pego o pedaço de papelão, seguro perto do peito e abro.

*JOHN.*

Ah, isso complica as coisas. Olho para ele discretamente. Ele está guardando o pedaço de papelão com cuidado no bolso da calça jeans. Desculpa, amigo (correspondente), mas você já era. Dou uma olhada rápida em volta, em busca de dicas de quem pode ter tirado meu nome, mas todo mundo está com cara de paisagem.

# 36

As regras são estas: nossas casas são zona segura. A escola também, mas não o estacionamento. Ao passar pela porta, o jogo está valendo. Você perde se for tocado com as duas mãos.

E, se não cumprir o desejo, sua vida já era. Genevieve inventa essa última parte, e sinto arrepios. Trevor Pike dá de ombros e diz:

— Garotas são assustadoras.

— Não, as garotas da família *delas* são assustadoras — diz Peter, indicando Chris e Genevieve. As duas sorriem, e, nesses sorrisos, vejo a semelhança familiar. Olhando de esguelha para mim, Peter fala, esperançoso: — Mas você não é assustadora. Você é um doce, não é, Lara Jean?

De repente, me lembro de uma coisa que Stormy disse. *Não deixe que ele fique seguro demais em relação a você.* Peter é muito seguro em relação a mim. Tão seguro quanto uma pessoa pode ser.

— Eu também posso ser assustadora — respondo baixinho, e ele fica lívido. Para o resto das pessoas, digo: — Vamos só nos divertir.

— Ah, vai ser divertido — garante John. Ele coloca o boné dos Orioles na cabeça e ajusta a aba. — Valendo. — Ele me olha nos olhos. — Se você me achou bom no Projeto das Nações Unidas, espere para ver minhas habilidades de *A Hora Mais Escura.*

Ando com todo mundo até onde os carros estão estacionados, e ouço Peter mandar Genevieve pegar carona com Chris, o que faz as duas reclamarem.

— Se virem — diz Peter. — Eu vou ficar com a minha namorada.

Genevieve revira os olhos, e Chris resmunga.

— Aff. Tudo bem. — Para Genevieve, ela diz: — Entra.

Chris está dando a ré quando John pergunta para Peter:

— Quem é sua namorada?

Meu estômago despenca.

— Covey. — Peter olha para ele de um jeito engraçado. — Você não sabia? Que estranho.

Agora, os dois estão me olhando. Peter está confuso, mas John entende, seja lá o que for.

Eu devia ter contado para ele. Por que não contei?

Todo mundo vai embora logo depois, menos Peter.

— A gente vai conversar sobre isso? — pergunta ele, confuso, me seguindo até a cozinha.

Estou com o saco de lixo com todas as embalagens de sanduíche de sorvete e caixinhas de suco, e recusei a ajuda dele na hora de descer com tudo. Quase tropecei na escada, mas não importa.

— Claro, vamos conversar. — Eu me viro e avanço para cima dele, balançando o saco de lixo na mão. Ele ergue as mãos, alarmado. — Por que você trouxe Genevieve para cá?

Peter faz uma careta.

— Ah, desculpa, Covey.

— Você estava com ela? Foi por isso que não chegou mais cedo para me ajudar a arrumar?

Ele hesita.

— É, eu estava com ela. Ela me ligou chorando, então eu fui para a casa dela e não consegui deixar ela lá, sozinha, por isso decidi convidá-la.

Chorando? Genevieve não chora. Ela não chorou nem quando a gata dela, Rainha Elizabeth, morreu. Devia estar fingindo para fazer Peter ficar.

— Você não podia deixá-la sozinha?

— Não — diz ele. — Ela está passando por um monte de coisa agora. Só estou tentando ajudar. Como amigo. Só isso!

— Nossa, ela sabe mesmo manipular você, Peter!

— Não é assim.

— É sempre assim. Ela mexe as cordinhas e você... — Eu balanço os braços e a cabeça como uma marionete.

Peter franze a testa.

— Isso foi cruel.

— Ah, estou me sentindo cruel agora. Então, tome cuidado.

— Mas você não é cruel. Não normalmente.

— Por que você não pode me dizer? Você sabe que não vou contar para ninguém. Quero muito entender, Peter.

— Porque não cabe a mim dizer. Não tente me fazer falar, porque não posso.

— Ela só está fazendo isso para manipular você. É o que ela faz.

Ouço o ciúme em minha voz e odeio isso, odeio muito. Essa não sou eu.

Peter suspira.

— Não tem nada acontecendo entre nós. Ela só precisa de um amigo.

— Ela tem muitos amigos.

— Ela precisa de um bom amigo.

Eu balanço a cabeça. Ele não entende. Garotas se entendem de um jeito próprio, que os garotos nunca vão entender. É como sei que tudo isso não passa de mais um joguinho dela. Aparecer na minha casa hoje foi só mais uma forma de demonstrar seu domínio sobre Peter.

— Falando em velhos amigos — começa ele —, eu não sabia que você e o McClaren estavam tão próximos.

Eu fico vermelha.

— Eu falei que estávamos trocando cartas.

Ele ergue as sobrancelhas.

— Vocês estão trocando cartas, mas ele não sabe que estamos namorando?

— O assunto não surgiu!

Espere um minuto, sou eu quem tem que estar com raiva dele agora, não o contrário. De alguma forma, a conversa mudou de foco, e agora sou eu que estou na berlinda.

— Quando você foi ao evento do Projeto das Nações Unidas alguns meses atrás, eu perguntei se você viu o McClaren e você disse que não. Mas hoje ele falou sobre o Projeto das Nações Unidas, e ficou claro que você o encontrou lá. Não foi?

Eu engulo em seco.

— Quando você virou promotor? Que horror. Eu vi John lá, mas nós nem nos falamos. Só entreguei um bilhete…

— Um bilhete? Você entregou um bilhete para ele?

— Não era meu, era de outro país, do Projeto das Nações Unidas. — Peter abre a boca para fazer outra pergunta, e acrescento bem depressa: — Eu não falei nada para você porque não aconteceu nada.

— Então você quer que eu seja sincero com você, mas você não quer ser sincera comigo? — pergunta ele, incrédulo.

— Não é isso! — grito.

O que está acontecendo aqui? Como nossa briga ficou tão grande tão rápido?

Ficamos quietos. E então, ele pergunta, baixinho:

— Você quer terminar?

*Terminar?*

— Não. — De repente, sinto como se fosse começar a chorar. — Você quer?

— Não!

— Você perguntou primeiro!

— Então é isso. Nenhum de nós quer terminar, então vamos mudar de assunto.

Peter se senta em uma das cadeiras à mesa da cozinha e apoia a cabeça nela.

Eu me sento na cadeira oposta. Ele parece tão distante. Minha mão está coçando para tocar no cabelo dele, ajeitá-lo, fazer essa briga acabar e ser deixada para trás.

Ele levanta a cabeça; seus olhos estão tristes e enormes.

— Podemos nos abraçar agora?

Tremendo, assinto, então nós dois nos levantamos e eu passo os braços pela cintura dele. Ele me abraça com força. Sua voz sai abafada em meu ombro quando ele diz:

— Podemos nunca mais brigar?

Eu dou uma gargalhada, um riso trêmulo, trêmulo e aliviado.

— Sim, por favor.

E então, ele me beija. O beijo é urgente, como se Peter estivesse procurando uma garantia, uma promessa que só eu posso fazer. Eu retribuo: *Sim, eu prometo, prometo, prometo, não vamos nunca mais brigar*. Começo a perder o equilíbrio, e os braços dele me apertam, e ele me beija até eu ficar sem fôlego.

# 37

Naquela noite, ao telefone, Chris diz:

— Me conta. Quem você tirou?

— Não vou contar.

Já cometi esse erro no passado, contei coisas demais para Chris, o que fez com que ela saísse vitoriosa.

— Pare com isso! Eu ajudo você se você me ajudar. Quero meu desejo!

A força de Chris nesse jogo é sua vontade de ganhar, mas isso também é sua fraqueza. Você tem que jogar Assassinos de um jeito frio e controlado, não ir com muita sede ao pote. Digo isso como alguém que analisou todas as nuances, mas nunca conseguiu ganhar, claro.

— Você talvez esteja com meu nome. Além do mais, eu também quero ganhar.

— Vamos ajudar uma à outra nessa primeira rodada — pede Chris. — Não tirei seu nome, juro.

— Jure por aquele cobertorzinho que você não deixa sua mãe jogar fora.

— Eu juro pelo meu cobertorzinho Fredrick e juro de novo pela minha jaqueta de couro nova que foi mais cara do que a droga do meu carro. Você tirou o *meu* nome?

— Não.

— Jure pela sua coleção brega de boinas.

Faço um som indignado.

— Juro pela minha coleção *encantadora* e *elegante* de boinas! Quem você tirou?

— Trevor.

— Eu tirei John McClaren.

— Vamos nos unir para tirá-los do jogo — sugere Chris. — Nossa aliança pode durar só a primeira rodada, depois é cada uma por si.

Hum. Ela está falando sério, ou é só estratégia?

— E se você estiver mentindo para acabar comigo?

— Eu jurei por Fredrick!

Hesito, mas falo:

— Me mande uma foto do papel com o nome, aí vou acreditar.

— Tudo bem! Então me mande o seu.

— Tudo bem. Tchau.

— Espere. Diga a verdade. Meu cabelo está uma merda? Não está, né? Gen é só uma espírito de porco abominável. Certo?

Eu hesito só um segundinho.

— Isso mesmo.

Chris e eu estamos escondidas no carro dela. Estamos a um bairro de distância do meu; é o bairro pelo qual Trevor vai passar para cortar caminho até a escola para o treino de corrida. Paramos na entrada de garagem de uma pessoa qualquer.

— Me diga o que vai desejar se ganhar — pede Chris.

Pelo jeito como fala, sei que acha que não vou ganhar. Eu pensei no desejo na noite passada, quando estava tentando dormir.

— Tem uma exposição de artesanato na Carolina do Norte em junho. Eu poderia pedir para Peter me levar. Ele jamais faria isso de outra forma. Poderíamos pegar a van da mãe dele emprestada, assim vamos ter espaço suficiente para todas as coisas que vou comprar.

— Exposição de artesanato? — Chris está me olhando como se uma barata tivesse entrado voando no carro dela. — Você desperdiçaria um desejo com uma exposição de artesanato?

— É só uma opção — minto. — Mas, já que você é tão inteligente, o que desejaria se fosse eu?

— Eu faria com que Peter nunca mais falasse com a Gen. Tipo, não é o máximo? Sou um gênio do mal ou não?

— Do mal, é. Gênio, não.

Chris me dá um empurrão, e eu solto uma risada. Estamos empurrando uma à outra quando Chris para de repente.

— Duas e cinquenta e cinco. Está na hora.

Ela destranca as portas, sai e se esconde atrás de um carvalho no jardim.

Meu coração está disparado quando saio do carro de Chris, pego a bicicleta de Kitty no porta-malas e a empurro pela calçada. Eu a coloco no chão e me deito por cima em uma pose dramática. Pego uma garrafinha de sangue falso que comprei só para isso e despejo um pouco na calça jeans, uma calça velha que estou planejando doar. Assim que vejo o carro de Trevor se aproximando, começo a fingir que estou chorando.

De trás da árvore, Chris sussurra:

— Não exagere!

Eu paro de chorar na mesma hora e começo a gemer.

O carro de Trevor para ao meu lado. Ele abre a janela.

— Lara Jean, você está bem?

Eu choramingo.

— Não... Acho que torci o tornozelo. Está doendo muito. Você pode me dar uma carona para casa?

Estou me esforçando para lacrimejar, mas chorar de mentirinha é mais difícil do que eu imaginava. Tento pensar em coisas tristes: *Titanic*, pessoas com mal de Alzheimer, Jamie Fox-Pickle morrendo... mas não consigo me concentrar.

Trevor me olha, desconfiado.

— Por que você está andando de bicicleta por aqui?

Ah, não, ele vai descobrir tudo! Começo a falar rápido, mas não rápido demais.

— A bicicleta não é minha, é da minha irmãzinha. Ela é amiga de Sara Healey. Sabe, a irmãzinha de Dan Healey? Eles moram ali. — Eu aponto para a casa deles. — Eu estava trazendo para ela... Ah, meu Deus, Trevor. Você não acredita em mim? Não vai mesmo me dar carona?

Trevor olha ao redor.

— Jura que não é truque?

Isso!

— Sim! Eu juro que não tirei seu nome, está bem? Só me ajude a me levantar. Está doendo.

— Primeiro, me mostre o tornozelo.

— Trevor! Não dá para *ver* um tornozelo torcido! — Eu choramingo e exagero ao tentar me levantar, e Trevor finalmente desliga o carro e sai. Ele se inclina e me ajuda a ficar de pé, e deixo meu corpo pesado. — Cuidado — digo. — Está vendo? Eu falei que não tirei seu nome.

Trevor me puxa pelas axilas, e, por trás dos ombros dele, Chris aparece como uma ninja. Ela pula para a frente com as duas mãos esticadas e bate com força nas costas dele.

— Peguei você! — grita ela.

Trevor berra e me larga, e quase acabo caindo de verdade.

— Droga! — grita ele.

Chris grita, eufórica:

— Você já era, otário!

Nós duas batemos as mãos e nos abraçamos.

— Vocês podem não comemorar na minha frente? — murmura ele.

Chris estica a mão.

— Agora me dá, me dá, me dá.

Suspirando, Trevor balança a cabeça.

— Não acredito que caí nesse truque, Lara Jean.

Eu dou um tapinha nas costas dele.

— Desculpa, Trevor.

— E se eu tivesse tirado seu nome? — pergunta ele. — O que você teria feito?

Ah. Eu não tinha pensado nisso. Lanço um olhar de acusação para Chris.

— Espere aí! E se ele tivesse tirado meu nome?

— Era um risco que estávamos dispostas a correr — responde ela, tranquila. — E então, Trevor, qual ia ser o seu desejo?

— Você não precisa dizer se não quiser — falo.

— Eu ia pedir ingressos para um jogo de futebol americano da Universidade da Virgínia. O pai do McClaren tem ingressos para toda a temporada! Sacanagem, Chris.

Fico me sentindo mal.

— Talvez ele leve você de qualquer jeito. Você devia pedir…

Ele enfia a mão no bolso, pega a carteira e entrega para ela um pedaço de papelão dobrado. Antes que Chris possa abri-lo, digo, depressa:

— Não esqueça, se for meu nome, você não pode me pegar. Isto aqui é uma zona desmilitarizada.

Chris assente, abre o papelão e sorri.

Não consigo resistir.

— Sou eu?

Chris enfia o papelão no bolso.

— Se for, você não pode me pegar! — Começo a recuar para longe dela. — Concordamos em sermos aliadas na primeira rodada, e você ainda não me ajudou com o meu alvo.

— Eu sei, eu sei. Mas não estou com seu nome.

Não estou convencida. Foi assim que ela me venceu na última vez que jogamos. Ela não é de confiança, não nesse jogo. Eu devia ter me lembrado disso. É por isso que eu sempre perco; não antecipo as coisas.

— Lara Jean! Eu acabei de falar, não tirei seu nome.

Balanço a cabeça.

— Entre no carro, Chris. Vou pra casa na bicicleta da Kitty.

— Você está falando sério?

— Estou. Desta vez jogando para vencer.

Chris dá de ombros.

— Faça como quiser. Mas não vou ajudar você a pegar sua pessoa se você não confia em mim.

— Tudo bem — digo, e subo na bicicleta da Kitty.

# 38

Peter e eu só estamos nos falando pelo telefone e na escola até um de nós ser pego. Não vai ser eu. Tenho sido supercuidadosa. Vou e volto de carro para a escola. Olho ao redor antes de sair do carro e corro até a porta de casa. Coloquei Kitty de vigia; ela sempre sai do carro ou de casa primeiro e garante que a barra está limpa. Já prometi que ela vai ter um pouco do que eu desejar se eu ganhar.

Mas, até o momento, só estou jogando na defensiva. Ainda não tentei ir atrás de John McClaren. Não por estar com medo, ao menos não do jogo. Só não sei o que vou dizer para ele. Estou sem graça. Talvez eu nem precisasse dizer nada; talvez eu esteja sendo presunçosa de achar que ele possa estar interessado em mim.

Depois do almoço, Chris vem andando rápido pelo corredor e para de repente quando me vê sentada no chão com Lucas, em frente aos nossos armários. Hoje, estamos dividindo um picolé de uva. Chris se senta conosco.

— Estou fora — anuncia ela.

Eu levo um susto.

— Quem pegou você?

— O maldito John McClaren! — Ela pega o picolé da mão do Lucas e engole tudo de uma vez.

— Grossa — diz Lucas.

— Conte tudo — peço.

— John me seguiu no caminho para a escola hoje de manhã. Parei para botar gasolina, e ele pulou do carro assim que me virei. Eu nem sabia que ele estava me seguindo!

— Espere, como ele sabia que você ia parar para botar gasolina? — pergunta Lucas.

Ele sabe sobre o jogo, o que espero que seja útil se só restar Genevieve e eu, pois ele mora no bairro dela.

— Ele esvaziou meu tanque!

— Nossa — sussurro.

Meu coração se aquece por John estar levando o jogo tão a sério. Eu estava com medo de as pessoas não darem bola, mas parece que não é assim. Qual será o desejo de John? Deve ser uma coisa boa, para ele ter tanto trabalho.

— Mandou bem — diz Lucas com um aceno.

— Quase não consigo ficar com raiva, porque foi tão legal. — Ela sopra o cabelo do rosto. — Mas estou furiosa por não poder fazer Gen me dar o carro da vovó.

Lucas arregala os olhos.

— Era isso que você ia pedir? Um *carro*?

— Aquele carro tem valor sentimental para mim — explica Chris. — Nossa avó me levava ao salão com ela nas tardes de domingo. Devia ser meu por direito. Gen envenenou a mente dela contra mim!

— Que carro é? — pergunta Lucas.

— Um Jaguar antigo.

— De que cor? — quer saber ele.

— Preto.

Se eu não conhecesse Chris, acharia que havia uma lágrima se formando no olho dela. Passo o braço pelos ombros dela.

— Quer que eu compre um picolé para você?

Chris balança a cabeça.

—Vou usar uma blusa cropped hoje à noite. Não posso ficar barriguda.

— Então, se você está fora, quem John tem que pegar agora? — pergunta Lucas.

— Kavinsky — responde Chris. — Não consegui chegar perto dele porque Peter está sempre com a maldita da Gen, e eu tinha certeza de que ela tinha me tirado. — Ela olha para mim. — Foi mal, LJ.

Lucas e Chris me olham com pena.

Se Chris tinha que pegar Peter e John a pegou, isso quer dizer que John tem que pegar Peter agora. O que quer dizer que Peter ou Genevieve me tiraram. Como eu tirei John, os dois devem ter feito uma aliança. Logo, eles contaram um para o outro quem tiraram.

Engulo em seco.

— Eu sabia desde o começo que eles ainda eram amigos. E ela está passando por um momento difícil, sabe?

— Pelo que ela está passando? — pergunta Chris com uma sobrancelha erguida.

— Peter disse que é um problema na família. — A expressão dela continua vazia. —Você não soube de nada?

— Ela estava meio estranha no jantar de aniversário da tia Wendy na semana passada. Mais vaca do que o habitual. Quase não disse nada a noite toda. — Ela dá de ombros. — Então deve estar rolando alguma coisa, mas não sei o quê. — Chris sopra o cabelo do rosto. — Droga. Não consigo acreditar que não vou ficar com o carro.

— Eu vou eliminar John McClaren por você — prometo. — Sua morte não terá sido em vão.

Ela me olha de esguelha.

— Se você tivesse tirado ele antes, isso não teria acontecido.

— Ele mora a meia hora de distância! Eu nem sei chegar na casa dele.

— Não importa, ainda coloco parte da culpa em você. — O sinal toca, e Chris se levanta. — Até mais, *chicas*.

Ela segue pelo corredor, na direção oposta da sala de aula.

— Ela acabou de me chamar de *chica* — diz Lucas, olhando para mim com a testa franzida. — Você contou para ela que sou gay?

— Não!

— Tipo, porque eu contei pra você em segredo. Lembra?

— É claro que lembro, Lucas!

Agora estou nervosa. Será que *falei* alguma coisa para Chris? Tenho quase cem por cento de certeza de que não, mas ele me deixou em dúvida.

— Tudo bem — diz Lucas, com um suspiro. — Tanto faz.

Ele se levanta e oferece a mão para mim. Sempre um cavalheiro.

# 39

É MEU PRIMEIRO *HAPPY HOUR* OFICIAL DE SEXTA À NOITE EM BELLEVIEW, E A NOITE não está indo… tão bem quanto eu esperava. A festa já começou faz meia hora, e até agora só Stormy, o sr. Morales, Alicia e Nelson, que tem mal de Alzheimer e cuja enfermeira o levou para uma mudança de cenário, apareceram. Mas ele está usando um paletó azul-marinho com botões de cobre. Pouca gente ia quando Margot era a encarregada; a sra. Maguire ia sempre, só que ela foi transferida para outro asilo no mês anterior, e a sra. Montero morreu durante as festas de fim de ano. Falei tanto para Janette que eu daria vida nova ao *happy hour*, mas agora olhe só para mim. Sinto uma pontinha de medo no fundo do estômago, porque se Janette souber como a frequência está baixa, ela pode cancelar os eventos sociais de sexta à noite, e tive uma ideia muito divertida para o próximo: uma festa estilo USO, que era muito comum nos anos 1940 para apoiar os militares. Se a noite de hoje for um fracasso, ela não vai me deixar fazer. Além do mais, dar uma festa à qual só vão quatro pessoas, sendo que uma delas está cochilando, é um grande fracasso. Stormy não repara ou não se importa; continua cantando e tocando piano. O show deve continuar, como dizem.

Estou tentando me manter ocupada e ficar com um sorriso no rosto: *Tra-lá-lá, está tudo lindo*. Arrumei os copos em fileiras para que parecesse um bar de verdade e levei um monte de coisas de casa: nossa única toalha de mesa boa (sem manchas de molho e recém-passada), um vasinho com uma flor que coloquei ao lado de um prato de biscoitos de creme de amendoim (primeiro tive dúvidas quanto ao creme de amendoim por causa de alergias, mas aí lembrei que idosos não têm tantas alergias alimentares), o balde de gelo de prata de mamãe e papai, com o monograma deles, e uma tigela de prata combinando, com limões e limas cortados.

Já até saí batendo nas portas de alguns dos residentes mais ativos, mas a maioria não estava em casa. Acho que, se você é ativo, não fica em casa numa sexta à noite.

Estou colocando amendoins salgados em uma tigela de cristal em forma de coração (contribuição de Alicia, que a tirou do depósito junto com uma pinça de gelo) quando John Ambrose McClaren entra na sala com uma camisa de botão azul-clara e um paletó azul-marinho, bem parecido com o do Nelson! Quase dou um grito. Levo as mãos à boca e me escondo atrás da mesa. Se ele me vir, pode sair correndo. Não sei o que está fazendo aqui, mas é a oportunidade perfeita para pegá-lo. Avalio minhas opções.

E então, a música do piano para e ouço Stormy chamar:

— Lara Jean? Lara Jean, onde você está? Saia de trás da mesa. Quero apresentar você a uma pessoa.

Lentamente, eu me levanto. John McClaren está olhando diretamente para mim.

— O que você está fazendo aqui? — pergunta ele.

— Sou voluntária aqui — respondo, mantendo uma distância segura. Não quero assustá-lo.

Stormy bate palmas.

— Vocês dois se conhecem?

— Somos amigos, vovó — responde John. — Morávamos no mesmo bairro.

— Stormy é sua *avó*?

Estou besta. Então John é o neto que ela queria apresentar para mim! Dentre todos os lares para idosos em todas as cidades do mundo! *Meu neto parece um Robert Redford jovem.* Parece mesmo.

— Ela é minha bisavó por casamento — explica John.

Stormy olha ao redor.

— Silêncio! Não quero que as pessoas saibam que você é meu bi-qualquer coisa.

John baixa a voz.

— Ela foi a segunda esposa do meu bisavô.

— Meu marido favorito — afirma Stormy. — Que ele descanse em paz, o velho abutre. — Ela olha de John para mim. — Johnny, seja gentil e me traga uma soda com vodca e um monte de limão.

Ela se senta no banco do piano e começa a tocar "When I Fall in Love".

John se vira para mim, e aponto para ele.

— Pare aí mesmo, John Ambrose McClaren. Você está com meu nome?

— Não! Eu juro que não. Eu estou com... Não vou dizer com que nome estou. — Ele faz uma pausa. — Espere aí. Você está com o meu?

Balanço a cabeça, inocente como um carneirinho. Ele continua desconfiado, então me ocupo com a bebida de Stormy. Sei como ela gosta. Coloco três cubos de gelo, uma dose generosa de vodca e um pouco de soda. Então, espremo três fatias de limão no copo.

— Aqui — digo, esticando o copo.

— Pode colocar na mesa — diz ele.

— John! Estou dizendo, não estou com seu nome!

Ele balança a cabeça.

— Na mesa.

Coloco o copo na mesa.

— Não consigo aceitar que você não acredita em mim. Eu me lembro de você ser alguém que acredita no melhor das pessoas.

Sóbrio como um juiz, John diz:

— Só... fique do seu lado da mesa.

Droga. Como vou pegá-lo se ele me fizer ficar a três metros de distância a noite toda?

— Tudo bem — falo, fingindo desconfiança. — Não sei se acredito em você também, então! É uma coincidência muito grande você aparecer aqui.

— Stormy me encheu de culpa até eu aceitar vir!

Eu viro a cabeça na direção de Stormy. Ela ainda está tocando piano e nos olhando com um sorriso largo.

O sr. Morales chega no bar e diz:

— Quer me conceder esta dança, Lara Jean?

— Claro. — Para John, aviso: — Não ouse chegar perto de mim.

Ele levanta a mão como se estivesse se afastando.

— Você não chegue perto de mim!

Enquanto o sr. Morales me guia em uma dança lenta, encosto o rosto no ombro dele, para esconder meu sorriso. Sou boa nessa coisa de espionagem. John McClaren está sentado em um sofá de dois lugares vendo Stormy tocar e conversando com Alicia. Ele está bem onde eu quero. Não consigo acreditar na minha sorte. Eu estava planejando aparecer na próxima reunião do Projeto das Nações Unidas, mas isso é muito melhor.

Estou pensando em me aproximar por trás do sofá e pegá-lo de surpresa quando Stormy se levanta e declara que precisa de um descanso do piano e quer dançar com o neto. Vou até o aparelho de som colocar o CD que escolhemos para a pausa dela.

— Stormy, eu não sei dançar — protesta John.

Ele odeia tanto dançar que fingia estar doente durante a época de dança de quadrilha, na aula de educação física.

Stormy o ignora, claro. Ela puxa John do sofá e tentar ensinar o foxtrote para ele.

— Coloque a mão na minha cintura — ordena. — Não coloquei saltos para passar a noite sentada atrás de um piano. — Stormy está tentando ensinar os passos, mas ele fica pisando nos pés dela. — Ai!

Não consigo parar de rir. O sr. Morales também. Ele nos leva para mais perto.

— Posso interromper? — pergunta ele.

— Por favor! — John praticamente empurra Stormy para os braços do sr. Morales.

— Johnny, seja um cavalheiro e convide Lara Jean para dançar — fala Stormy enquanto o sr. Morales a gira.

John me olha com atenção, e tenho a sensação de que ele ainda desconfia de que eu estou com o nome dele.

— Convide-a para dançar — diz o sr. Morales, sorrindo para mim. — Você quer dançar, não quer, Lara Jean?

Eu dou de ombros de um jeito triste. Melancólico. A imagem de uma garota que está esperando para ser convidada para dançar.

— Quero ver os jovens dançarem! — grita Norman.

John McClaren me olha com uma sobrancelha erguida.

— Se só ficarmos balançando de um lado para outro, acho que não vou pisar nos seus pés.

Finjo hesitação e assinto.

Meu coração dispara. Alvo localizado.

Andamos na direção um do outro, e passo os braços pelo pescoço dele, John envolve minha cintura, e nós oscilamos meio fora de ritmo. Sou baixinha, não tenho nem um metro e sessenta, e ele parece ter quase um metro e oitenta, mas estou usando salto e ficamos com alturas boas para parceiros de dança. Do outro lado da sala, Stormy dá um sorriso cheio de malícia, que finjo não ver. Eu devia tirá-lo do jogo antes que ele perceba, mas os residentes estão adorando a dança. Não faria mal continuar por mais alguns minutos.

Enquanto dançamos, estou me lembrando do baile do oitavo ano, quando todo mundo formou pares e ninguém me convidou. Eu achava que Genevieve e eu íamos juntas, mas ela disse que a mãe de Peter os levaria e que eles iam a um restaurante primeiro, em um encontro de verdade, e seria estranho se eu fosse junto. Então, acabou sendo ela e Peter e Sabrina Fox e John. Eu torcia para que John McClaren me convidasse para dançar uma música lenta, mas ele não me chamou; ele não dançou com ninguém. O único cara que dançava era Peter. Ele sempre estava no meio do círculo de dança do grupinho dos descolados.

A mão de John está pressionando minhas costas, me guiando, e acho que ele esqueceu o jogo. Ele está no papo.

— Você até que não dança mal — digo.

A música já está na metade. É melhor fazer isso logo. *Pego você em cinco, quatro, três, dois…*

— Então… você e Kavinsky estão namorando?

Com isso ele me distrai completamente, e esqueço o jogo por um momento.

— É…

Ele pigarreia.

— Fiquei surpreso de saber disso.

— Por quê? Porque não sou o tipo dele? — Eu falo de forma casual, como se não fosse nada, só um fato, mas dói como uma pedrinha jogada diretamente no meu coração.

— Não, você é.

— Então por quê?

Tenho certeza de que John vai dizer "porque eu não achei que ele fosse o *seu* tipo", como Josh falou.

Ele não responde de primeira.

— Naquele dia do Projeto das Nações Unidas, eu tentei seguir você até o estacionamento, mas você já tinha sumido. Depois, recebi sua carta e escrevi uma resposta, e você me respondeu, então me convidou para aquela festa na casa na árvore. Acho que eu não sabia o que pensar, entende? — Ele olha para mim com expectativa, e sinto que é importante que eu diga sim.

O sangue sobe para o meu rosto, e ouço um latejar nos ouvidos, que demoro a perceber que é o som do meu coração batendo muito rápido. Mas meu corpo ainda está dançando.

Ele continua:

— Talvez tenha sido burrice minha pensar isso, porque todas aquelas coisas foram tanto tempo atrás.

*Todas aquelas coisas?* Eu quero saber, mas não seria certo perguntar.

— Sabe do que eu me lembro? — pergunto de repente.

— Do quê?

— Da vez que o short de Trevor rasgou quando vocês estavam jogando basquete. E todo mundo riu tanto que Trevor ficou zangado. Mas você, não. Você pegou a bicicleta, foi até em casa e pegou um short para ele. Fiquei muito impressionada com aquilo.

Ele está com um sorriso leve no rosto.

— Obrigado.

Nós dois ficamos em silêncio, ainda dançando. Ele é uma pessoa com quem é fácil ficar em silêncio.

— John.

— Que foi?

— Eu tirei você. Quer dizer, eu estou com seu nome. No jogo.

— É sério?

John parece decepcionado, o que me faz sentir culpada.

— É. Desculpa. — Eu pressiono as mãos nos ombros dele. — Peguei.

— Ah, agora você está com Kavinsky. Eu estava ansioso para tirá-lo do jogo. Tinha até um plano.

— Qual era seu plano? — pergunto, ansiosa.

— Por que eu deveria contar para a garota que acabou de me tirar do jogo? — questiona ele, mas é um desafio fraco, só exibição, e nós dois sabemos que ele vai me contar.

Eu entro na brincadeira.

— Pare com isso, Johnny. Não sou só a garota que pegou você. Sou sua *correspondente*.

John ri um pouco.

— Tudo bem, tudo bem. Eu ajudo você.

A música termina, e nós nos separamos.

— Obrigada pela dança. — Depois de tanto tempo, finalmente sei como é dançar com John Ambrose McClaren. — O que você teria pedido se ganhasse?

Ele não hesita nem um segundo.

— Seu bolo de chocolate com cobertura de creme de amendoim e meu nome escrito com confeitos.

Eu olho para ele, surpresa. Era *isso* que ele teria desejado? Ele poderia ter qualquer coisa e quer meu bolo? Faço uma reverência.

— Estou honrada.

— Bem, o bolo era muito gostoso — explica ele.

# 40

No celular algumas noites depois, Peter diz de repente:

— Você tirou meu nome, não é?

— Não!

Eu não contei para ele que tirei John do jogo no fim de semana. Não quero que ele (nem Genevieve) tenham informação a mais. Só restam nós três agora.

— Então você está mesmo com meu nome! — Ele solta um grunhido. — Não quero mais participar desse jogo. Está me deixando solitário e muito… frustrado. Não te encontro fora da escola há uma semana! Quando isso vai acabar?

— Peter, eu não tirei você. Tirei John. — Me sinto um pouco culpada por mentir, mas é assim que os vencedores jogam. Não se pode duvidar de si mesmo.

Há silêncio do outro lado da linha. Então, ele fala:

— Você vai até a casa dele de carro para pegá-lo? Ele mora no meio do nada. Posso levar você, se quiser.

— Ainda não tenho um plano — digo, tentando despistá-lo. — Quem você tirou?

Sei que sou eu ou Genevieve.

Ele fica em silêncio.

— Não vou dizer.

— Você contou para alguém?

Tipo Genevieve?

— Não.

Hum.

— Bem, eu contei para você, então você me deve a mesma cortesia, claro.

— Eu não obriguei você a falar, você que ofereceu a informação de graça, e olha, se for mentira e você tiver me tirado, me pegue logo de uma vez! — solta Peter. — Estou implorando. Venha até a minha casa agora, e vou deixar você se esgueirar até meu quarto. Vou ser um alvo fácil se isso quiser dizer que vou ver você de novo.

— Não.

— Não?

— Não, não quero vencer assim. Quando eu estiver com seu nome, quero ter a satisfação de saber que venci de forma justa. Minha primeira vitória em Assassinos não pode ser manchada. — Faço uma pausa. — Além do mais, sua casa é zona segura.

Peter solta um suspiro aborrecido.

— Você ao menos vai ao jogo de lacrosse na sexta?

O jogo de lacrosse! É o local perfeito para pegá-lo. Tento manter a voz calma e firme.

— Não posso ir. Meu pai tem um encontro e precisa que eu fique com Kitty.

É mentira, mas Peter não sabe.

— Você não pode levar sua irmã? Ela sempre pede para ir a um dos meus jogos.

Penso rápido.

— Não, porque ela tem aula de piano depois da escola.

— Desde quando Kitty toca piano?

— Há pouco tempo, na verdade. Nossa vizinha disse que ajuda com o treinamento de cachorros. Faz com que fiquem calmos. — Eu mordo o lábio. Será que ele vai acreditar? Acrescento depressa: — Prometo que vou ao próximo jogo a qualquer custo.

Peter geme, dessa vez mais alto.

— Você está me matando, Covey.

Em breve, meu querido Peter.

Vou surpreendê-lo no jogo; vou me vestir com as cores da escola e até vou pintar o número da camisa dele no rosto. Ele vai ficar tão feliz em me ver que não vai desconfiar de nada!

Não consigo explicar direito por que esse jogo de Assassinos é tão importante para mim. Só sei que, a cada dia que passa, quero mais e mais… a vitória. Quero ganhar da Genevieve, sim, mas é mais do que isso. Talvez seja para provar que também mudei. Não sou um marshmallow molenga. Tenho garra.

Depois que Peter e eu desligamos, mando uma mensagem para John contando a minha ideia, e ele se oferece para me levar ao jogo. É na escola dele. Eu pergunto se ele tem certeza de que não se importa de vir até aqui me buscar, e ele diz que vai valer a pena se for para ver Kavinsky ser tirado do jogo. Estou aliviada, porque a última coisa de que preciso é me perder no caminho.

Depois das aulas de sexta, corro para casa para me arrumar. Coloco as cores da escola: uma camiseta azul-clara, um short branco e meias listradas até os joelhos também azul-claras, com um laço azul no cabelo. Pinto um 15 grande na bochecha e contorno com lápis branco.

Saio de casa correndo assim que John para na porta. Está usando o velho boné dos Orioles, e me olha quando entro.

Sorrindo, John diz:

— Você parece uma tiete.

Eu bato na aba do boné dele.

— Você usou isso todos os dias naquele verão.

Enquanto dá a ré para sair da entrada da minha garagem, John sorri como se tivesse um segredo. É contagioso. Agora, também estou sorrindo, e nem sei por quê.

— O quê? Por que você está sorrindo? — pergunto, ajeitando as meias.

— Por nada.

Eu cutuco o ombro dele.

— Ah, fala!

— Minha mãe cortou meu cabelo no começo do verão e ficou horrível, e fiquei com vergonha. Nunca mais deixei minha mãe cortar meu cabelo. — Ele olha a hora no painel. — Que horas você disse que o jogo começava? Cinco?

— É!

Estou praticamente quicando no banco de tanta empolgação. Peter vai ficar orgulhoso de mim por pensar nisso, sei que vai.

Chegamos à escola de John em menos de meia hora, e ainda temos tempo até o ônibus com o time de Peter chegar, então John entra e compra lanches na máquina. Ele volta com duas latas de refrigerante e um saco de batatas sabor sal e vinagre.

John acabou de voltar para o carro quando um cara negro e alto usando uniforme de lacrosse se aproxima correndo.

— McClaren!

O cara se inclina até o rosto ficar perto da janela, e ele e John batem os punhos.

— Você vai para a casa da Danica depois do jogo? — pergunta ele.

John olha para mim e diz:

— Não, não posso.

O amigo dele repara em mim; ele arregala os olhos.

— Quem é essa?

— Sou Lara Jean, não estudo aqui — digo, o que é burrice, porque ele já deve saber disso.

— Você é a Lara Jean! — Ele assente com entusiasmo. — Já ouvi falar de você. Você é o motivo de McClaren estar visitando um asilo, não é?

Eu fico vermelha, e John dá uma gargalhada tranquila.

— Saia daqui, Avery.

Avery estica a mão pela janela e aperta a minha.

— É um prazer conhecer você, Lara Jean. A gente se vê.

Ele sai correndo na direção do campo. Enquanto ficamos esperando, mais algumas pessoas passam pelo carro de John para dizer oi, e vejo que é como pensei: ele tem muitos amigos, e muitas garotas o admiram. Um grupo delas passa pelo carro indo na direção do campo, e uma em particular fica olhando para dentro do carro, diretamente para mim, com dúvida nos olhos. John não parece perceber. Ele está me perguntando quais programas de tevê eu assisto, o que vou fazer no recesso de primavera em abril, nas férias de verão. Conto sobre a ideia de papai de ir à Coreia.

— Tenho uma história engraçada sobre seu pai — diz John, olhando de esguelha para mim.

Solto um gemido.

— Ah, não. O que ele fez?

— Não foi ele; fui eu. — Ele pigarreia. — Isso é muito constrangedor.

Eu esfrego as mãos em expectativa.

— Eu fui até a sua casa para convidar você para o baile do oitavo ano. Eu tinha um plano todo extravagante.

— Você não me convidou para o baile!

— Eu sei, vou chegar nessa parte. Vai me deixar contar a história ou não?

— Você tinha um plano todo extravagante — digo.

John assente.

— Eu reuni um monte de gravetos e umas flores e os arrumei de um jeito que formassem *BAILE?* na frente da sua janela. Mas seu pai chegou em casa enquanto eu estava no meio, e ele achou que eu estava limpando os jardins das pessoas. Ele me deu dez dólares, e eu perdi a coragem e fui para casa.

Eu dou uma gargalhada.

— Eu... não consigo acreditar que você fez isso.

Não consigo acreditar que isso quase aconteceu. Como teria sido ter a experiência de um garoto fazer uma coisa assim por mim? Em toda a história das minhas cartas, dos meus sentimentos, nenhuma das vezes um garoto gostou de mim na mesma época que eu gostava dele. Sempre era eu sozinha, desejando um garoto, e tudo bem, era seguro. Mas isso é novo. Ou velho. Velho e novo, porque é a primeira vez que escuto isso.

— Meu maior arrependimento do oitavo ano — diz John, e é nessa hora que me lembro: Peter uma vez me contou que o maior arrependimento de John era não ter me convidado para o baile, e eu fiquei eufórica ao saber disso. Aí ele desmentiu tudo e disse que só estava brincando.

O ônibus da escola para nessa hora.

— Hora do show — digo.

Estou empolgada enquanto vejo os jogadores saírem do ônibus. Vejo Gabe, Darrell, mas nada do Peter. A última pessoa sai do ônibus, e ainda nada de ele aparecer.

— Que estranho...

— Ele não pode ter vindo no próprio carro? — pergunta John.

Eu balanço a cabeça.

— Peter nunca faz isso.

Pego o celular na bolsa e mando uma mensagem.

`Onde você está?`

Não há resposta. Tem alguma coisa errada. Eu sei. Peter nunca falta a uma partida. Ele jogou até quando estava gripado.

— Já volto — digo para John, e saio do carro e corro até o campo. Os garotos estão aquecendo. Encontro Gabe na lateral, amarrando as chuteiras. — Gabe!

Ele levanta o rosto, surpreso.

— Laranjinha! E aí?

— Cadê o Peter? — pergunto, sem fôlego.

— Não sei — responde ele, coçando a cabeça. — Ele disse para o treinador que tinha uma emergência familiar. Pareceu sério. Kavinsky não faltaria a um jogo se não fosse importante.

Já estou correndo de volta para o carro. Assim que entro, peço, ofegante:

— Você pode me levar até a casa do Peter?

Vejo o carro dela primeiro. Estacionado na rua, em frente à casa dele. Em seguida, vejo os dois, na calçada, para todo mundo ver. Ele a está abraçando; ela está apoiada nele, como se não conseguisse ficar de pé sozinha. O rosto está enfiado no peito dele. Ele está dizendo alguma coisa no ouvido dela, fazendo carinho no cabelo.

Tudo acontece em poucos segundos, mas parece que o tempo passa em câmera lenta, como se eu estivesse submersa. Acho que paro de respirar; minha cabeça fica enevoada; tudo ao meu redor fica borrado. Quantas vezes eu os vi de pé assim? Já perdi a conta.

— Continue dirigindo — consigo dizer para John, e ele obedece. Ele passa pela casa de Peter; eles nem olham. Graças a Deus, eles nem olham. Baixinho, peço: — Você pode me levar para casa?

Não consigo encarar John. Odeio o fato de ele também ter visto aquilo.

— Pode não ser… — começa John. Ele hesita. — Era só um abraço, Lara Jean.

— Eu sei.

Fosse o que fosse, ele perdeu o jogo por ela.

Estamos quase na minha casa quando ele pergunta:

— O que você vai fazer?

Pensei nisso o caminho todo.

— Vou chamar Peter para vir aqui hoje à noite e vou tirá-lo do jogo.

— Você ainda está jogando? — Ele parece surpreso.

Eu olho pela janela, para todos os lugares familiares.

— Claro. Vou tirá-lo do jogo, depois vou tirar Genevieve e vou vencer.

— Por que você quer tanto vencer? — pergunta ele. — É pelo prêmio?

Eu não respondo. Se abrir a boca, vou chorar.

Chegamos a minha casa.

— Obrigada pela carona — sussurro.

Saio do carro antes que John possa responder. Corro para dentro de casa, tiro os sapatos, vou até meu quarto, me deito na cama e olho para o teto. Colei estrelas que brilham no escuro anos atrás, e tirei todas, exceto uma, que ficou pendurada como uma estalactite.

Primeira estrela que vejo, realize o meu desejo. Eu desejo não chorar.

Mando uma mensagem para Peter.

`Venha aqui em casa depois de se despedir da Genevieve.`

Ele só responde com uma palavra:

`Tá.`

Só "tá". Nenhuma negação, nenhuma explicação ou esclarecimento. Todo esse tempo, fiquei criando desculpas para ele. Confiei em Peter, e não nos meus instintos. Por que sou eu quem faz todas as concessões, finge aceitar uma coisa que na verdade não aceito? Só para ficar com ele?

No contrato, dissemos que sempre contaríamos a verdade um para o outro. Dissemos que nunca partiríamos o coração um do outro. Então acho que ele não cumpriu sua palavra duas vezes.

# 41

Peter e eu estamos sentados na varanda da minha casa. Consigo ouvir a tevê ligada na sala. Kitty está vendo um filme. Há um silêncio interminavelmente longo entre nós, só o som de grilos cricrilando.

Ele fala primeiro.

— Não é o que você está pensando, Lara Jean. De verdade.

Levo um momento para organizar os pensamentos, para elaborá-los em algo que faça sentido.

— Quando começamos isso, eu ficava feliz só de estar em casa com minhas irmãs e meu pai. Era confortável. E aí, começamos a sair, e foi como… foi como se você me levasse para o mundo. — Com isso, o olhar dele se suaviza. — Primeiro, foi assustador, mas depois eu gostei. Parte de mim quer ficar ao seu lado para sempre. Eu poderia fazer isso sem o menor esforço. Poderia amar você para sempre.

Ele tenta deixar a voz suave.

— Então faça isso.

— Não posso. — Eu inspiro, trêmula. — Eu vi vocês dois. Você estava abraçando Genevieve. Ela estava nos seus braços. Eu vi tudo.

— Se tivesse visto tudo, saberia que não aconteceu nada — começa ele. Eu só fico olhando para Peter, e o rosto dele desmorona. — Poxa, não me olhe assim.

— Não consigo evitar. É o único jeito como eu consigo olhar para você agora.

— Gen precisava de mim hoje, então fui consolá-la, mas só como amigo.

— Não adianta, Peter. Ela se declarou sua dona muito tempo atrás, e não tem espaço para mim aqui. — Minha visão está ficando embaçada com as lágrimas. Seco os olhos com a manga da jaqueta. Não posso mais ficar aqui, perto de Peter. Está me machucando muito olhar para o rosto dele.

— Eu mereço mais do que isso, sabe? Mereço… mereço ser a pessoa mais importante de alguém.

— Você *é*.

— Não, não sou. Ela é. Você ainda está protegendo Gen, o segredo dela, seja lá qual for. Mas de quê? De mim? O que eu fiz para ela?

Ele abre as mãos, impotente.

— Você me tirou dela. Você se tornou minha pessoa mais importante.

— Não sou, não. Essa é a questão. Ela é.

Ele gagueja e tenta negar, mas não adianta. Como eu poderia acreditar nele, se a verdade está bem na minha frente?

— Sabe como sei que ela é a pessoa mais importante para você? Genevieve sempre vem em primeiro lugar.

— Isso é besteira! — explode ele. — Quando descobri que ela fez aquele vídeo, falei que, se ela magoasse você de novo, era o fim.

Peter ainda está falando, mas não ouço mais nada que sai da boca dele.

*Ele sabia.*

Ele sabia que tinha sido Genevieve quem postou o vídeo. Ele sabia e não me contou.

Peter não está mais falando. Só me olha.

— Lara Jean, o que foi?

— Você sabia?

O rosto dele fica cinza.

— Não! Não é o que você pensa. Eu não soube o tempo todo.

Eu aperto os lábios.

— Então em algum momento você descobriu a verdade, mas não me contou. — É difícil respirar. — Você sabia o quanto eu estava chateada e continuou defendendo a Gen, depois descobriu a verdade e não me contou.

Peter começa a falar muito rápido.

— Me deixe explicar. Só descobri que ela estava por trás do vídeo outro dia. Eu perguntei, e ela desmoronou e admitiu tudo para mim. Naquela noite, ela nos viu no ofurô e gravou tudo. Foi ela quem mandou a gravação para o MeninaVeneno e botou o vídeo na assembleia.

Eu sabia, mas me deixei levar por Peter e fingi não saber. E por quê? Por ele?

— Ela anda muito abalada com os problemas pelos quais está passando com a família e ficou com ciúmes, aí descontou em nós...

— Tipo o quê? Pelo que ela está passando?

Eu pergunto, mas não espero resposta. Sei que ele não vai me contar. Estou perguntando para provar uma coisa.

Ele faz uma careta.

— Você sabe que não posso contar. Por que fica me fazendo dizer não para você?

— Você mesmo se coloca nessa posição. Você tirou o nome dela, não foi? No jogo, você tirou o nome dela e ela tirou o meu.

— Quem liga para o jogo idiota? Covey, estamos falando de nós.

— Eu ligo para o jogo idiota.

Peter é leal a ela primeiro, e depois a mim. É Genevieve primeiro, depois eu. As coisas são assim. Sempre foram. E estou de saco cheio.

De repente, tenho uma revelação.

— Por que Genevieve estava lá fora naquela noite da viagem? Todas as amigas dela estavam no saguão.

Peter fecha os olhos.

— Por que isso importa?

Penso naquela noite no bosque. Em como ele pareceu surpreso de me ver. Assustado, até. Ele não estava me esperando. Estava esperando *Genevieve*. Ainda está.

— Se eu não tivesse ido pedir desculpas naquela noite, você teria beijado Genevieve?

Ele não responde de primeira.

— Não sei.

Essas duas palavras confirmam tudo para mim. Elas tiram meu ar.

— Se eu vencer… sabe o que eu vou desejar? — Não diga, não diga. Não diga a única coisa que você não pode desdizer depois. — Eu desejaria nunca ter começado nada disso.

As palavras ecoam na minha cabeça, no ar.

Ele fica surpreso. Os olhos se estreitam; a boca também. Eu o magoei. Era isso que eu queria? Eu achava que sim, mas agora, olhando para o rosto de Peter, não tenho certeza.

— Você não precisa ganhar o jogo para ter isso, Covey. Pode ter isso agora mesmo, se quiser.

Eu estico os braços e coloco as duas mãos no peito dele. Meus olhos se enchem de lágrimas.

— Você está fora. Quem você tirou?

Eu já sei a resposta.

— Genevieve.

Eu me levanto.

— Adeus, Peter.

Entro em casa e fecho a porta. Não olho para trás nem uma vez.

Nós terminamos com tanta facilidade. Como se não fosse nada. Como se não fôssemos nada. Isso quer dizer que não era para ser desde o começo? Que fomos um acidente do destino? Se era para ficarmos juntos, como pudemos nos separar desse jeito?

Acho que a resposta é que não era.

# 42

Peter e eu, nosso rompimento, é bem típico do ensino médio. Com isso, quero dizer que é efêmero. Até essa dor vai ser passageira, finita. Eu devia me agarrar à pontada intensa da traição dele, lembrá-la e valorizá-la, porque é meu primeiro rompimento verdadeiro. É tudo parte do processo de me apaixonar. E eu nem achava que ficaríamos juntos para sempre; só temos dezesseis e dezessete anos. Um dia, vou olhar para isso tudo com carinho.

É o que fico dizendo a mim mesma enquanto lágrimas enchem meus olhos, deitada na cama, chorando até dormir. Choro até as bochechas arderem de tanto secar as lágrimas. Esse poço de tristeza começa com Peter, mas não termina aí.

Porque, repetidamente, um pensamento surge na minha cabeça: *Sinto saudade da minha mãe. Sinto saudade da minha mãe. Sinto tanta saudade dela.* Se ela estivesse aqui, traria uma xícara de chá Night-Night para mim e se sentaria no pé da minha cama. Colocaria minha cabeça em seu colo, acariciaria meu cabelo e sussurraria no meu ouvido: *Vai ficar tudo bem, Lara Jean. Vai ficar tudo bem.* E eu acreditaria, porque as palavras dela sempre foram verdade.

*Ah, mamãe. Quanta saudade. Por que você não está aqui, quando mais preciso de você?*

Até o momento, guardei um guardanapo em que Peter fez um desenho do meu rosto, o canhoto do ingresso da primeira vez que fomos ao cinema, o poema que ele me deu no Dia dos Namorados. E o colar, claro. Não consegui tirar. Ainda.

Fico deitada na cama o sábado todo e só me levanto para lanchar e deixar Jamie ir fazer xixi no quintal. Avanço comédias românticas para as partes tristes. O que eu devia estar fazendo era elaborando um plano para tirar Genevieve do jogo, mas não consigo. Dói cada vez que penso nela, no jogo, em Peter, mais do que tudo. Decido tirar isso da cabeça até conseguir me concentrar.

John me manda uma mensagem para saber se estou bem, mas não consigo responder. Também deixo isso para depois.

Só saio de casa na tarde de domingo, para ir à Belleview, a uma reunião do comitê de planejamento de festas. Devido à bajulação de Stormy, Janette autorizou minha ideia da festa USO, e o show deve continuar, que se danem os rompimentos.

Stormy diz que todo mundo está falando nisso. Ela está bem animada, porque estão dizendo que Ferncliff, o outro grande lar para idosos na cidade, talvez leve alguns residentes de ônibus. Stormy diz que eles têm ao menos um viúvo promissor que ela conhece do clube do livro sênior da biblioteca municipal. Isso deixa as outras residentes de Belleview animadas.

— Ele tem uma cabeleira prateada muito distinta — Stormy fica dizendo para todo mundo. — E ainda dirige!

Faço questão de espalhar a notícia. Vale a pena qualquer coisa para aumentar a empolgação.

Na festa, todo mundo vai receber cinco "vales-guerra", que podem ser usados para um copo de ponche de uísque, um broche de bandeirinha ou uma dança. Isso foi ideia do sr. Morales. Na verdade, a ideia dele era um vale para cada dança com uma dama, mas todas nós o acusamos de ser machista e dissemos que devia ser uma dança com um cavalheiro *ou* uma dama. Alicia, pragmática como sempre, decretou:

— Vai haver bem mais mulheres do que homens, então são as mulheres que vão mandar.

Tenho ido de apartamento em apartamento pedir para as pessoas emprestarem fotos dos anos 1940 se tiverem, principalmente de uniforme militar ou em uma festa USO. Uma residente fungou e disse:

— Pois saiba que eu tinha seis anos em 1945!

Na hora, falei que fotos dos pais dela também seriam bem-vindas, mas ela já estava batendo a porta na minha cara.

"Scrapbooks para todas as idades" virou na verdade um comitê de planejamento de baile. Imprimi os vales-guerra, e o sr. Morales está usando meu estilete para cortá-los. Maude, que é nova no grupo e sabe usar a internet, está pesquisando artigos sobre a guerra para decorar a mesa de bebidas. A amiga dela, Claudia, está organizando a playlist.

Alicia vai ter uma mesinha só dela. Ela está fazendo uma guirlanda de origami, todos de cores diferentes, lilás e pêssego, turquesa e floral. Stormy reclamou do desvio do tema vermelho, branco e azul, mas Alicia bateu o pé, e eu a apoiei. Cheias de classe, como sempre, as fotos dela de nipo-americanos em campos de concentração estão em porta-retratos elegantes.

— Essas fotos vão estragar o clima — fala Stormy para mim, mas alto o bastante para Alicia ouvir.

Alicia se vira.

— Essas fotos servem para ensinar aos ignorantes.

Stormy fica ereta no alto de seus um metro e sessenta, um e setenta de salto.

— Alicia, você me chamou de *ignorante*?

Faço uma careta. Stormy está se dedicando muito à festa e anda um pouco difícil ultimamente.

Não vou conseguir lidar com outra briga entre as duas agora. Estou prestes a acalmar os ânimos quando Alicia lança um olhar frio para Stormy.

— Se a carapuça serviu.

Stormy e eu ficamos boquiabertas. Stormy anda até a mesa de Alicia e derruba os origamis no chão com um floreio. Alicia grita, e eu prendo a respiração. Todo mundo na sala olha.

— Stormy!

— Você vai tomar o partido *dela*? Ela acabou de me chamar de ignorante! Stormy Sinclair pode ser muitas coisas, mas não é ignorante.

— Não vou tomar o partido de ninguém — respondo, me abaixando para pegar os origamis.

— Se você vai tomar o partido de alguém, devia ser o meu — diz Alicia. Ela estica o queixo na direção de Stormy. — Ela acha que é uma grande dama, mas é uma criança que fica dando ataque de birra por causa de uma festa.

— Uma criança! — berra Stormy.

— Vocês duas podem parar de brigar? — Para minha vergonha, lágrimas começam a escorrer dos meus olhos. — Não consigo aguentar isso hoje. — Minha voz treme. — Não mesmo.

Elas trocam um olhar e correm para perto de mim.

— Querida, o que foi? — pergunta Stormy. — Deve ser um garoto.

— Sente-se, sente-se — pede Alicia.

Elas me levam até o sofá e se sentam uma de cada lado.

— Todo mundo, pra fora! — grita Stormy, e todo mundo sai. — Agora, conte o que aconteceu.

Eu seco os olhos com a manga.

— Peter e eu terminamos.

É a primeira vez que falo as palavras em voz alta.

Stormy ofega.

— Você e o sr. Bonitão terminaram! Foi por causa de outro garoto?

Ela parece esperançosa, e sei que está pensando em John.

— Não foi por causa de outro garoto. É complicado.

— Querida, nunca é tão complicado — diz Stormy. — Na minha época...

Alicia olha para ela de cara feia.

— Pode deixar ela falar?

— Peter nunca esqueceu a ex-namorada, Genevieve — explico, fungando. — Foi ela quem postou aquele vídeo de nós dois no ofurô, e Peter descobriu e não me contou.

— Talvez ele quisesse poupar você — sugere Alicia.

Com veemência, Stormy balança a cabeça, e faz isso com tanta força que os brincos sacodem.

— O garoto não vale nada, pura e simplesmente. Ele devia tratar você como rainha, não essa outra garota Genevieve.

— Você só quer que Lara Jean saia com seu bisneto — acusa Alicia.

— E daí se eu quiser!? — Com um brilho nos olhos, ela diz: — Me diga, Lara Jean. Você tem planos para esta noite?

Com isso, todas nós rimos.

— Não consigo pensar em nenhum garoto além de Peter agora — respondo. — Vocês ainda se lembram do seu primeiro amor?

Stormy teve tantos, será possível que lembre? Mas ela assente.

— Garrett O'Leary. Eu tinha quinze anos, e ele, dezoito. Só dançamos juntos uma vez, mas o que senti quando ele me olhava… — Ela estremece.

Eu olho para a esquerda, para Alicia.

— E o seu foi seu marido, Phillip, certo?

Para minha surpresa, ela balança a cabeça.

— Meu primeiro amor se chamava Albert. Era o melhor amigo do meu irmão mais velho. Eu achava que ia me casar com ele. Mas não era para ser. Eu conheci meu Phillip. — Ela sorri. — Phillip foi o amor da minha vida. Mas nunca esqueci Albert. Como já fui jovem! Stormy, você consegue acreditar que já fomos tão jovens?

Stormy não dá a resposta mordaz de sempre. Os olhos dela ficam úmidos, e, com mais delicadeza do que jamais a ouvi falar, ela diz:

— Foi um milhão de vidas atrás. Incrível.

— Incrível — ecoa Alicia.

As duas sorriem para mim com carinho, com afeição tão verdadeira e genuína que mais lágrimas surgem em meus olhos.

— O que vou fazer agora que Peter não é mais meu namorado? — questiono em voz alta.

— Você vai fazer o que fazia antes de ele ser seu namorado — responde Alicia. — Vai seguir com sua rotina. Vai sentir falta dele no começo, mas com o tempo vai melhorar. Vai passar. — Ela estica a mão e toca a minha bochecha com sua pele fina como papel. Um sorriso surge nos lábios dela. — Você só precisa de tempo, e você, pequenina, tem todo o tempo do mundo.

É um pensamento reconfortante, mas não sei se acredito de verdade nisso, não completamente. Acho que o tempo é diferente para os jovens. Os minutos são mais longos, mais significantes, mais vibrantes. Só sei que cada minuto sem Peter parece interminavelmente longo, como se eu estivesse esperando, só esperando que ele voltasse para mim. Eu, Lara Jean, sei que ele não vai voltar, mas meu coração não parece entender que acabou.

Depois, com as energias renovadas e as lágrimas já secas, estou com Janette no escritório dela, repassando os detalhes da festa. Quando ela menciona a sala de estar, eu congelo.

— Janette, a sala não vai ser grande o bastante.

— Não sei o que dizer. A sala de atividades está reservada para o bingo. Eles têm reserva contínua para as noites de sexta.

— Mas a festa vai ser um evento enorme! As pessoas do bingo não podem ir para a sala de estar só por uma noite?

— Lara Jean, não posso mexer no bingo. Gente de toda a comunidade vem aqui só para isso, inclusive a mãe do corretor do aluguel. Há muita política em jogo. Minhas mãos estão atadas.

— E que tal a sala de jantar?

Poderíamos afastar as mesas e abrir uma pista de dança no centro da sala, e as bebidas ficariam em uma mesa longa encostada na parede. Pode dar certo.

Janette me lança um olhar de *Por favor, garota*.

— E quem vai afastar todas as mesas e cadeiras? Você?

— Ah, eu posso fazer isso, e tenho certeza de que consigo alguns voluntários também…

— E correr o risco de um dos residentes quebrar a coluna e nos processar? Não, *gracias*.

— Não precisaríamos tirar todas as mesas, só metade. Você não pode pedir para os funcionários ajudarem? — Janette já está balançando a cabeça quando tenho um acesso de inspiração. — Janette, ouvi dizer que Ferncliff deve mandar alguns residentes de ônibus. *Ferncliff*. Eles já se intitulam o melhor lar para idosos de Blue Ridge Mountains.

— Ah, meu Deus, Ferncliff é um lixo. As pessoas que trabalham naquele lugar são podres. Eu tenho *mestrado*. "Melhor lar para idosos de Blue Ridge Mountains"? Rá! Até parece.

Agora, só preciso puxar o anzol.

— Estou dizendo, Janette, se esse baile não for bom, vamos acabar fazendo papel de bobos. Não podemos deixar isso acontecer. Quero que aqueles residentes de Ferncliff saiam daqui andando, ou nas cadeiras de rodas, desejando morar em Belleview!

— Tudo bem, tudo bem. Vou pedir aos zeladores para ajudarem você a arrumar a sala de jantar. — Janette balança o dedo para mim. — Você não desiste, garota.

— Você não vai se arrepender — prometo. — Vai valer a pena só pelas fotos. Vamos botar tudo no site. Todo mundo vai querer ser a gente!

Ao ouvir isso, Janette estreita os olhos de satisfação, e solto o ar que estava prendendo. Essa festa tem que dar certo. Tem que. É o meu tesouro.

# 43

Na noite de domingo, faço cachos no cabelo. Cachear o cabelo é um ato intrínseco de reflexão. Gosto de fazer os cachos à noite e pensar nas coisas que podem acontecer amanhã. Além do mais, costuma ficar bem melhor depois de uma noite de sono, não tão armado.

Estou com metade do cabelo presa e quase acabei um lado quando Chris entra pela minha janela.

— Eu devia estar de castigo agora, então tenho que esperar minha mãe dormir antes de ir para casa — explica ela, tirando a jaqueta de couro. — Você ainda está deprimida por causa do Kavinsky?

Enrolo outra mecha de cabelo no aparelho.

— Estou. Não se passaram nem quarenta e oito horas.

Chris passa o braço pelos meus ombros.

— Odeio falar isso, mas esse namoro estava destinado ao desastre desde o começo.

Lanço um olhar chateado para ela.

— Muito obrigada.

— Ah, é verdade. O jeito como vocês ficaram juntos foi estranho, depois teve a coisa toda do vídeo do ofurô. — Ela pega o babyliss da minha mão e começa a fazer cachos no próprio cabelo. — Mas preciso dizer que acho que foi bom pra você passar por tudo isso. Você se protegia demais, querida. Você pode ser muito crítica.

Pego o babyliss da mão dela e finjo que vou bater na cabeça de Chris com ele.

— Você veio me alegrar ou enunciar meus defeitos?

— Desculpa! Só estou dizendo. — Ela me oferece um sorriso alegre. — Não fique triste por muito tempo. Não é seu estilo. Existem outros caras além do Kavinsky. Caras que não são sobra da minha prima. Caras como o John McClaren. Ele é gato. Eu iria atrás dele, se ele não estivesse a fim de você.

— Não consigo pensar em mais ninguém agora — digo, com delicadeza. — Peter e eu acabamos de terminar.

— Você e Johnny têm química. Vi com meus próprios olhos na festa da cápsula do tempo. Ele está interessado. — Ela bate com o ombro no meu. — Você gostava dele antes. Talvez ainda haja alguma coisa aí.

Eu a ignoro e continuo a fazer cachos no cabelo, uma mecha de cada vez.

Peter ainda se senta à minha frente na aula de química. Eu não sabia que dava para sentir ainda mais saudade de alguém quando a pessoa está a poucos passos de distância. Talvez seja porque ele não olhou para mim, nem uma vez. Eu não entendia totalmente como ele tinha se tornado parte importante da minha vida. Ele se tornou tão... familiar para mim. E agora, sumiu. Não sumiu, ainda está presente, só não está disponível para mim, o que talvez seja pior. Por um minuto, foi muito bom. Foi muito bom mesmo. Não foi bom? Talvez as coisas muito, muito boas não sejam feitas para durar tanto tempo; talvez seja o que as torna mais doces, o fato de serem temporárias. Talvez eu só esteja tentando me sentir melhor. Está funcionando, um pouco. Um pouco basta, por ora.

Depois que a aula acaba, Peter fica um tempo na carteira, depois se vira e diz:

— Oi.

Meu coração pula.

— Oi.

Tenho um pensamento repentino e louco de que, se ele me quiser de volta, vou dizer sim. Vou esquecer o orgulho, esquecer Genevieve, esquecer tudo.

— Eu quero meu colar de volta — diz ele. — Obviamente.

Meus dedos tocam o pingente de coração pendurado em meu pescoço. Eu queria tirar de manhã, mas não consegui.

Agora tenho que devolver? Stormy tem uma caixa cheia de lembranças e presentes de antigos namorados. Eu não achava que teria que devolver a única coisa que um garoto tinha me dado. Mas *foi* caro, e Peter é prático. Ele pode pegar o dinheiro de volta e a mãe pode revendê-lo.

— Claro — digo, mexendo no fecho.

— Não quis dizer que você tinha que devolver neste segundo — diz ele, e minha mão para. Talvez ele deixe que eu fique com o colar por mais um tempo, talvez até para sempre. — Mas eu o quero de volta.

Não consigo abrir o fecho, está demorando uma eternidade e é excruciante, porque Peter fica ali de pé. Por fim, ele vai para trás de mim e afasta meu cabelo. Pode ser minha imaginação, mas acho que posso ouvir o coração dele batendo. O dele está batendo, e o meu parece que está se partindo.

# 44

Kitty entra voando no meu quarto. Estou à escrivaninha, terminando o dever. Há tanto tempo não faço isso; Peter e eu sempre íamos à Starbucks depois da aula. A vida já está solitária.

— Você e Peter terminaram? — pergunta ela.

Eu faço uma careta.

— Quem te contou?

— Não importa. Só responda à pergunta.

— Bem… sim.

— Você não o merece — diz ela com rispidez.

Eu me viro na cadeira.

— O quê? Você é *minha* irmã, não é justo ficar do lado do Peter. Você não ouviu o meu lado. Não que devesse. Você não sabe que nunca se fica contra a irmã?

Ela morde o lábio.

— Qual é o seu lado?

— O meu lado é… complicado. Peter ainda tem sentimentos por Genevieve…

— Ele não pensa mais nela desse jeito. Não invente desculpas.

— Você não viu o que eu vi, Kitty! — digo de repente.

— O que você viu? — desafia ela, com o queixo projetado como uma arma. — Me conte.

— Não é só o que eu vi. É o que eu sempre soube. Só… deixa pra lá. Você não entenderia, Kitty.

— Você viu Peter beijar ela? Viu?

— Não, mas…

— Mas nada. Isso tem alguma coisa a ver com aquele cara de nome esquisito? John Amberton McClaren, sei lá?

— Não! Por que você diria isso? — Eu ofego. — Espere um minuto! Você andou lendo minhas cartas de novo?

Ela franze a testa, e sei que fez exatamente isso, a pestinha.

— Não mude de assunto! Você gosta dele ou não?

— Isso não tem nada a ver com John McClaren. Tem a ver comigo e com Peter.

Quero dizer para ela que Peter sabia que foi Genevieve quem fez o vídeo e o espalhou. Ele sabia, e ainda assim a protegeu. Mas não posso macular sua imagem idealizada de garotinha sobre quem Peter é. Seria muito cruel.

— Kitty, não importa. Peter ainda tem sentimentos por Genevieve, e eu sempre soube. Além do mais, qual é o sentido de um relacionamento sério com Peter se vamos acabar terminando como Margot e Josh? Romances do ensino médio raramente duram, sabia? E por um bom motivo. Somos jovens demais para algo tão sério.

Enquanto estou falando, lágrimas escorrem pelos cantos dos meus olhos.

Kitty se sensibiliza. Ela passa o braço pelos meus ombros.

— Não chore.

— Não estou chorando. Só lacrimejando um pouco.

Ela dá um suspiro pesado.

— Se isso é amor, não quero nada disso, obrigada. Quando eu for mais velha, vou fazer o que eu quiser.

— O que isso quer dizer? — pergunto.

Kitty dá de ombros.

— Se eu gostar de um garoto, tudo bem, vou sair com ele, mas não vou ficar em casa chorando por ele.

— Kitty, não aja como se nunca chorasse.

— Eu choro por coisas importantes.

— Você chorou outro dia porque papai não deixou você ficar acordada vendo tevê!

— Sim, e isso era importante para *mim*.

Eu fungo.

— Não sei por que estou discutindo essas coisas com você.

Ela é pequena demais para entender. Parte de mim torce para que nunca entenda. Era melhor quando eu não entendia.

Naquela noite, papai e eu estamos lavando a louça quando ele pigarreia e diz:

— Kitty me contou que você e Peter terminaram. Como você está?

Eu enxaguo um copo e o coloco na lava-louça.

— Ela tem uma boca tão grande. Eu ia contar mais tarde.

Talvez, no fundo, eu estivesse com esperanças de não precisar.

— Quer conversar? Posso fazer chá Night-Night. Não é tão bom quanto o da sua mãe, mas ainda é bom.

— Talvez mais tarde — digo, só para ser gentil. O chá Night-Night dele não é dos melhores.

Ele me abraça.

— Vai ficar mais fácil, prometo. Peter Kavinsky não é o único garoto no mundo, acredite.

Eu solto um suspiro.

— Nunca mais quero sofrer assim.

— Não tem como eu proteger você de um coração partido, Lara Jean. É parte da vida. — Ele me beija no alto da cabeça. — Suba e vá descansar. Eu termino aqui.

— Obrigada, papai.

Eu o deixo sozinho na cozinha, cantarolando enquanto seca uma panela com um pano de prato.

Meu pai disse que Peter não é o único garoto no mundo. Sei que é verdade, claro que é verdade. Mas veja meu pai. Minha mãe era a única garota no mundo para ele. Se não fosse, ele já teria encontrado outra pessoa. Talvez também esteja tentando proteger seu coração. Talvez sejamos mais parecidos do que eu imaginava.

# 45

Está chovendo de novo. Eu tinha pensado em levar Kitty e Jamie ao parque depois da escola, mas agora não dá mais. O que faço é me sentar na cama, cachear o cabelo e ver a chuva cair como balas de prata. O clima combina com meu humor, ao que parece.

No meio do nosso rompimento, esqueci o jogo. Mas agora estou lembrando muito bem. Eu vou vencer. Vou tirar Genevieve do jogo. Ela não pode ter Peter *e* vencer. É injusto demais. Vou pensar em um desejo perfeito, alguma coisa perfeita para tirar dela. Se ao menos eu soubesse o que desejar!

Preciso de ajuda. Ligo para Chris, mas ela não atende. Estou prestes a ligar de novo, mas, no último segundo, mando uma mensagem para John.

```
Me ajuda a ganhar da Genevieve?
```

Ele demora alguns minutos para responder.

```
Vai ser uma honra.
```

John se acomoda no sofá e se inclina para a frente, me olhando com atenção.

— Muito bem, como você quer fazer isso? Quer dar um susto nela? Bolar um esquema tático?

Coloco um copo de chá gelado na frente dele. Sento-me a seu lado e digo:

— Acho que temos que vigiá-la primeiro. Eu nem sei quais são os horários dela.

E se, no processo de vencer o jogo, eu descobrir qual é o grande segredo dela, seria um bônus legal.

— Gosto de como você pensa — diz John, inclinando a cabeça para trás e bebendo chá.

— Sei onde eles deixam a chave extra. Chris e eu tivemos que buscar um aspirador de pó na casa dela uma vez. E se... e se eu tentar deixá-la nervosa? Tipo deixar um bilhete no travesseiro dela dizendo *Estou de olho em você*. Isso a deixaria apavorada.

John quase engasga com o chá gelado.

— Espere, de que adiantaria isso?

— Não sei. Você é o especialista!

— Especialista? Como sou especialista? Se eu fosse bom, ainda estaria no jogo.

—Você não tinha como saber que eu estaria em Belleview — observo. — Foi só azar.

— São muitas coincidências. Belleview. Você ter ido ao Projeto das Nações Unidas naquele dia.

Eu olho para as mãos.

— Aquilo… não foi totalmente coincidência. Na verdade, não foi coincidência nenhuma. Fui lá procurar você. Queria ver como você estava. Eu sabia que estaria lá no evento. Lembrei o quanto você gostava de ir, no ensino fundamental.

— Eu só entrei no projeto para poder melhorar na hora de falar em público. Por causa da gagueira. — Ele para. — Espere. Você disse que foi lá por minha causa? Para ver como eu estava?

— É. Eu… sempre quis saber.

John não diz nada, só fica me olhando. Ele coloca o copo na mesa de repente. Então o pega de volta e coloca um porta-copos embaixo.

—Você não disse o que aconteceu entre você e Kavinsky naquela noite, depois que fui embora.

— Ah. A gente terminou.

—Vocês terminaram — repete ele, com o rosto inexpressivo.

Nesse momento, reparo em Kitty nos olhando pela porta, como uma pequena espiã.

— O que você quer, Kitty?

— Hã… sobrou homus com pimentão vermelho?

— Não sei. Vá olhar.

John arregala os olhos.

— É a sua irmãzinha? — Para Kitty, ele diz: — Na última vez que eu vi você, você era pequenininha.

— É, eu cresci — diz ela, sem nenhuma simpatia.

Eu a olho de cara feia.

— Seja educada com nosso convidado. — Kitty nos dá as costas e sobe a escada correndo. — Desculpe por isso. Minha irmã adora o Peter e fica com umas ideias malucas…

— Ideias malucas? — repete John.

Eu poderia bater em mim mesma.

— É, ela acha que tem alguma coisa rolando entre a gente. Mas é claro que não tem, e você, tipo, não gosta de mim assim, então, é, são malucas.

Por que eu falo? Por que Deus me deu uma boca se só vou ficar dizendo coisas idiotas com ela?

Fica tão silencioso que abro a boca para dizer mais coisas idiotas, mas ele fala:

— Ah… não é uma ideia *tão* maluca.

— Certo! Eu não quis dizer *maluca*…

Minha boca se fecha e eu olho para a frente.

— Lembra aquela vez que brincamos de "girar a garrafa" no meu porão?

Eu faço que sim.

— Eu fiquei nervoso na hora de beijar você porque nunca tinha beijado uma garota — diz ele, e pega o copo de chá gelado de novo. Ele toma um gole, mas não tem mais chá, só gelo. Ele olha nos meus olhos e sorri. — Todos os garotos pegaram no meu pé depois porque foi um beijo xoxo.

— Não foi xoxo — digo.

— Acho que foi na época em que o irmão mais velho de Trevor nos disse que fez uma garota… — John hesita, e aceno com a cabeça com ansiedade para ele continuar. — Ele alega que fez uma garota ter um orgasmo só com um beijo.

Solto uma gargalhada alta e coloco as mãos sobre a boca.

— É a maior mentira que já ouvi! Nunca o vi falar com nenhuma garota. Além do mais, acho que isso nem é possível. E, se fosse, duvido que Sean Pike fosse capaz.

John também ri.

— Agora eu sei que é mentira, mas na época nós acreditamos nele.

— Se foi um beijo ótimo? Não foi. — John faz uma careta, e eu continuo, mais do que depressa: — Mas não foi *terrível*. Eu juro. E escute, eu não sou especialista em beijo. Quem sou eu para falar?

— Tudo bem, tudo bem, pode parar de tentar me fazer sentir melhor. — Ele coloca o copo na mesa. — Eu melhorei muito. É o que as garotas me dizem.

Essa conversa tomou um rumo estranho e de tom confessional, e estou nervosa, mas não de um jeito ruim. Gosto de compartilhar segredos, de sermos cúmplices.

— Ah, então você beijou um monte de garotas, é?

Ele ri de novo.

— Um número respeitável. — Ele faz uma pausa. — Estou surpreso de você se lembrar daquele dia. Você estava tão a fim do Kavinsky que acho que nem reparou em quem mais estava lá.

Eu dou um empurrão no ombro dele.

— Eu não estava "tão a fim do Kavinsky"!

— Estava, sim. Você ficou com os olhos grudados naquela garrafa o jogo todo, assim. — John pega a garrafa e gruda os olhos nela. — Esperando seu momento.

Estou vermelha, sei que estou.

— Ah, pare com isso.

Rindo, ele diz:

— Como um falcão observando a presa.

— Pare! — Agora, também estou rindo. — Como você se lembra disso?

— Porque eu estava fazendo a mesma coisa — diz ele.

— Você também estava olhando para o Peter? — pergunto de brincadeira, para provocar, porque é divertido. Pela primeira vez em dias, estou me divertindo.

Ele olha diretamente para mim, com os olhos azuis seguros e firmes, e minha respiração fica presa no peito.

— Não. Eu estava olhando para você.

Há um zumbido nos meus ouvidos, e é o som do meu coração batendo na velocidade máxima. *Na memória, tudo parece se suceder ao som da música.* Uma das minhas falas favoritas de *À Margem da Vida*. Se eu fechar os olhos, quase consigo ouvi-la aquele dia no porão de John Ambrose McClaren. Daqui a anos, quando eu repassar esse momento, que música vou ouvir?

Os olhos dele sustentam os meus, e sinto um tremor que começa na garganta e se move pela minha clavícula e pelo meu peito.

— Eu gosto de você, Lara Jean. Gostava naquela época e gosto ainda mais agora. Sei que você e Kavinsky acabaram de terminar e que você ainda está triste, mas quero deixar meus sentimentos por você bastante claros.

— Hã... tá — sussurro.

As palavras dele saem límpidas; não hesitam em nenhum momento. Não há nem sinal de gagueira. Estão bastante claras.

— Tudo bem, então. Vamos ganhar seu desejo. — Ele pega o celular e abre o Google Maps. — Pesquisei o endereço da Gen antes de vir para cá. Acho que você está certa, devemos ir aos poucos e avaliar a situação. Não partir para cima.

— Aham.

Estou em uma espécie de transe; é difícil me concentrar. John Ambrose McClaren quer deixar seus sentimentos por mim bastante claros.

Saio da paralisia quando Kitty desce a escada saltitando e entra na sala, equilibrando um copo de refrigerante de laranja, uma tigela de homus com pimentão vermelho e um saco de torradas de pão árabe. Ela vai até o sofá e se senta entre nós dois. Esticando o saco, ela pergunta:

— Vocês querem?

— Claro — diz John, pegando uma torrada. — Ei, ouvi dizer que você é ótima em planos. É verdade?

Com cautela, ela responde:

— Por que você está perguntando?

— Foi você quem mandou as cartas de Lara Jean, não foi? — Kitty assente. — Então eu diria que você é boa em planos.

— É, acho que sou.

— Excelente. Precisamos da sua ajuda.

As ideias de Kitty são meio extremas, como furar os pneus de Genevieve ou jogar uma bomba de fedor na casa dela para fazê-la sair, mas John anota todas as sugestões, o que não passa despercebido por ela. Poucas coisas passam.

# 46

Na manhã seguinte, Kitty está enrolando para comer a torrada com creme de amendoim, e, por trás do jornal, meu pai fala:

— Você vai perder o ônibus se não se apressar.

Ela só dá de ombros e não se apressa para subir e pegar a mochila. Tenho certeza de que acha que pode pegar carona comigo se perder o ônibus, mas também estou atrasada. Perdi a hora e não consegui achar minha calça jeans favorita, então tive que me contentar com a segunda favorita.

Quando estou lavando a tigela de cereal, olho pela janela e vejo o ônibus escolar de Kitty passar.

— Você perdeu o ônibus! — grito lá para cima.

Não há resposta.

Coloco meu almoço na mochila.

— Se você vem comigo, é melhor vir agora! Tchau, pai.

Estou calçando os sapatos junto à porta de entrada quando Kitty passa correndo por mim e sai de casa, com a mochila sacudindo no ombro. Vou atrás dela e fecho a porta. E ali, do outro lado da rua, encostado no Audi preto, está Peter. Ele dá um sorriso largo para Kitty, e fico parada ali, totalmente surpresa. Meu primeiro pensamento é: *Ele veio me ver?* Não, não pode ser. O segundo pensamento é: *Isso é uma armadilha?* Olho ao redor em busca de algum sinal de Genevieve. Não há nenhum, e me sinto culpada por achar que ele poderia ser tão cruel.

Kitty acena e corre até ele.

— Oi!

— Pronta, garota? — pergunta a ela.

— Sim. — Kitty se vira para olhar para mim. — Lara Jean, você pode vir com a gente. Eu me sento no seu colo.

Peter está olhando para o celular, e a pouca esperança que eu tinha de que ele talvez tivesse ido me ver é destruída.

— Não, tudo bem — digo. — Só tem lugar para dois.

Ele abre a porta do carona para ela, e Kitty entra.

— Vá rápido — pede ela.

Peter mal olha para mim antes de ir embora. Bem. Acho que é isso, então.

— Que bolo você está fazendo para mim?

Kitty está sentada em um banco, me olhando. Estou fazendo o bolo hoje para estar tudo pronto para a festa do pijama amanhã. Enfiei na cabeça que a festa de

Kitty tem que ser a melhor do mundo, em parte porque a festa está atrasada e deve valer a espera, e em parte porque dez anos é uma idade importante na vida de uma garota. Kitty pode não ter mãe, mas vai ter uma festa do pijama de aniversário espetacular se depender de mim.

— Já falei, é surpresa. — Coloco a farinha que já medi em uma tigela. — Como foi seu dia?

— Bom. Tirei nove no teste de matemática.

— Ah, que bom! Aconteceu mais alguma coisa legal?

Kitty dá de ombros.

— Acho que a sra. Bertoli peidou sem querer quando estava fazendo a chamada. Todo mundo riu.

Fermento, sal.

— Ótimo, ótimo. Hã, Peter levou você direto para a escola ou vocês pararam no caminho?

— Ele me levou para comer donut.

Eu mordo o lábio.

— Que legal. Ele falou mais alguma coisa?

— Sobre o quê?

— Não sei. Sobre a vida.

Kitty revira os olhos.

— Ele não falou nada sobre você, se é o que quer saber.

Isso dói.

— Eu não estava querendo saber isso — minto.

Kitty e eu planejamos a festa do pijama toda, até a maquiagem de zumbi. Com cabine de fotos e adereços. E arte para fazer nas unhas.

Escolhi o bolo de Kitty com o maior cuidado. É de chocolate com geleia de framboesa e cobertura de chocolate branco. Fiz três tipos diferentes de pastinhas. De creme azedo com cebola, homus com pimentão vermelho e de espinafre. Legumes cortados. Enroladinho de salsicha. Pipoca com caramelo e flor de sal para a hora do filme. Ponche de sorvete de limão, do tipo que se derrama ginger ale por cima. Até peguei uma poncheira antiga de vidro no sótão, que também vai ser perfeita para a festa USO. No café da manhã, vou fazer panquecas com gotas de chocolate. Sei que todos esses detalhes também são importantes para Kitty. Ela já mencionou que, no aniversário da Brielle, a mãe fez batida de morango para o lanche, e quem poderia esquecer que a mãe da Alicia Bernard fez crepes, se ela menciona isso o tempo todo?

Papai foi banido para o quarto durante a noite, e parece aliviado, mas não antes de eu fazê-lo arrastar a velha cômoda vintage que tenho no quarto. Arrumo minha coleção de camisolas, pijamas, ceroulas e pantufas. Eu, Kitty e Margot temos muitas pantufas.

Todo mundo coloca um pijama logo que chega, rindo, gritando e brigando por quem fica com o quê.

Estou usando um conjunto rosa-claro que comprei em um brechó ainda com as etiquetas. Sinto-me como Doris Day em *Um Pijama para Dois*. A única coisa que não estou usando são pantufas com pompom e saltinhos. Tentei convencer Kitty de fazermos uma noite de filmes antigos, mas ela descartou a ideia na hora. Para ser engraçada, coloquei rolinhos no cabelo. Ofereço-me para colocar rolinhos nas garotas, mas todas gritam e dizem não.

Elas fazem tanto barulho que preciso dizer:

— Garotas, acalmem-se!

Na metade da sessão de manicure, reparo que Kitty está afastada do grupo. Achei que ela estaria à vontade, a rainha do baile de aniversário, mas ela está tensa e brincando com Jamie.

Quando todas as garotas sobem as escadas correndo para o meu quarto para passar as máscaras de lama que preparei, seguro o cotovelo de Kitty.

—Você está se divertindo? — pergunto. Ela assente e tenta desviar o olhar, mas olho para ela com severidade. — Jura pela sua irmã?

Kitty hesita.

— Shanae está muito amiga da Sophie — explica, com os olhos se enchendo de lágrimas. — Mais do que eu e ela. Você viu como as duas fizeram unhas combinando? Elas não me perguntaram se eu queria fazer também.

— Acho que elas não pretendiam deixar você de fora — digo.

Ela dá de ombros.

Abraço Kitty, e ela fica parada, rígida, então empurro a cabeça dela até meu ombro.

— Pode ser difícil essa coisa de melhores amigas. Vocês duas estão crescendo e mudando, e é difícil crescer e mudar na mesma proporção.

A cabeça dela se levanta, e a empurro de novo para o meu ombro.

— Foi isso que aconteceu entre você e Genevieve? — pergunta ela.

— Sinceramente, não sei o que aconteceu comigo e Genevieve. Ela se mudou, e ainda éramos amigas, depois não éramos mais. — Percebo tarde demais que não é a coisa mais reconfortante para se dizer a uma pessoa que está se sentindo deixada de lado pelas amigas. — Mas tenho certeza de que isso não vai acontecer com você.

Kitty solta um suspiro derrotado.

— Por que as coisas não podem continuar como eram?

— Aí nada mudaria e você não cresceria; ficaria com nove anos para sempre e nunca faria dez.

Ela limpa o nariz com o braço.

— Eu talvez não me importasse com isso.

— Aí você nunca aprenderia a dirigir, nem iria para a faculdade, nem compraria uma casa ou adotaria um monte de cachorros. Sei que você quer fazer todas essas coisas. Sei que você tem um espírito aventureiro, e ser criança pode atrapalhar isso, porque precisa pedir permissão para outras pessoas. Quando você for mais velha, vai poder fazer o que quiser sem ter que pedir para ninguém.

Suspirando, ela diz:

— É, isso é verdade.

Eu tiro o cabelo da testa dela.

— Quer que eu coloque um filme para vocês?

— De terror?

— Claro.

Ela está se animando, entrando no modo de negociação, como a pequena empresária que é.

— Tem que ser de adolescentes. Nada de coisa de criança.

— Tudo bem, mas, se vocês ficarem com medo, não vão dormir comigo no meu quarto. Na última vez, vocês não me deixaram dormir a noite toda. E, se algum pai ou mãe ligar para reclamar, vou dizer que vocês colocaram o filme sozinhas.

— Tudo bem.

Eu a vejo voar escada acima. Apesar de impossível, eu gosto dela do jeito que é. Não teria me importado se ficasse com nove anos para sempre. As preocupações de Kitty ainda são contornáveis; cabem na palma da minha mão. Gosto que ela ainda dependa de mim para fazer as coisas. As preocupações e as necessidades dela me fazem esquecer as minhas. Gosto de ser necessária, de ser reconhecida por alguém. O rompimento com Peter não é tão importante quanto Katherine Song Covey fazer dez anos. Ela cresceu como uma erva daninha, sem mãe, só duas irmãs e um pai. Não é pouca coisa. É extraordinário.

Dez anos, uau. Com dez anos não se é mais uma garotinha. É uma fase intermediária. A ideia dela ficando mais velha, deixando os brinquedos para trás, os kits de arte… me deixa um pouco melancólica. Crescer é mesmo agridoce.

Meu celular vibra, e é uma mensagem deplorável de papai:

`Posso descer? Estou morrendo de sede.`

`A barra está limpa.`

`Registrado.`

# 47

Seguir Genevieve me provoca um sentimento estranho e familiar. Observações nada insignificantes voltam com tudo. É uma mistura inebriante das coisas que eu sabia sobre ela e as que não sei. Ela passa pelo drive-thru do Wendy's, e, sem nem precisar olhar, sei o que tem no saco. Um Frosty pequeno, uma batata pequena com molho e uma porção de seis nuggets, também com molho.

John e eu seguimos Genevieve pela cidade algum tempo, mas a perdemos em um sinal, então vamos para Belleview. Tenho uma reunião da festa USO. Com a festa tão próxima, estamos redobrando os esforços para ter tudo pronto na hora. Belleview se tornou meu consolo, meu porto seguro no meio disso tudo. Em parte porque Genevieve não sabe que trabalho lá como voluntária, então não pode me vencer no jogo, mas também porque é o único lugar em que não vou dar de cara com ela e Peter, livres para fazerem o que quiserem agora que ele está solteiro de novo.

Começa a nevar logo no início da reunião. Todo mundo se amontoa nas janelas para olhar, balançando a cabeça e dizendo:

— Neve em abril! Dá para acreditar?

Mas logo voltamos para a decoração da festa. John ajuda com a faixa.

Quando terminamos, há alguns centímetros de neve no chão, e a neve já virou gelo.

— Johnny, você não pode dirigir com esse tempo. Eu o proíbo — fala Stormy.

— Vovó, vai ficar tudo bem — diz John. — Sou um bom motorista.

Stormy dá um tapa ardido no braço dele.

— Já falei para você não me chamar de vovó! Só Stormy. A resposta é não. Está decidido. Vocês dois vão dormir em Belleview hoje. É perigoso demais. — Ela me olha com severidade. — Lara Jean, ligue para o seu pai agora mesmo e diga que não permito que vocês saiam com esse tempo.

— Ele pode vir nos buscar — sugiro.

— E fazer aquele pobre viúvo sofrer um acidente de carro no caminho? Não. Não aceito. Me dê seu celular. Eu ligo para ele.

— Mas... tem aula amanhã.

— Foi cancelada — diz Stormy com um sorriso. — Acabaram de anunciar na tevê.

Eu protesto.

— Não estou com nenhuma das minhas coisas! Escova de dentes, pijama, nada!

Ela passa o braço pelos meus ombros.

— Relaxe e deixe Stormy cuidar de tudo. Não encha essa cabecinha com preocupações.

Foi assim que John Ambrose McClaren e eu passamos a noite juntos em um lar para idosos.

Uma tempestade de neve em abril é uma coisa mágica. Mesmo sendo devido a mudanças climáticas. Algumas flores cor-de-rosa já surgiram no jardim em frente à janela da sala de Stormy, e a neve cai com força, da forma como Kitty joga açúcar de confeiteiro em panquecas, rápido e em muita quantidade. Em pouco tempo, não dá nem para ver as flores cor-de-rosa; está tudo coberto de branco.

Estamos jogando damas na sala de Stormy. John me venceu duas vezes e fica me perguntando se estou deixando ele ganhar. Sou reticente, mas a resposta é não, ele é só melhor do que eu. Stormy nos serve piña coladas que prepara no liquidificador com "um leve toque de rum para nos aquecer" e esquenta um pedaço de *spanakopita* congelada no micro-ondas, que nenhum de nós come. Está tocando Bing Crosby no aparelho de som. Às nove e meia, Stormy começa a bocejar e dizer que vai precisar do sono da beleza em breve. John e eu trocamos um olhar. Ainda está muito cedo, não lembro a última vez que fui dormir antes da meia-noite.

Stormy insiste para que eu fique com ela e John fique no quarto de hóspedes do sr. Morales. Consigo ver que John não curte muito a ideia, porque ele pergunta:

— Não posso só dormir no chão com vocês?

Fico surpresa quando Stormy balança a cabeça.

— Não acho que o pai da Lara Jean ia gostar disso!

— Acho que meu pai não se importaria, Stormy — digo. — Posso ligar para ele, se quiser.

Mas a resposta é um não firme e ressoante. John vai dormir com o sr. Morales. Para uma senhora que está sempre me dizendo para fazer loucuras e viver aventuras e levar camisinha, ela é bem mais careta do que eu imaginava.

Stormy entrega uma toalha de rosto para John e um par de protetores de ouvido de espuma.

— O sr. Morales ronca — diz ela ao dar um beijo de boa-noite no neto.

John ergue uma sobrancelha.

— Como você sabe?

— Você não vai querer saber!

Ela sai andando para a cozinha como a grande dama que é.

— Quer saber? Não quero mesmo — diz John, em voz baixa.

Mordo a parte interna da bochecha para não rir.

— Coloque seu celular para vibrar — pede John antes de se afastar. — Vou mandar uma mensagem para você.

***

Ouço os roncos de Stormy e o chiado dos flocos de neve batendo na vidraça. Fico me embolando no saco de dormir de Stormy, morrendo de calor, desejando que ela não tivesse colocado o aquecimento tão forte. Os idosos estão sempre reclamando do frio em Belleview, que o aquecimento é "deplorável", como Danny do prédio Azalea sempre diz. Para mim, parece bem quente. A camisola de cetim pêssego de gola alta que Stormy insistiu que eu usasse não está ajudando. Estou deitada de lado, jogando Candy Crush no celular, querendo que John se apresse.

`Você quer brincar na neve?`

Eu respondo na mesma hora:

`QUERO! Está muito quente aqui.`

`Nos encontramos no corredor em dois minutos?`

`Tá.`

Eu me levanto tão rápido do saco de dormir que quase tropeço. Uso a luz do celular para encontrar o casaco e as botas. Stormy está roncando profundamente. Não consigo encontrar o cachecol, mas não quero deixar John esperando, então decido ir sem ele.

Ele já está no corredor. O cabelo está bagunçado atrás, e, baseada apenas nisso, penso que poderia me apaixonar por ele, se me permitisse. Quando John me vê, estica os braços e canta:

— Você quer brincar na neve?

Eu gargalho tão alto que John diz:

— Shhh, você vai acordar os residentes!

Isso só me faz rir mais.

— São só dez e meia!

Corremos pelo corredor acarpetado, nós dois rindo o mais baixo que conseguimos. Mas quanto mais você tenta parar de rir, mais difícil é.

— Não consigo parar — digo, arfando, enquanto corremos pelas portas deslizantes até o pátio.

Estamos sem fôlego; nós dois paramos de repente.

O chão está coberto de uma camada de neve branca grossa, como lã de carneiro. A cena é tão linda e serena que meu coração quase dói com o prazer do momento. Estou tão feliz, e percebo que é porque não pensei em Peter nem uma vez. Eu me viro para olhar para John, e ele já está me olhando com um meio sorriso no rosto. Borboletas voam em meu estômago.

Eu giro em círculos e canto:

— Você quer brincar na neve?

E nós dois começamos a rir de novo.

— Você vai nos fazer ser expulsos! — avisa ele.

Eu seguro as mãos de John e o faço girar comigo o mais rápido que consigo.

— Pare de agir como se morasse em um lar para idosos, seu velho! — grito.

Ele solta minha mão, e nós dois caímos. Ele pega um punhado de neve no chão e começa a fazer uma bola.

— Velho, é? Vou te mostrar o velho!

Saio correndo para longe dele, escorregando e derrapando na neve.

— Não ouse, John Ambrose McClaren!

Ele corre atrás de mim, rindo e ofegante. Consegue me pegar pela cintura e levanta o braço como se fosse jogar a bola dentro do meu casaco, mas no último segundo me solta. Seus olhos estão arregalados.

— Ah, meu Deus. Você está usando uma das camisolas da minha avó por baixo do casaco?

Rindo, digo:

— Quer ver? É muito sexy. — Começo a abrir o casaco. — Espere, vire de costas primeiro.

John balança a cabeça.

— Isso é muito esquisito.

Mas obedece. Assim que ele vira de costas, eu pego um punhado de neve, faço uma bola e escondo a mão no bolso do casaco.

— Tudo bem, pode virar.

John vira, e jogo a bola na cabeça dele. Acerto bem no olho.

— Ai! — grita ele, limpando com a manga do casaco.

Eu ofego e me aproximo dele.

— Ah, meu Deus. Desculpa. Você está bem…

John já está pegando mais neve e jogando para cima de mim. E assim começa nossa guerra de bolas de neve. Corremos atrás um do outro, e acerto uma bola nele de novo, agora nas costas. Fazemos uma trégua quando eu quase escorrego e caio de bunda no chão. Por sorte, John me pega bem a tempo. Ele não solta logo. Ficamos nos olhando alguns segundos, o braço dele ainda ao redor da minha cintura. Tem um floco de neve nos cílios dele:

— Se eu não soubesse que você ainda está a fim do Kavinsky, eu te beijaria agora — diz ele.

Eu tremo. Até Peter, a coisa mais romântica que havia acontecido comigo tinha sido com John Ambrose McClaren, na chuva, com as bolas de futebol. Agora, isso. Como é estranho eu nunca nem ter saído com John e ele estar em dois dos meus momentos mais românticos.

John me solta.

— Você está congelando. Vamos voltar lá pra dentro.

Seguimos para a sala no andar de Stormy para descansar e descongelar. Só tem um abajur aceso, então tudo está escuro e silencioso. Parece que todos os residentes estão dormindo. É estranho estar ali sem Stormy e as outras pessoas, como estar na escola à noite. Nós nos sentamos no sofá elegante estilo francês, e tiro as botas para esquentar os pés. Mexo os dedos para recuperar a sensação.

— Pena que não podemos acender o fogo — diz John, espreguiçando os braços e olhando para a lareira.

— Pois é, é falsa. Deve haver alguma lei que proíba lareiras em lares para idosos, aposto que…

Minha voz morre quando vejo Stormy usando um quimono de seda saindo nas pontas dos pés do seu apartamento e seguindo pelo corredor. Para o apartamento do sr. Morales. Ah, meu Deus.

— O quê? — pergunta John, e coloco a mão sobre a boca dele. Desço do sofá e deslizo até o chão. Eu o puxo comigo. Ficamos abaixados até eu ouvir a porta bater. Ele sussurra: — Que foi? O que você viu?

Eu me endireito e sussurro:

— Não sei se você vai querer saber.

— Caramba. O quê? Me conta.

— Vi Stormy, usando um quimono vermelho, se esgueirando para o apartamento do sr. Morales.

John engasga.

— Ah, meu Deus. Isso é…

Olho para ele, solidária.

— Eu sei. Desculpe.

Ele balança a cabeça e se encosta no sofá, as pernas esticadas à frente.

— Uau. Que intenso. Minha bisavó tem a vida sexual bem mais ativa do que a minha.

Não consigo resistir à pergunta:

— Então… quer dizer que você não transou com muitas garotas? — Rapidamente, acrescento: — Desculpa, sou uma pessoa muito curiosa. — Eu coço a bochecha. — Algumas pessoas podem dizer que sou xereta. Não precisa responder se não quiser.

— Não, eu respondo. Nunca transei com ninguém.

— Sério?!

Eu não consigo acreditar. Como pode?

— Por que você está tão chocada?

— Não sei, pensei que todos os garotos fizessem.

— Bem, só tive uma namorada, e ela era muito religiosa, então nunca fizemos, o que não foi um problema. De qualquer modo, acredite, nem todos os garotos já transaram. Eu diria que a maioria não fez. — John faz uma pausa. — E você?

— Eu também nunca fiz.

Ele franze a testa, confuso.

— Espere, achei que você e Kavinsky…

— Não. Por que acharia isso? — Ah. O vídeo. Eu engulo em seco. Achei que ele pudesse ser a única pessoa que não viu. — Então você viu o vídeo do ofurô, não é?

John hesita.

— É. Eu não sabia que era você, não até a festa da cápsula do tempo, quando soube que vocês estavam juntos. Uns caras me mostraram na escola, mas não prestei muita atenção.

— Só estávamos nos beijando — digo, baixando a cabeça. — Eu queria que você não tivesse visto.

— Por quê? Sinceramente, não importa nem um pouco para mim.

— Acho que eu gostava da ideia de você me olhando do mesmo jeito. Sinto que as pessoas me veem de uma forma diferente agora, mas você ainda pensava em mim como a velha Lara Jean. Entende o que quero dizer?

— É *assim* que eu vejo você — diz John. — Você ainda é a mesma para mim. Sempre vou ver você assim, Lara Jean.

As palavras dele, o jeito como me olha, tudo isso me deixa quente por dentro, brilhante, até meus dedos dos pés congelados. Quero que ele me beije. Quero ver se é diferente de Peter, se vai fazer a dor diminuir. Se vai me fazer esquecê-lo, só por um tempo. Mas acho que ele sentiu, sentiu que Peter está em algum lugar aqui conosco, nos meus pensamentos, que não seríamos só ele e eu, porque nem se mexe.

O que John faz é uma pergunta.

— Por que você sempre me chama pelo nome completo?

— Não sei. Acho que é assim que penso em você na minha cabeça.

— Ah, então você pensa muito em mim?

Eu dou uma gargalhada.

— Não, estou dizendo que quando penso em você, o que não acontece com frequência, é assim que penso. No primeiro dia de aula, sempre tenho que explicar para os professores que Lara Jean é meu primeiro nome, não só Lara. E lembra que o sr. Chudney começou a chamar você de John Ambrose por causa disso? "Sr. John Ambrose."

Com um sotaque inglês esnobe, John diz:

— Sr. John Ambrose McClaren Terceiro, senhora.

Eu dou uma risada. Nunca conheci um terceiro.

— É verdade?

— Sim. É irritante. Meu pai é Júnior, então é JJ, mas minha família ainda me chama de Pequeno John. — Ele faz uma careta. — Prefiro ser John Ambrose a Pequeno John. Parece nome de rapper ou aquele cara de *Robin Hood*.

— Sua família é tão chique.

Eu só via a mãe de John quando ela ia buscá-lo. Ela parecia mais nova do que as outras mães, tinha a mesma pele leitosa do filho e o cabelo comprido cor de palha.

— Você que pensa. Minha família não é nem um pouco chique. Minha mãe fez gelatina ontem de sobremesa. E meu pai só come carne bem passada. Só viajamos de férias para lugares aonde podemos ir de carro.

— Achei que sua família era meio… bem, rica. — Sinto vergonha na mesma hora por dizer "rica". É meio ridículo falar do dinheiro dos outros.

— Meu pai é muito pão duro. A empresa de construção dele é bem-sucedida, mas ele se orgulha de ter conquistado tudo sozinho. Ele não fez faculdade, nem meus avós. Minhas irmãs foram as primeiras na nossa família.

— Eu não sabia essas coisas sobre você — digo.

São tantas coisas novas que estou aprendendo sobre John Ambrose McClaren!

— Agora é sua vez de me contar algo que não sei sobre você.

Eu dou uma gargalhada.

— Você já sabe mais do que a maioria das pessoas. Minha carta de amor cuidou disso.

Na manhã seguinte, espirro quando estou colocando o casaco, e Stormy ergue uma sobrancelha desenhada a lápis.

— Pegou um resfriado quando estava brincando na neve com Johnny ontem?

Eu me remexo, desconfortável. Estava torcendo para ela não tocar no assunto. A última coisa que quero fazer é discutir seu encontro na madrugada com o sr. Morales! Vimos Stormy voltar para o apartamento dela e esperamos mais meia hora antes de John voltar para o apartamento do sr. Morales. Com a voz fraca, digo:

— Desculpe por termos saído escondidos. Estava cedo e não conseguimos dormir, então pensamos em brincar na neve.

Stormy balança a mão.

— É exatamente o que eu torcia para acontecer. — Ela pisca para mim. — Foi por isso que fiz Johnny ficar com o sr. Morales. Qual é a diversão se não houver obstáculos para dificultar as coisas?

Impressionada, digo:

— Você é tão esperta!

— Obrigada, querida. — Ela está bem satisfeita consigo mesma. — Sabe, ele seria um ótimo primeiro marido, o meu Johnny. Vocês ao menos deram uns amassos?

Meu rosto fica quente.

— Não!

— Pode me contar, querida.

— Stormy, nós não nos beijamos, mas, mesmo que tivéssemos nos beijado, eu não discutiria isso com você.

Stormy levanta o nariz fino de forma arrogante.

— Ah, que egoísta de sua parte.

— Tenho que ir, Stormy. Meu pai está me esperando lá fora. Tchau!

Quando saio correndo pela porta, ela grita:

— Não se preocupe, eu vou arrancar tudo de Johnny! Vejo vocês dois na festa, Lara Jean!

Quando saio, o sol está brilhando com força e boa parte da neve já derreteu. É quase como se a noite de ontem tivesse sido um sonho.

# 48

Na noite anterior à festa USO, ligo para Chris no viva-voz, pois estou enrolando uma bolinha de massa de biscoito amanteigado em açúcar.

— Chris, posso pegar seu pôster de Rosie, a Rebitadeira, emprestado?

— Pode, mas para que você quer?

— Para a festa USO dos anos 1940 que vou dar em Belleview…

— Pode parar, já estou entediada. Meu Deus, você só fala desse lugar!

— É meu trabalho!

— Ah, será que devo arrumar um trabalho?

Eu reviro os olhos. Toda conversa que temos sempre se volta para Chris e suas preocupações.

— Ei, falando em trabalhos divertidos: o que você acha de ser a vendedora de charutos da festa? Você pode usar uma roupa fofa com chapeuzinho.

— Charutos de verdade?

— Não, de chocolate. Charuto faz mal para os idosos.

— Vai ter birita?

Estou prestes a dizer que sim, mas só para os residentes, mas penso melhor.

— Acho que não. Pode ser uma combinação perigosa com os medicamentos e andadores.

— Quando é mesmo?

— Amanhã.

— Ah, desculpa. Não posso abrir mão de uma sexta à noite para ir a uma festa em um asilo. Alguma coisa melhor com certeza vai aparecer na sexta. Se fosse na terça, talvez. Você não pode mudar a data para terça que vem?

— Não! Você pode levar o pôster para a escola amanhã?

— Posso, mas você tem que me mandar uma mensagem me lembrando.

— Ok.

Eu sopro o cabelo do rosto e começo a cortar a massa de biscoito. Ainda tenho que cortar cenoura e aipo para os legumes crus e colocar o merengue no saco de confeiteiro. Vou fazer suspiro com listras vermelhas, brancas e azuis, mas estou com medo de as cores se misturarem. Ah, bem. Se isso acontecer, as pessoas vão ter que comer suspiros roxos. Há coisas piores no mundo. Falando em coisas piores…

— Você teve alguma notícia da Gen? Ando tomando cuidado, mas parece que ela nem está jogando.

Há silêncio do outro lado da linha.

— Ela deve estar ocupada demais fazendo vodu sexual com Peter — digo, torcendo para Chris dizer alguma coisa. Ela sempre é a primeira da fila para reclamar da prima.

Mas ela não fala nada. Só diz:

— Tenho que ir, minha mãe está me enchendo o saco para levar o cachorro para passear.

— Não esqueça o pôster!

# 49

Depois da aula, Kitty e eu montamos acampamento na cozinha, onde a luz é melhor. Pego minhas caixas de som e coloco The Andrews Sisters para entrarmos no clima. Kitty abre uma toalha e espalha toda a minha maquiagem, grampos e spray de cabelo na mesa.

Levanto um pacote de cílios postiços.

— Onde você arrumou isso?

— Brielle roubou da irmã e me deu um pacote.

— Kitty!

— Ela nem vai reparar. Tem um monte!

— Não é certo pegar as coisas das pessoas.

— Eu não peguei. Brielle pegou. Não posso devolver agora. Você quer que eu coloque em você ou não?

Hesito.

— Você sabe fazer isso?

— Sei, vi a irmã dela colocar várias vezes. — Kitty pega os cílios da minha mão. — Se não quiser usar, tudo bem. Guardo pra mim.

— Bem… tudo bem, então. Mas não roube mais. — Eu franzo a testa. — Ei, vocês já pegaram coisas minhas?

Pensando bem, não vejo meu gorro de tricô com orelhinhas de gato há meses.

— Shhh, chega de papo — diz ela.

O cabelo é a parte mais demorada. Kitty e eu vimos um monte de tutoriais na internet para descobrir a logística de fazer penteados vintage. Há muito secador, rolinhos e laquê envolvidos. E grampos. Muitos grampos.

Eu me olho no espelho.

— Você não acha que este penteado parece meio… severo?

— O que você quer dizer com "severo"?

— Parece que tem um pão doce no alto da minha cabeça!

Kitty enfia o iPad na minha cara.

— É, o dessa garota também. Esse é o visual. Tem que ser autêntico. Se mudarmos alguma coisa, não vai ficar fiel ao tema e ninguém vai entender o que você tentou fazer. — Estou assentindo lentamente; ela tem razão. — Além do mais, vou até a casa da sra. Rothschild para treinar Jamie. Não tenho tempo para começar tudo de novo.

Na boca, conseguimos o tom perfeito de cereja com dois batons vermelhos diferentes e um pó rosa para finalizar. Parece que beijei uma torta de cereja.

Estou secando os lábios quando Kitty diz:

— Aquele menino do rostinho bonito, John Amber McAndrews, vem te buscar ou você vai encontrá-lo em Belleview?

Balanço meu lenço na cara dela em aviso.

— Ele vem me buscar, e é melhor você ser gentil. E John não é só um rostinho bonito.

— Ele é em comparação a Peter — diz Kitty.

— Vamos ser sinceras. Os dois são rostinhos bonitos. Peter não tem tatuagem nem é cheio de músculos. Na verdade, ele é muito vaidoso.

Nunca passávamos por uma janela ou um espelho sem que Peter se olhasse.

— Bem, John é vaidoso?

— Não, acho que não.

— Hum.

— Kitty, isso não é uma competição. Não importa quem é o mais bonito.

Ela continua falando como se não tivesse me ouvido.

— Peter tem um carro bem mais legal. O que o Johnny dirige, um utilitário chato? Quem liga para um utilitário? Eles só bebem gasolina.

— Para ser justa, acho que é um híbrido.

— Você gosta de defendê-lo.

— Ele é meu amigo!

— Bem, Peter é meu amigo — responde ela.

Vestir a roupa é um processo intrincado, e eu aprecio cada etapa. É tudo cheio de expectativa e esperança para a noite. Coloco a meia-calça com costura atrás bem devagar, para não puxar fio. Demoro uma eternidade para alinhar a costura na parte de trás da minha perna. Depois, o vestido, azul-marinho com raminhos brancos e azevinho vermelho e sem mangas. Por fim, os sapatos. Saltos vermelhos com um laço na frente e tiras nos tornozelos.

Juntando tudo, o visual fica ótimo, e tenho que admitir que Kitty estava certa quanto ao penteado. Qualquer outra opção não seria suficiente.

Quando estou saindo, papai repete várias vezes o quanto estou linda e tira um milhão de fotos, que na mesma hora manda para Margot. Ela faz uma chamada de vídeo para poder me ver antes de eu sair.

— Tire uma foto com Stormy — pede Margot. — Quero ver que roupa sexy ela está usando.

— Na verdade, nem é tão sexy — falo. — Ela mesma costurou a partir de um molde de vestido de 1940.

— Tenho certeza de que ela vai encontrar um jeito de torná-lo sexy — diz Margot. — O que John McClaren vai usar?

— Não faço ideia. Ele diz que é surpresa.

— Hum… — diz ela. É um *hum* muito sugestivo, o que ignoro.

Papai está tirando uma última foto minha na varanda da frente quando a sra. Rothschild se aproxima.

— Você está linda, Lara Jean.

— Está mesmo, não é? — diz papai com carinho.

— Deus, eu amo os anos 1940.

— Você viu o documentário de Ken Burns, *The War*? — pergunta papai a ela. — Se tiver algum interesse na Segunda Guerra Mundial, é obrigatório.

— Vocês deviam ver juntos — sugere Kitty, e a sra. Rothschild lhe lança um olhar de advertência.

— Você tem o DVD? — pergunta ela para papai. Kitty está cintilando de empolgação.

— Claro, pode pegar emprestado quando quiser — responde papai, distraído, como sempre, e Kitty faz cara feia, depois fica de queixo caído.

Eu me viro para ver o que ela está olhando, e é um Mustang conversível vermelho descendo nossa rua, com a capota abaixada e John McClaren ao volante.

Meu queixo também cai quando o vejo. Ele está de uniforme completo: camisa marrom-clara com gravata, calça, cinto e chapéu da mesma cor. O cabelo está repartido de lado. Ele está lindo, parece um soldado de verdade. Ele sorri para mim e acena.

— Uau — sussurro.

— Uau mesmo — diz a sra. Rothschild, com os olhos arregalados ao meu lado.

Papai e o DVD de Ken Burns foram esquecidos; estamos todos olhando para John de uniforme naquele carro. Ele parece saído de um sonho.

John para o carro na frente da nossa casa, e todos vamos correndo até ele.

— De quem é esse carro? — pergunta Kitty.

— É do meu pai — responde John. — Peguei emprestado. Mas tive que prometer que iria estacionar bem longe de qualquer outro carro, então espero que seus sapatos sejam confortáveis, Lara Jean… — Ele para de falar e me olha de cima a baixo. — Uau. Você está linda. — Ele aponta para meu cabelo. — Seu cabelo está tão… real.

— É real!

Toco no coque com cuidado, subitamente com vergonha do penteado e do batom vermelho.

— Eu sei. Eu quis dizer que parece autêntico.

— Você também — digo.

— Posso me sentar nele? — intromete-se Kitty, já com a mão na porta do carona.

— Claro. — John sai do carro. — Mas não prefere se sentar no banco do motorista?

Ela assente. A sra. Rothschild também entra, e papai tira uma foto das duas juntas. Kitty faz uma pose segurando o volante.

John e eu ficamos de lado, e eu pergunto para ele:

— Onde você conseguiu esse uniforme?

— Encomendei pelo eBay. — Ele franze a testa. — Estou usando o chapéu certo? Você acha pequeno demais para a minha cabeça?

— De jeito nenhum. Acho que está exatamente como é para ficar. — Fico tocada por ele ter se dado o trabalho de encomendar um uniforme para isso. Não consigo pensar em muitos garotos que fariam isso. — Stormy vai surtar quando vir você.

Ele observa meu rosto.

— E você? Gostou?

Eu fico vermelha.

— Gostei. Acho que você está... demais.

Acontece que Margot, como sempre, está certa. Stormy encurtou a barra do vestido. Está bem acima do joelho.

— Ainda tenho pernas lindas — gaba-se, girando. — Minha melhor qualidade, de tanto que montei a cavalo quando garota.

Ela está exibindo um pouco de decote também.

Um homem de cabelo grisalho que veio na van de Ferncliff está olhando para ela com apreciação, e Stormy finge não reparar, o tempo todo batendo os cílios e com uma das mãos no quadril. Ele deve ser o homem bonito que ela mencionou.

Tiro uma foto dela ao piano e mando na hora para Margot, que responde com uma carinha feliz e dois sinais de positivo.

Estou arrumando o centro de mesa de bandeira americana e vendo John puxar uma mesa para o meio da sala a pedido de Stormy quando Alicia para ao meu lado, e nós duas ficamos olhando.

— Você devia sair com ele.

— Alicia, já disse, acabei de terminar um namoro — sussurro. Não consigo tirar os olhos dele com aquele uniforme e cabelo partido de lado.

— Ah, comece um novo. A vida é curta.

Pela primeira vez, Alicia e Stormy concordam em alguma coisa.

Stormy está ajeitando a gravata de John e o chapeuzinho. Ela até lambe o dedo e tenta ajeitar o cabelo dele, mas ele desvia. Nossos olhares se encontram, e John faz uma cara suplicante que diz *Me ajude.*

— Salve-o — diz Alicia. — Eu arrumo a mesa. Minha exposição de campo de concentração já está pronta.

Ela a colocou perto da porta, para que seja a primeira coisa a ser vista quando as pessoas entrarem.

Vou depressa até John e Stormy. Ela sorri para mim.

— Ela não parece uma *boneca*? — E sai andando.

Com rosto sério, John diz:

— Lara Jean, você parece uma *boneca*.

Dou uma risada e levo a mão à cabeça.

— Uma boneca com cabelo de pão doce.

As pessoas estão começando a chegar, apesar de ainda não ser nem sete horas. Já percebi que os idosos, de modo geral, tendem a aparecer mais cedo para as coisas. Ainda tenho que colocar a música. Stormy diz que, quando se organiza uma festa, a música é a primeira coisa a ser preparada, porque dá o clima assim que seus convidados entram. Consigo sentir meus nervos começarem a vibrar. Ainda tenho tanta coisa para fazer.

— É melhor eu terminar a arrumação.

— Me diga o que precisa ser feito — pede John. — Sou seu braço direito nesse arrasta-pé. As pessoas diziam "arrasta-pé" nos anos 1940?

Eu dou uma gargalhada.

— Provavelmente! — Depressa, completo: — Tudo bem, você pode ligar os alto-falantes e meu iPod? Estão na bolsa perto da mesa de bebidas. E pode buscar a sra. Taylor no 5A? Prometi mandar um acompanhante.

John bate continência e sai andando. Arrepios sobem pela minha espinha como água com gás.

Esta noite vai ser inesquecível!

O baile começou há uma hora e meia, e Crystal Clemons, uma senhora do andar de Stormy, está dando uma aula de swing. É claro que Stormy está na frente, dançando à beça. Estou acompanhando da mesa de bebidas: um-dois, três-quatro, cinco-seis. No começo, dancei com o sr. Morales, mas só uma vez, porque as mulheres estavam me olhando de cara feia por tirar um homem solteiro e saudável da roda. Homens são mercadoria escassa em lares para idosos, então não há parceiros de dança suficientes, nem chega à metade do número de mulheres. Ouvi algumas delas sussurrando que é grosseiro um cavalheiro não dançar quando há damas sem parceiro enquanto olhavam diretamente para o pobre John.

John está de pé na outra ponta da mesa, bebendo Coca-Cola e balançando a cabeça no ritmo da música. Andei tanto de um lado para outro resolvendo tudo que mal tivemos tempo de conversar. Eu me inclino sobre a mesa e grito:

— Está se divertindo?

Ele assente. E, de repente, bate com o copo na mesa, com tanta força que a mesa sacode e eu dou um pulo.

— Muito bem — diz ele. — É tudo ou nada. O dia D.

— O quê?

—Vamos dançar.

— Não precisamos dançar se você não quiser, John — digo com timidez.

— Não, eu quero. Não tive aula de swing com Stormy para nada.

Eu arregalo os olhos.

— Quando você teve aula de swing com Stormy?

— Não se preocupe com isso — pede ele. — Só dance comigo.

— Bem... você tem algum vale-guerra? — brinco.

John tira um do bolso da calça e o coloca na mesa de bebidas com um tapa. Em seguida, pega minha mão e me leva para o centro da pista de dança, como um soldado indo para o campo de batalha. Ele está sério e concentrado. Faz sinal para o sr. Morales, que está cuidando da música porque é o único que sabe mexer no meu celular. "In the Mood", de Glenn Miller, começa a tocar nos alto-falantes.

John assente, determinado.

—Vamos nessa.

E começamos a dançar. Para a frente, para o lado, juntos, para o lado, de novo. Rock-step, um-dois-três, um-dois-três. Pisamos nos pés um do outro um milhão de vezes, mas estamos dançando e ele me gira, e nossos rostos estão corados, e estamos rindo. Quando a música acaba, ele me puxa e me joga para trás uma última vez. Todo mundo aplaude. O sr. Morales grita:

—Viva a juventude!

John me levanta e me joga no ar como se fôssemos patinadores no gelo, e as pessoas vibram. Estou sorrindo tanto que meu rosto parece que vai quebrar.

Depois, John me ajuda a tirar todos os enfeites e a arrumar tudo. Ele vai para o estacionamento com duas caixas grandes, e fico para trás para me despedir de todos e verificar se pegamos tudo. Ainda estou empolgada. A festa foi tão boa, e Janette ficou muito satisfeita. Ela se aproximou, apertou meus ombros e disse: "Estou orgulhosa de você, Lara Jean."

Além disso, a dança com John... A garota de treze anos que eu fui teria *morrido*. A de dezesseis está flutuando pelo corredor do lar para idosos, e parece que estou em um sonho.

Estou flutuando para a saída quando vejo Genevieve e Peter se aproximando, ela de braços dados com ele, e parece que estamos em uma máquina do tempo e o último ano não aconteceu. Que *nós* nunca acontecemos.

Eles estão se aproximando. Agora, estão a uns três metros, e estou paralisada. Não há jeito de fugir dessa humilhação? De perder de novo? Fiquei tão empolgada com a festa e com John que esqueci o jogo. Quais são minhas opções? Se eu der meia-volta e sair correndo para Belleview, ela vai ficar me esperando no estacionamento a noite toda. De repente, sou um coelho debaixo da pata dela de novo. E, como sempre, ela vence.

É tarde demais. Eles me viram. Peter solta o braço de Genevieve.

— O que você está fazendo aqui? — pergunta. — E por que está toda maquiada? — Ele indica meus olhos, meus lábios.

Minhas bochechas ficam quentes. Ignoro o comentário sobre a maquiagem e respondo:

— Eu trabalho aqui, lembra? Sei por que você está aqui, Genevieve. Peter, muito obrigada por ajudá-la a me tirar do jogo. Você foi uma ajuda e tanto.

— Covey, eu não vim aqui para ajudar Gen a vencer. Eu nem sabia que você estaria aqui. Já falei que não estou nem aí para esse jogo! — Ele se vira para Genevieve e diz com voz acusatória: — Você disse que precisava pegar uma coisa com uma amiga da sua avó.

— Preciso mesmo — responde ela. — Que coincidência incrível. Acho que ganhei, não é?

Ela é tão arrogante, tão segura da vitória.

— Você ainda não me tirou do jogo.

Devo tentar correr de volta para dentro? Stormy me deixaria passar a noite lá se necessário.

Nesse momento, o Mustang conversível de John aparece rugindo no estacionamento.

— Oi, pessoal — cumprimenta ele, e Peter e Gen ficam boquiabertos. Só nessa hora é que penso no quanto devemos parecer estranhos juntos, John com o uniforme da Segunda Guerra Mundial e um chapeuzinho e eu com o penteado vintage e batom vermelho.

Peter olha para ele.

— O que *você* está fazendo aqui?

— Minha bisavó mora aqui — diz John em tom jovial. — Stormy. Você deve ter ouvido falar dela. É amiga da Lara Jean.

— Tenho certeza de que ele não vai se lembrar — digo.

Peter franze a testa para mim, e sei que não se lembra mesmo. É a cara dele.

— Qual é a das roupas? — pergunta ele, mal-humorado.

— Festa USO — diz John. — Muito exclusiva. Precisa de convite. Desculpa, pessoal.

Ele tira o chapéu para eles, e percebo que Peter fica louco de raiva, o que, por sua vez, me deixa feliz.

— Que diabos é uma festa USO? — pergunta Peter para mim.

John apoia o braço no banco do carona com opulência.

— É da Segunda Guerra Mundial.

— Não perguntei para você, perguntei para ela — dispara Peter, ríspido. Ele olha para mim com uma expressão séria. — Isso é um *encontro*? Você saiu em um *encontro* com ele? E de quem é esse carro?

Antes que eu possa responder, Genevieve parte para cima de mim, mas desvio dela. Corro para trás de uma pilastra.

— Não seja infantil, Lara Jean — diz ela. — Aceite que perdeu e eu venci!

Espio por trás da pilastra, e John está me olhando com intensidade. *Entre.* Assinto depressa. Ele abre a porta do carro, e saio correndo o mais rápido que consigo. Mal fechei a porta quando ele dispara, deixando Peter e Gen comendo poeira.

Eu me viro para trás. Peter está nos olhando, boquiaberto. Está com ciúmes, e fico feliz.

— Obrigada por me salvar — digo, ainda tentando recuperar o fôlego. Meu coração está batendo com força.

John está olhando para a frente com um sorriso largo no rosto.

— Disponha.

Paramos em um sinal. John olha para mim, e eu olho para ele, e começamos a rir como loucos, e fico sem ar de novo.

— Você viu a cara deles? — pergunta John, ofegante, encostando a cabeça no volante.

— Foi clássico!

— Como num filme!

Ele sorri para mim, em júbilo, com os olhos azuis brilhando.

— Como num filme — concordo, encostando a cabeça no banco e abrindo bem os olhos para a lua, tanto que dói.

Estou em um Mustang vermelho conversível ao lado de um garoto de uniforme, o ar noturno parece cetim na minha pele, todas as estrelas estão brilhando, e estou feliz. Pelo jeito como John ainda está sorrindo, sei que ele também está. Pudemos brincar de faz de conta esta noite. Esquecer Peter e Genevieve. O sinal fica verde, e levanto os braços.

— Acelera, Johnny! — grito, e ele pisa no acelerador e eu solto um berro.

Vamos rápido por um tempo, e no sinal seguinte ele desacelera e me puxa para perto.

— Não era assim que faziam nos anos 1950? — pergunta ele, com uma das mãos no volante e a outra nos meus ombros.

Meu coração acelera de novo.

— Tecnicamente, estamos vestidos como nos anos 1940…

E então, ele me beija. Os lábios são quentes e firmes nos meus, e eu fecho os olhos.

Quando John se afasta um pouco, olha para mim e diz, meio brincando, meio sério:

— Melhor do que a primeira vez?

Estou atordoada. Ele está com o rosto sujo de batom agora. Levanto a mão e limpo os lábios dele. O sinal fica verde. Não nos mexemos. Ele ainda está me olhando. Alguém buzina atrás de nós.

— O sinal está verde.

Ele fica parado; ainda está me olhando.

— Responda primeiro.

— Melhor. — John pisa no acelerador, e estamos em movimento de novo. Ainda estou sem ar. Ao vento, grito: — Um dia, quero ver você fazer um discurso do Projeto das Nações Unidas!

John ri.

— O quê? Por quê?

— Acho que seria legal de ver. Aposto que você seria… grandioso. De todos nós, acho que você foi quem mais mudou.

— Como?

— Você era quieto. Na sua. Agora, é tão confiante.

— Eu ainda fico nervoso, Lara Jean.

John está com o cabelo amassado. Tem uma mecha que não fica no lugar, é teimosa. É isso, mais do que qualquer outra coisa, que me faz sentir um aperto no coração.

# 50

Depois que John me deixa em casa, corro até o outro lado da rua para buscar Kitty na casa da sra. Rothschild. Ela me convida para tomar uma xícara de chá. Kitty está dormindo no sofá com a tevê ligada em volume baixo. Sentamos no outro sofá com xícaras de Lady Grey, e ela pergunta como foi a festa. Talvez seja por eu ainda estar empolgada, ou talvez sejam os grampos muito apertados na minha cabeça que me deixam tonta, ou pode ser pela forma como os olhos dela se iluminam de interesse genuíno quando começo a falar, mas acabo contando tudo. A dança com John, como todo mundo nos aplaudiu, Peter e Genevieve e até o beijo.

Ela começa a se abanar quando conto do beijo.

— Quando aquele garoto apareceu de uniforme… Ah, garota. — Ela assobia. — Eu me senti uma velha tarada, porque eu o conhecia desde pequeno. Mas, *meu Deus do Céu*, ele está lindo!

Dou uma risadinha enquanto tiro os grampos da cabeça. Ela se inclina e me ajuda. Meu penteado se solta, e o couro cabeludo lateja de alívio. É assim ter uma mãe? Conversar sobre garotos tarde da noite, tomando chá?

A voz da sra. Rothschild fica baixa e confidencial.

— A questão é a seguinte. Eis meu único conselho: você tem que se permitir estar totalmente presente em cada momento. Fique desperta em cada um deles, entende o que quero dizer? Vá com tudo e aproveite a experiência por completo.

— Então você não tem arrependimentos? Porque sempre foi com tudo?

— Ah, Deus, não. Eu tenho arrependimentos. — Ela dá uma gargalhada rouca, daquele tipo sexy que só fumantes e pessoas resfriadas conseguem dar. — Não sei por que estou aqui tentando dar conselhos. Sou divorciada, solteira e tenho quarenta anos. E dois. Quarenta e dois anos. O que sei sobre as coisas? É uma pergunta retórica, aliás. — Ela solta um suspiro cheio de saudade. — Sinto tanta falta dos cigarros.

— Kitty vai verificar seu hálito — aviso, e ela dá aquela gargalhada rouca de novo.

— Tenho medo de irritar essa menina.

— "Embora seja pequena, ela é feroz" — declamo. — Você está certa de ter medo, sra. Rothschild.

— Ah, meu Deus, Lara Jean, você pode me chamar de Trina? Sei que sou velha, mas não sou *tão* velha.

Eu hesito.

— Tudo bem. Trina... você gosta do meu pai?

Ela fica um pouco vermelha.

— Hã. É, acho que ele é um cara incrível.

— Para namorar?

— Bem, ele não faz muito meu tipo. Além do mais, não demonstrou nenhum interesse em particular por mim, então, ha-ha!

— Você deve saber que Kitty anda tentando juntar vocês dois. Se isso não for bem-vindo, posso fazer com que ela pare. — Então me corrijo: — Posso tentar fazer com que ela pare. Mas acho que ela deve estar tramando alguma coisa. Acho que você e meu pai combinam. Ele adora cozinhar e gosta de fazer fogueiras e não se importa de ir fazer compras no shopping, porque sempre leva um livro. E você, você parece divertida, espontânea e muito... tranquila.

Ela sorri para mim.

— Sou uma confusão, isso sim.

— Confusão pode ser uma coisa boa, principalmente para alguém como meu pai. Vale um encontro pelo menos, não acha? Qual é o mal em ver no que dá?

— Sair com vizinhos é complicado. E se não der certo e tivermos que viver em frente um do outro para sempre?

— É um pequeno risco inconsequente em comparação ao que poderia resultar disso. Se não der certo, é só vocês se cumprimentarem educadamente quando se virem e continuarem andando. Não é nada de mais. E sei que minha opinião é tendenciosa, mas meu pai vale a pena. Ele é o máximo.

— Ah, eu sei. Vejo vocês e penso: "Caramba, qualquer homem que consegue criar essas garotas tem que ser especial." Nunca vi um homem tão dedicado à família. Vocês três são o tesouro dele, sabe? E é assim que tem que ser. O relacionamento de uma garota com o pai é o relacionamento masculino mais importante da vida dela.

— E o relacionamento de uma garota com a mãe?

A sra. Rothschild inclina a cabeça enquanto pensa.

— É, eu diria que o relacionamento de uma garota com a mãe é o relacionamento feminino mais importante. Com a mãe ou com as irmãs. Você tem sorte de ter duas. Sei que você já sabe disso, melhor do que a maioria das pessoas, mas seus pais não vão estar sempre presentes. Se acontecer do jeito que deve ser, eles se vão primeiro. Mas suas irmãs vão ser suas pela vida toda.

— Você tem irmãs?

Ela assente, um leve sorriso se formando no rosto bronzeado.

— Tenho uma irmã mais velha, Jeanie. Não nos dávamos tão bem quanto vocês, mas, conforme envelhecemos, ela ficou cada vez mais parecida com nossa mãe.

Então, quando sinto muita saudade dela, vou visitar Jeanie e vejo o rosto da minha mãe de novo. — Ela franze o nariz. — Isso é esquisito?

— Não. Acho... lindo. — Eu hesito. — Às vezes, quando ouço a voz da Margot, como quando ela está no andar de baixo e nos chama para ir logo para o carro ou diz que o jantar está servido, às vezes parece tanto com a voz da minha mãe que me engano. Só por um segundo. — Lágrimas surgem nos meus olhos.

A sra. Rothschild também está com lágrimas nos olhos.

— Acho que uma garota nunca supera a perda da mãe. Sou adulta e é normal e esperado que minha mãe esteja morta, mas ainda me sinto órfã às vezes. — Ela sorri para mim. — Mas não dá para fugir disso, certo? Quando se perde alguém e dói, é aí que a gente sabe que o amor era real.

Eu seco os olhos. Entre mim e Peter, o amor era real? Porque ainda dói, dói sim. Mas talvez seja parte do processo. Fungando, pergunto:

— Então, só para ter certeza, se meu pai convidar você para sair, você vai aceitar?

Ela cai na gargalhada, depois coloca a mão sobre a boca quando Kitty se remexe no sofá.

— Agora vejo a quem Kitty puxou.

— Trina, você não respondeu.

— A resposta é sim.

Eu dou um sorriso. Sim.

Quando termino de tirar a maquiagem e coloco o pijama, são quase três da manhã. Mas não estou cansada. O que quero mesmo é falar com Margot, repassar todos os detalhes da noite. A Escócia está cinco horas à nossa frente, o que quer dizer que são quase oito da manhã lá. Ela acorda cedo, então acho que vale a pena arriscar.

Consigo falar com ela enquanto está se arrumando para tomar o café da manhã. Margot coloca o computador na cômoda para podermos conversar enquanto ela passa protetor solar, rímel e brilho labial.

Conto sobre a festa, sobre a aparição de Peter e Genevieve e sobre o mais importante: o beijo de John.

— Margot, acho que estou apaixonada por mais de uma pessoa ao mesmo tempo.

Posso até ser uma garota que se apaixona *mil e duzentas* vezes. Uma imagem surge na minha cabeça de repente, eu como abelha, levando néctar de uma margarida para uma rosa e depois para um lírio. Cada garoto com sua doçura própria.

— Você? — Ela para de prender o cabelo em um rabo de cavalo e bate com o dedo na tela. — Lara Jean, acho que você meio que se apaixona por todo mundo que conhece. Faz parte do seu encanto. Você está apaixonada pelo amor.

Pode ser verdade. Talvez eu esteja apaixonada pelo amor! Não parece ser uma coisa ruim.

# 51

A feirinha de primavera da cidade é amanhã, e Kitty prometeu à Associação de Pais e Mestres que eu faria um bolo para a dança dos bolos. Na dança dos bolos, uma música toca enquanto as crianças andam ao redor de um círculo de números, como na dança das cadeiras. Quando a música para, um número é escolhido aleatoriamente, e a criança no número correspondente ganha um bolo. Essa sempre foi minha brincadeira preferida, claro, porque eu gostava de olhar para todos os bolos caseiros e também por causa do fator sorte. Claro que as crianças se reúnem ao redor da mesa de bolos e escolhem o bolo que mais querem, e tentam andar devagar quando chegam perto do número específico, mas, fora isso, não há muito mais o que fazer. É um jogo que não exige habilidade nem conhecimento: você literalmente anda em círculos com música antiga tocando. Claro, você poderia ir à padaria escolher o bolo que quer, mas existe uma emoção em não saber direito o que vai acabar ganhando.

Meu bolo vai ser de chocolate, porque crianças e pessoas em geral preferem chocolate a qualquer outro sabor. A cobertura vai ser onde vou arriscar. Talvez caramelo com flor de sal ou maracujá, quem sabe chantilly com café e chocolate. Ando brincando com a ideia de fazer um bolo degradê, no qual a cobertura passe de escura a clara. Tenho a sensação de que meu bolo vai ser desejado.

Quando busquei Kitty na casa da Shanae, hoje de manhã, perguntei à mãe dela que bolo ela faria para a dança, porque a sra. Rodgers é vice-presidente da Associação de Pais e Mestres da escola de Kitty.

Ela solta um suspiro.

— Vou fazer o primeiro bolo de massa pronta que encontrar na despensa. Vai ser isso ou comprar na padaria. — Ela me perguntou o que eu faria, e, quando respondi, ela falou: — Vou votar em você para Mãe Adolescente do Ano.

Isso me fez rir e me motivou a fazer o melhor bolo, para todo mundo saber o que Kitty tem. Não contei para papai nem para Margot, mas, no ensino fundamental, minha professora de inglês organizou um chá de mães e filhas para comemorar o Dia das Mães. Era depois da aula, uma atividade opcional, só que eu queria muito ir e comer os sanduíches e biscoitos que ela disse que levaria. Mas era só para mães e filhas. Acho que eu podia ter pedido para vovó me levar, como Margot fez às vezes em eventos variados, mas não seria a mesma coisa. E acho que não é o tipo de coisa que incomodaria Kitty, mas é algo em que eu ainda penso.

* * *

A dança dos bolos foi organizada na sala de música da escola de Kitty. Eu me ofereci para cuidar da playlist, e escolhi músicas que falam de açúcar. Claro que tem "Sugar, Sugar", dos The Archies, "Sugar Shack", "Sugar Town" e "I Can't Help Myself (Sugar Pie, Honey Bunch)". Quando entro na sala de música, a mãe de Peter e outra mãe estão arrumando os bolos. Eu hesito, sem saber o que fazer.

— Oi, Lara Jean — diz ela.

Mas o sorriso não chega aos olhos, e tenho uma sensação horrível no estômago. Fico aliviada quando ela vai embora.

Há bastante gente o dia todo, e algumas pessoas participam mais de uma vez em busca do bolo dos sonhos. Fico fazendo propaganda para as pessoas do meu bolo de caramelo, que ainda está em jogo. Tem um bolo de chocolate alemão que deixou as pessoas hipnotizadas, e tenho certeza de que foi comprado pronto, mas gosto não se discute. Nunca fui fã de bolo de chocolate alemão, pois quem quer flocos de coco molhados? Estremeço.

Kitty correu de um lado para outro com as amigas e finalmente se dignou a me ajudar na dança dos bolos por uma hora quando Peter entra com o irmãozinho dele, Owen. "Pour Some Sugar on Me" está tocando. Kitty vai dizer oi enquanto me ocupo no celular, e ela o leva até os bolos. Estou com a cabeça abaixada, fingindo mandar uma mensagem, quando Peter aparece do meu lado.

— Qual é o seu bolo? O de chocolate e coco?

Eu levanto a cabeça.

— Eu jamais compraria um bolo pronto para a feirinha.

— Eu estava brincando, Covey. O seu é o de caramelo. Dá para saber pela decoração caprichada. — Ele para de falar e enfia as mãos nos bolsos. — Só para você saber, não fui ao asilo com Gen para ajudá-la a ganhar.

Eu dou de ombros.

— Até onde eu sei, você já mandou uma mensagem para ela avisando que estou aqui.

— Já falei, não estou nem aí para o jogo. Acho idiota.

— Mas eu, não. Ainda estou planejando vencer. — Coloco a música seguinte para a dança, e as crianças correm para se posicionar. — Então você e Genevieve voltaram?

Ele resmunga.

— Que importância isso tem pra você?

Mais uma vez, dou de ombros.

— Eu sabia que você ia acabar voltando pra ela.

Peter se irrita. Ele se vira como se fosse embora, mas para. Massageando a nuca, ele diz:

— Você não respondeu minha pergunta sobre o McClaren. Era um encontro?

— Que importância isso tem *pra você*?

As narinas dele se dilatam.

— Eu me importo porque você era minha namorada até algumas semanas atrás! Nem lembro por que diabos a gente terminou.

— Se você não lembra, então não sei o que dizer.

— Fale a verdade. Não me enrole. — A voz dele falha na palavra "enrole". Em qualquer outra ocasião, teríamos rido disso. Eu queria que pudéssemos rir agora. — O que está rolando entre você e o McClaren?

Um nó na minha garganta de repente começou a dificultar que eu responda.

— Nada. — Só um beijo. — Somos amigos. Ele está me ajudando com o jogo.

— Que conveniente. Primeiro, ele escreve cartas, agora fica levando você de um lado para outro e indo com você para um asilo.

— Você disse que não ligava para as cartas.

— Bem, acho que eu ligava.

— Então talvez você devesse ter dito. — Kitty está olhando para nós com a testa franzida. — Não quero mais falar sobre isso. Vim aqui trabalhar.

Peter me olha.

— Você beijou ele?

Eu falo a verdade? Tenho que falar?

— Beijei. Uma vez.

Ele pisca.

— Então você está me dizendo que estou vivendo uma vida de celibatário desde que começamos esse maldito jogo, antes, até, e, enquanto isso, você anda se agarrando com o McClaren?

— Nós terminamos, Peter. Enquanto isso, quando estávamos *juntos*, você estava com Genevieve…

Ele joga a cabeça para trás e grita:

— Eu não beijei ela!

Alguns adultos se viram para nos olhar.

— Seus braços estavam ao redor dela — sussurro um pouco alto. — Estava *abraçando* ela!

— Eu estava *consolando*. Caramba! Ela estava chorando! Eu falei! Você fez isso para se vingar de mim?

Peter quer que eu diga sim. Quer que tenha sido por causa dele. Mas eu não estava pensando em Peter quando beijei John. Eu o beijei porque queria.

— Não.

O músculo do maxilar dele treme.

— Quando a gente terminou, você disse que queria ser a pessoa mais importante de alguém, mas olhe para você agora. Você não quer *ter* um cara mais importante. — Ele faz um gesto rude para a mesa de bolos. — Não se pode comer o bolo e guardar o bolo. Você quer tudo ao mesmo tempo.

As palavras dele machucam, como era a intenção.

— Odeio esse ditado. O que quer dizer? É claro que quero comer o bolo. Se não, qual é o sentido de se fazer um bolo?

Ele franze a testa para mim.

— Não é disso que estou falando, e você sabe.

A música termina, e as crianças se aproximam para ganhar seus bolos. Kitty e Owen também.

— Vamos embora — diz Owen para Peter. Ele pegou meu bolo de caramelo.

Peter olha para ele e para mim, intransigente.

— Não quero esse.

— Foi o que você me mandou pegar!

— Ah, não quero mais. Coloque de volta e pegue o de confeitos coloridos na ponta.

— Você não pode fazer isso — fala Kitty. — A dança dos bolos não funciona assim. Você tem que levar o bolo do número onde você estava.

Peter fica de queixo caído, chocado.

— Ah, pega leve, Kitty.

Kitty se aproxima de mim.

— Não.

Depois que Peter e o irmão vão embora, abraço Kitty por trás. Ela estava do meu lado, no fim das contas. As irmãs Song sempre se apoiam.

# 52

Kitty quis ficar mais tempo na feirinha, então estou dirigindo sozinha quando vejo o carro de Genevieve na rua. E, de repente, estou indo atrás dela. Está na hora de ganhar esse jogo.

Ela ainda é ousada. Pela forma como dispara nos sinais de trânsito, eu quase a perco algumas vezes. *Não dirijo bem o bastante para isso*, tenho vontade de gritar.

Acabamos em um prédio comercial, que reconheço como o lugar onde o pai dela trabalha. Ela entra, e eu estaciono, mas não perto demais. Desligo o motor e inclino o banco para ela não me ver.

Dez minutos se passam e nada. Nem sei por que ela iria ao escritório do pai em um fim de semana. Será que está ajudando a secretária dele? Eu talvez tenha que ficar ali um tempo. Mas vou esperar para sempre se necessário. Vou vencer, custe o que custar. Nem ligo para o prêmio. Só quero vencer.

Estou quase cochilando quando duas pessoas saem do prédio: o pai dela, de terno e sobretudo cáqui, e uma garota. Eu me abaixo. Primeiro, acho que é Genevieve, mas a garota é mais alta. Semicerro os olhos. E a reconheço. Ela era da turma de Margot; acho que frequentavam algum clube juntas. Anna Hicks. Os dois andam até o estacionamento. Ele a leva até o carro dela. Ela está procurando as chaves. Ele segura o braço de Anna e vira o rosto dela. Eles começam a se beijar. Apaixonadamente. De língua. Com mãos para todo lado.

Ah, meu Deus. Ela é da idade da Margot. Acabou de fazer dezoito anos. O pai de Genevieve a beija como se ela fosse adulta. Ele é pai. Ela é filha de alguém.

Fico enjoada. Como ele pôde fazer isso com a mãe de Genevieve? Com a Gen? Ela sabe? Essa é a tal coisa difícil pela qual ela está passando? Se meu pai fizesse algo assim, eu jamais o olharia do mesmo jeito. Não sei se conseguiria olhar para a minha *vida* do mesmo jeito. Seria uma traição tão grande, não só com a nossa família, mas com ele mesmo, com quem é como pessoa.

Não quero ver nada daquilo. Fico com a cabeça baixa até os dois saírem do estacionamento, e estou prestes a ligar o carro quando Genevieve sai com os braços cruzados e ombros curvados.

Ah, meu Deus. Ela me viu. Os olhos estão semicerrados; ela está vindo direto para cá. Quero sair dirigindo, mas não consigo. Ela está parada de pé na minha frente, fazendo um sinal zangado para eu baixar a janela. Eu faço isso, mas é difícil olhar nos olhos dela.

— Você viu? — pergunta ela com rispidez.

— Não. Eu não vi nada… — respondo.

O rosto dela fica vermelho. Genevieve sabe que estou mentindo. Por um segundo, fico morrendo de medo de ela começar a chorar ou bater em mim. Eu queria que ela batesse em mim.

— Vá em frente — ela consegue dizer. — Me tire do jogo. Foi isso que você veio fazer, não foi?

Eu balanço a cabeça, e ela tira minhas mãos do volante e as bate nos ombros dela.

— Pronto. Você venceu, Lara Jean. Fim de jogo.

E corre para o carro.

Tem uma palavra coreana que minha avó me ensinou. *Jung*. É a ligação entre duas pessoas que não pode ser rompida, mesmo quando o amor vira ódio. Você ainda alimenta sentimentos antigos por aquela pessoa; sempre vai sentir carinho por ela. Acho que deve ser parte do que sinto por Genevieve. É por causa do *jung* que não consigo odiá-la. Estamos unidas.

E é por causa do *jung* que Peter não consegue deixá-la para trás. Eles também estão unidos. Se meu pai fizesse o que o pai dela fez, eu não procuraria a única pessoa que nunca me afastou? Que sempre esteve ao meu lado, que me amou mais do que ninguém? Peter é essa pessoa para Genevieve. Como posso me ressentir disso?

# 53

Estamos na cozinha arrumando tudo depois de um café da manhã com panquecas quando papai diz:

— Acho que o aniversário de mais uma garota Song está chegando. — Ele canta: — *"You are sixteen, going on seventeen…"*

Sinto uma onda enorme de amor por ele, meu pai, que tenho tanta sorte de ter.

— Que música é essa? — interrompe Kitty.

Pego a mão dela e a rodo pela cozinha comigo.

— *"I am sixteen, going on seventeen; I know that I'm naive. Fellows I meet may tell me I'm sweet; willingly I believe."*

Papai coloca o pano de prato no ombro e marcha parado no lugar. Com voz grave, ele canta:

— *"You need someone older and wiser telling you what to do…"*

— Essa música é machista — diz Kitty quando a solto.

— É mesmo — concorda papai, batendo com o pano de prato nela. — E o garoto em questão não era mais velho nem sábio. Era um soldado nazista em treinamento.

Kitty se afasta de nós dois.

— Do que vocês estão falando?

— É de *A Noviça Rebelde* — digo.

—Você está falando daquele filme da freira? Nunca vi.

— Como você viu *A família Soprano*, mas nunca viu *A Noviça Rebelde*?

— Kitty anda vendo *A família Soprano*? — pergunta papai, alarmado.

— Só os comerciais — diz Kitty rapidamente.

Continuo cantando baixinho, girando em círculos como Liesl no gazebo.

— *"I am sixteen, going on seventeen, innocent as a rose… Fellows I meet may tell me I'm sweet, and willingly I believe…"*

— Por que você acreditaria em garotos que nem conhece?

— É a música, Kitty, não eu! Caramba! — Paro de girar. — Mas Liesl *era* meio idiota. Basicamente, foi culpa dela eles quase serem capturados pelos nazistas.

— Eu me arriscaria a dizer que foi culpa do capitão von Trapp — diz papai. — Rolfe também era jovem. Ele ia deixar que fossem embora, mas Georg tinha que antagonizá-lo. — Ele balança a cabeça. — Georg von Trapp tinha um ego e tanto. Ei, devíamos ver *A Noviça Rebelde* um dia desses!

— Claro — digo.

— Esse filme parece horrível — reclama Kitty. — Que tipo de nome é Georg?

Nós a ignoramos.

— Esta noite? Vou fazer tacos al pastor!

— Não posso — digo. — Vou a Belleview.

— E você, Kitty? — pergunta papai.

— A mãe da Sophie vai nos ensinar a fazer bolinhos de batata. Sabia que fica delicioso colocando purê de maçã em cima?

Os ombros de papai murcham.

— É, tudo bem. Vou ter que começar a reservar vocês com um mês de antecedência.

— Ou você poderia convidar a sra. Rothschild — sugere Kitty. — Os fins de semana dela também são bem solitários.

Ele olha para ela de um jeito engraçado.

— Tenho certeza de que tem muitas outras coisas que ela preferiria fazer no lugar de ver *A Noviça Rebelde* com o vizinho.

— Não esqueça os tacos al pastor! — digo com alegria. — Isso também é um ponto positivo. E você, claro. Você é um ponto positivo.

— Sem dúvida você é — diz Kitty.

— Meninas… — começa papai.

— Espere — digo. — Só quero dizer uma coisa. Você devia sair em alguns encontros, papai.

— Eu saio!

— Você teve dois encontros na vida — argumento, e ele fica em silêncio. — Por que não chamar a sra. Rothschild para sair? Ela é bonita, tem um bom emprego e Kitty a adora. E mora bem perto.

— É exatamente por isso que não devo convidá-la para sair — diz papai. — Nunca se deve sair com vizinhos ou colegas de trabalho, porque aí você vai ter que continuar vendo a pessoa se as coisas não derem certo.

— É que nem aquela frase: "Não cague no mesmo lugar que come"? — pergunta Kitty. Quando papai franze a testa, ela se corrige depressa: — Eu quis dizer "Não faça cocô no mesmo lugar que come". É isso que você quer dizer, certo, papai?

— É, acho que é isso que eu quero dizer, mas Kitty, não gosto de você usando palavras feias.

— Desculpa — diz ela, arrependida. — Mas ainda acho que você devia dar uma chance à sra. Rothschild. Se não der certo, não deu.

— Eu odiaria ver vocês ficarem cheias de esperanças — diz papai.

— É a vida — fala Kitty. — Nem sempre as coisas dão certo. Veja Lara Jean e Peter.

Olho para ela de cara feia.

— Nossa, obrigada.

— Só estou tentando explicar uma coisa. — Kitty vai até papai e o abraça pela cintura. Ela está usando todas as armas disponíveis. — Pense bem, papai. Tacos. Freiras. Nazistas. E a sra. Rothschild.

Ele suspira.

— Tenho certeza de que ela tem planos.

— Ela me disse que, se você a convidasse para sair, ela diria sim — falo de repente.

Papai leva um susto.

— Disse? Você tem certeza?

— Absoluta.

— Bem… então talvez eu convide. Para tomar um café ou uma bebida. *A Noviça Rebelde* é um filme longo demais para um primeiro encontro.

Kitty e eu gritamos e batemos as mãos.

# 54

O CAFÉ DA MANHÃ DE ANIVERSÁRIO NA LANCHONETE ERA UMA TRADIÇÃO MINHA COM Margot e Josh. Se meu aniversário caía em um dia de semana, nós acordávamos cedo e íamos antes das aulas. Eu pedia panquecas de mirtilo, e Margot colocava uma vela nas panquecas e os dois cantavam parabéns.

No dia do meu décimo sétimo aniversário, Josh me manda uma mensagem dizendo *Feliz aniversário*, mas percebo que não vamos à lanchonete. Ele está namorando agora, e seria estranho, principalmente sem a Margot. A mensagem basta.

No café da manhã, papai faz ovos mexidos com linguiça, e Kitty preparou um cartão enorme com fotos de Jamie. Margot me deseja feliz aniversário pelo laptop e diz que meu presente deve chegar de tarde ou no dia seguinte.

Na escola, Chris e Lucas colocam uma vela nos donuts que compraram na máquina de lanches e cantam "Parabéns pra você" no corredor. Chris me dá um batom novo: vermelho, para quando eu quiser ser uma menina má, ela diz. Peter não diz nada na aula de química; duvido que saiba que é meu aniversário, e, além do mais, o que eu poderia esperar que ele dissesse depois do jeito como as coisas terminaram entre nós? Ainda assim, é um dia legal, corriqueiro, de um jeito agradável.

Mas aí, quando estou saindo da escola, vejo John estacionado na entrada. Ele está de pé do lado de fora do carro. Não me viu ainda. Sob a luz intensa da tarde, o sol ilumina sua cabeça loura como se fosse uma auréola, e de repente sou tomada pela lembrança visceral de amá-lo a distância de forma ardente. Eu admirava tanto suas mãos de dedos longos, a inclinação das maçãs do rosto. Houve uma época em que eu sabia o rosto dele de cor. Eu o conhecia de memória.

Meus passos se apressam.

— Oi! — digo, acenando. — O que você está fazendo aqui? Não tem aula hoje?

— Eu saí mais cedo — diz ele.

— Você? John Ambrose McClaren matou aula?

Ele ri.

— Eu trouxe uma coisa pra você. — John tira uma caixa do bolso do casaco e estica para mim. — Aqui.

Pego da mão dele. É pesada na palma da minha mão.

— Devo… devo abrir agora?

— Se você quiser.

Consigo sentir os olhos dele em mim enquanto rasgo o papel e abro a caixa branca. Ele está ansioso. Preparo um sorriso para ele saber que gostei, seja lá o que for. Só o fato de ele ter pensado em comprar um presente pra mim é tão… lindo.

Aninhado em papel de seda há um globo de neve do tamanho de uma laranja, com base de metal. Dentro dele, um garoto e uma garota estão patinando. Ela está de suéter vermelho; ele está com protetores de ouvido. Ele a admira enquanto ela patina. É um momento preso em âmbar. Um momento perfeito, preservado sob o vidro. Como naquela noite que nevou em abril.

— Adorei — digo, e adorei mesmo, muito. Só uma pessoa que me conhece poderia me dar esse presente. É um sentimento maravilhoso demais me sentir tão compreendida. Eu poderia chorar. É uma coisa que vou guardar para sempre. Este momento e esse globo de neve.

Fico nas pontas dos pés e o abraço, e ele retribui com força.

— Feliz aniversário, Lara Jean.

Estou prestes a entrar no carro dele quando vejo Peter andando na nossa direção.

— Espere um segundo — pede ele, com um meio sorriso agradável no rosto.

— Oi — digo com cautela.

— Oi, Kavinsky — cumprimenta John.

Peter acena com a cabeça para ele.

— Não tive oportunidade de te dar parabéns, Covey.

— Mas… você me viu na aula de química… — digo.

— Ah, você saiu correndo. Tenho uma coisa para você. Abra as mãos. — Ele pega o globo de neve da minha mão e o entrega para John. — Aqui, você pode segurar isto?

Olho de Peter para John. Agora, estou nervosa.

— Estique as mãos — pede Peter.

Olho para John mais uma vez antes de obedecer, e Peter tira algo do bolso e coloca na minha mão. Meu colar com pingente de coração.

— É seu.

— Pensei que você tivesse devolvido para a loja da sua mãe — digo lentamente.

— Não. Não ficaria bem em outra garota.

Eu pisco.

— Peter, não posso aceitar. — Tento devolver, mas ele balança a cabeça; não quer aceitar. — Peter, por favor.

— Não. Quando eu reconquistar você, vou colocar esse colar no seu pescoço e te dar um broche. — Ele tenta sustentar meu olhar. — Como nos anos 1950. Lembra, Lara Jean?

Eu abro a boca, mas fecho.

— Acho que você não entendeu — digo para ele, devolvendo o colar. — Pegue, por favor.

— Me diga qual é o seu desejo — pede ele. — Deseje qualquer coisa e darei para você, Lara Jean. Você só precisa pedir.

Fico tonta. Ao nosso redor, as pessoas estão saindo do prédio da escola, indo para os carros. John está de pé ao meu lado, e Peter me olha como se fôssemos as duas únicas pessoas ali. As duas únicas pessoas no mundo.

É a voz de John que me tira do transe.

— O que você está *fazendo*, Kavinsky? — pergunta John, balançando a cabeça. — Isso é patético. Você a tratou como lixo e agora decidiu que a quer de volta?

— Fique fora disso, Sundance Kid — corta Peter. Para mim, ele diz delicadamente: — Você prometeu que não partiria meu coração. No contrato, você disse que não faria isso, mas fez, Covey.

Nunca o ouvi tão sincero, tão sentimental.

— Desculpa — digo, e minha voz é fina como um sussurro. — Não posso.

Não olho para Peter quando entro no carro, mas o colar ainda está pendurado na minha mão. No último segundo, me viro, mas estamos longe demais; não consigo ver se Peter ainda está lá ou não. Meu coração está disparado. O que eu lamentaria mais perder? A realidade de Peter ou o sonho de John? Sem o que não posso viver?

Penso novamente na mão de John na minha. Em me deitar ao lado dele na neve. No jeito como os olhos dele parecem ainda mais azuis quando ele ri. Não quero abrir mão disso. Mas também não quero abrir mão de Peter. Há tantas coisas a amar nos dois. A confiança juvenil de Peter, sua visão alegre da vida, a forma como é gentil com Kitty. O jeito como meu coração parece saltar do peito toda vez que vejo o carro dele parar na porta da minha casa.

Seguimos em silêncio por alguns minutos, e então, olhando para a frente, John diz:

— Eu cheguei a ter alguma chance?

— Eu poderia me apaixonar por você com tanta facilidade — sussurro. — Já estou na metade do caminho. — O pomo de adão sobe e desce no pescoço dele. — Você é tão perfeito nas minhas lembranças e tão perfeito agora. É como se tivesse saído de um sonho. De todos os garotos, você seria quem eu escolheria.

— Mas?

— Mas... eu ainda amo Peter. Não consigo evitar. Ele chegou aqui primeiro e... não quer ir embora.

Ele dá um suspiro derrotado que machuca meu coração.

— Maldito Kavinsky.

— Desculpa. Também gosto de você, John. De verdade. Eu queria... eu queria que tivéssemos ido juntos ao baile do oitavo ano.

John Ambrose McClaren diz uma última coisa, uma coisa que faz meu coração palpitar:

— Acho que aquele não foi nosso momento. E acho que agora também não é. — John olha para mim, sério. — Mas talvez um dia seja.

# 55

Estou no banheiro feminino amarrando uma fita ao redor do rabo de cavalo quando Genevieve entra. Minha boca fica seca. Ela para, depois se vira para entrar na cabine.

— Você e eu estamos sempre nos encontrando no banheiro — digo.

Ela não responde.

— Gen… quero pedir desculpas pelo outro dia.

Genevieve se vira e parte para cima de mim.

— Não quero suas desculpas. — Ela segura meu braço. — Mas se você contar para alguém, eu juro por Deus…

— Eu não faria isso! — grito, indignada. — Não vou contar! Eu jamais faria isso.

Ela solta meu braço.

— Porque você sente pena de mim, certo? — Genevieve dá uma gargalhada amarga. — Você é tão falsa. Seu jeitinho doce e açucarado me dá nojo, sabia? Você engana todo mundo, mas eu sei quem você é de verdade.

O veneno na voz dela me deixa perplexa.

— O que eu fiz pra você? Por que você me odeia tanto?

— Ah, meu Deus. Pare. Pare de agir como se não soubesse. Você tem que se responsabilizar pelas merdas que fez comigo.

— Peraí — digo. — O que *eu* fiz com *você*? Foi você quem colocou um vídeo de mim na internet! Você não pode mudar toda a história porque está a fim. Eu sou Éponine. Você é Cosette! Não aja como se eu fosse a Cosette!

Ela dá um meio sorriso.

— De que diabos você está falando?

— *Os Miseráveis*!

— Eu não vejo musicais. — Ela se vira como se fosse embora, mas para e diz: — Eu vi vocês naquele dia no sétimo ano. Vi você beijar Peter.

*Ela estava lá?*

Genevieve vê minha surpresa e sente prazer com isso.

— Deixei minha jaqueta no porão e, quando voltei para pegar, vi vocês dois se beijando no sofá. Você rompeu a regra mais básica do código das amigas, Lara Jean. De alguma forma, na sua cabeça, você me fez de vilã. Mas devia saber que eu não estava sendo uma vaca só por ser vaca. Você mereceu.

Minha cabeça está girando.

— Se você sabia, por que continuou sendo minha amiga? Você só parou de ser minha amiga bem depois.

Genevieve dá de ombros.

— Porque eu gostava de jogar na sua cara. Eu o tinha e você não. Acredite, não éramos mais amigas depois daquele dia.

É estranho que, de todas as coisas que ela já disse para mim, talvez essa seja a que mais me machuca.

— Só para você saber, eu não o beijei. Ele me beijou. Eu nem pensava em Peter dessa forma, não antes daquele beijo.

E então, ela diz:

— O único motivo para ele beijar você naquele dia foi porque eu não quis. Você foi a segunda opção. — Ela passa a mão pelo cabelo. — Se tivesse admitido na época, eu talvez tivesse perdoado você. Talvez. Mas você nunca disse nada.

Eu engulo em seco.

— Eu queria. Mas foi meu primeiro beijo, e com o cara errado. Eu sabia que ele não gostava de mim.

Tudo faz sentido. Por que ela se esforçou tanto para me manter separada de Peter. Contando com ele, fazendo com que ele provasse que ela ainda era sua primeira escolha. Não é desculpa para todas as coisas que Gen fez, mas entendo meu papel nisso tudo agora. Eu devia ter contado para ela sobre o beijo naquela época, no sétimo ano. Eu sabia o quanto ela gostava dele.

— Desculpa, Genevieve. De verdade. Se eu pudesse voltar no tempo, eu voltaria. — A sobrancelha dela treme, e sei que ela ficou dividida. Impulsivamente, digo: — Já fomos amigas. Você... você acha que algum dia poderemos voltar a ser amigas de novo?

Ela me olha com um desdém tão intenso, como se eu fosse a criança que pediu a lua.

— Cresça, Lara Jean.

De muitas maneiras, sinto que cresci.

# 56

ESTOU DEITADA NA CASA NA ÁRVORE, OLHANDO PELA JANELA. A LUA ESTÁ FINA, parece uma unha no céu. Amanhã não vai haver mais casa na árvore. Quase não pensei neste lugar e, agora que está desaparecendo, estou triste. É como com todos os brinquedos da infância, eu acho. Só fica importante quando você não os tem mais. Mas é mais do que apenas uma casa na árvore. É um adeus, e parece o fim de tudo.

Quando me sento, vejo, enfiado entre as tábuas do piso, um fio roxo, surgindo como grama. Eu o puxo. É a pulseira da amizade que dei para Genevieve.

*Acredite, não éramos mais amigas depois daquele dia.*

Isso não é verdade. Ainda dormimos uma na casa da outra, fomos a aniversários; ela ainda chorou no meu ombro na época em que achou que os pais iam se separar. Ela não podia me odiar aquele tempo todo. Não acredito. A pulseira da amizade é uma prova.

Porque foi o que ela botou na cápsula do tempo, seu pertence mais precioso, assim como também era o meu. E então, na festa, ela a pegou e escondeu. Não queria que eu visse. Mas agora eu sei. Eu era importante para ela também. Fomos amigas de verdade no passado. Lágrimas surgem nos meus olhos. Adeus, Genevieve, adeus, ensino fundamental, adeus, casa na árvore e tudo que foi importante para mim naquele verão.

As pessoas entram e saem da nossa vida. Durante uma época, são seu mundo; são tudo. E, um dia, não são mais. Não dá para saber por quanto tempo vamos tê-las por perto. Um ano atrás, eu não podia imaginar que Josh não fosse mais ser uma presença constante na minha vida. Eu não poderia conceber o quanto seria difícil não ver Margot todos os dias, o quanto eu me sentiria perdida sem ela, nem com que facilidade Josh poderia se afastar, sem eu nem perceber. As despedidas são a parte mais difícil.

— Covey — diz Peter do lado de fora da casa na árvore, na escuridão.

Eu me sento.

— Estou aqui.

Ele sobe a escada depressa, baixando a cabeça para não bater no teto. Vai até a parede oposta, de forma que ficamos sentados um de frente para o outro.

— Vão derrubar a casa na árvore amanhã — digo para ele.

— Ah, é?

— É. Vão colocar um gazebo. Que nem em *A Noviça Rebelde*, sabe?

Peter ergue uma sobrancelha para mim.

— Por que você me chamou aqui, Lara Jean? Sei que não foi para falar sobre *A Noviça Rebelde*.

— Sei qual é o segredo de Genevieve.

Ele se recosta na parede e inclina a cabeça para trás de leve.

— O pai dela é um babaca. Já traiu a mãe dela antes. Mas nunca com uma garota tão jovem. — Ele fala rápido, como se fosse um alívio finalmente poder dizer aquilo em voz alta. — Quando as coisas ficavam ruins entre os pais dela, Gen encontrava formas de machucar a si mesma. Eu tinha que protegê-la. Era meu trabalho. Às vezes, me assustava, mas eu gostava de ser, sei lá... necessário. — Ele suspira. — Sei que ela pode ser manipuladora, eu sempre soube. De certa forma, para mim era mais fácil voltar para o que eu conhecia. Acho que talvez estivesse com medo.

Minha respiração falha.

— De quê?

— De decepcionar você. — Peter desvia o olhar. — Sei que sexo é uma coisa importante para você. Eu não queria fazer besteira. Você é tão inocente, Lara Jean. E tenho essa merda toda no passado.

Tenho vontade de dizer *Eu nunca me importei com o seu passado.* Mas não é verdade. É só nessa hora que percebo: não era Peter que precisava deixar Genevieve para trás. Era eu. Durante todo o namoro com Peter, fiquei me comparando a ela, pensando em como sou inferior. Em como nosso relacionamento parece pequeno perto do deles. Era eu que não conseguia deixá-la para trás. Fui eu que não dei uma chance para nós dois.

— O que você deseja, Lara Jean? — pergunta ele, de repente. — Agora que ganhou. Parabéns, aliás. Você conseguiu.

Sinto uma onda de emoção no peito.

— Eu queria que as coisas pudessem voltar a ser como eram entre nós. Que você pudesse ser você e eu pudesse ser eu, e que pudéssemos nos divertir um com o outro, e aí seria um primeiro romance lindo do qual eu me lembrarei para a vida toda.

Sinto que estou ficando vermelha enquanto digo essa última parte, mas fico feliz de ter dito, porque deixa Peter com um olhar suave e meloso só por um segundo, e preciso desviar o olhar.

— Não fale como se tudo já estivesse destinado ao fracasso.

— Não é minha intenção. O primeiro não é necessariamente o último, mas sempre vai ser o primeiro, e isso é especial. Primeiras vezes são especiais.

— Você não é a primeira — diz Peter. — Mas é a garota mais especial para mim, porque é a garota que eu amo, Lara Jean.

*Amo.* Ele disse "amo". Fico tonta. Sou uma garota amada por um garoto, e não só pelas irmãs, pelo pai e pelo cachorro. Um garoto com sobrancelhas lindas e cheio de truques.

— Estou ficando maluco sem você. — Ele coça a nuca. — Não podemos…

— Está dizendo que também deixo você maluco? — interrompo.

Ele grunhe.

— Estou dizendo que você me deixa mais maluco do que qualquer outra garota que já conheci.

Eu vou até Peter, estico a mão e passo o dedo pela sobrancelha dele, que parece seda.

— No contrato, dissemos que não partiríamos o coração um do outro. E se fizermos de novo?

— E daí? — diz ele, com ferocidade. — Se ficarmos colocando regras, não vai ser nada. Vamos fazer isso direito, Lara Jean. Vamos com tudo. Chega de contrato. Chega de rede de segurança. Pode partir meu coração. Faça o que quiser com ele.

Coloco a mão no peito dele, em cima do coração. Consigo senti-lo batendo. Afasto a mão. O coração dele é meu, só meu. Eu acredito agora. É meu para cuidar e proteger, é meu para partir.

Muita coisa no amor é ao acaso. E isso é assustador e maravilhoso ao mesmo tempo. Se Kitty não tivesse mandado aquelas cartas, se eu não tivesse ido ao ofurô naquela noite, talvez ele ainda estivesse com Gen. Mas ela mandou as cartas e eu fui ao ofurô. Poderia ter acontecido de muitas formas. Mas foi assim que aconteceu. Esse foi o caminho que seguimos. *Esta* é nossa história.

Sei agora que não quero amar nem ser amada com segurança. Quero tudo, e, para ter tudo, é preciso arriscar tudo.

Então, pego a mão dele e a coloco no meu peito, sobre o coração.

— Você tem que cuidar bem dele, porque é seu.

Ele me olha de um jeito que me faz ter certeza: ele nunca olhou para outra garota assim.

De repente, estou nos braços dele, estamos nos abraçando e beijando, e estamos tremendo, porque agora nós dois sabemos: esta é a noite em que nos tornamos reais.

"Real não é uma questão de como você é feito", disse
o Cavalo de Pau. "É algo que acontece com você."
"E machuca?", perguntou o Coelho.
"Às vezes", respondeu o Cavalo de Pau, pois ele sempre
falava a verdade. "Mas quando você é Real, não se importa
em se machucar."

— Margery Williams

# *Agradecimentos*

Meu mais profundo obrigada à minha editora, Zareen Jaffery, sem a qual eu não poderia ter escrito este livro. Agradeço também a Justin Chanda, meu editor e amigo querido, e a Anne Zafian, Mekisha Telfer, Katy Hershberger, Chrissy Noh, Lucy Cummins, Lucille Rettino, Christina Pecorale, Rio Cortez, Michelle Fadlalla Leo, Candace Greene e Sooji Kim. Já são dez anos de S&S, e estou mais apaixonada do que nunca. Agradeço também à equipe da S&S do Canadá pelo apoio constante a mim e aos meus livros.

Todo o meu amor e admiração para minha agente incrível, Emily van Beek, para Molly Jaffa e toda a equipe da Folio; vocês são muito queridos. Agradeço também a Elena Yip, minha assistente.

A Siobhan Vivian, minha cúmplice na escrita, nos crimes e na vida. Eu não conseguiria sem você. Adele Griffin, uma das minhas pessoas favoritas no mundo, você sempre encontra o cerne de cada história. Morgan Matson, um viva àquela noite em Londres!

E finalmente, aos meus leitores. Todo o meu amor, sempre.

*Jenny*

Jenny Han nasceu na Virgínia, Estados Unidos, e cursou mestrado em escrita criativa pela New School. Sabe fazer um brownie perfeito, é ótima em inventar apelidos e tem paixão por livros de receitas. Sua série de TV preferida é *Buffy – a caça-vampiros*. Mora no Brooklyn, em Nova York. Pela Intrínseca, Jenny Han publicou a série *Para todos os garotos que já amei*, que foi adaptada pela Netflix e se tornou sucesso de público, e a *Trilogia Verão*.

intrinseca.com.br

@intrinseca

editoraintrinseca

@intrinseca

*1ª edição* AGOSTO DE 2019
*impressão* SANTA MARTA
*papel de miolo* PÓLEN SOFT 70G/M²
*papel de capa* CARTÃO SUPREMO ALTA ALVURA 250G/M²
*tipografia* BEMBO